小説 ドラゴンクエストVII エデンの戦士たち

1 少年、世界を開き

土門弘幸
Domon Hiroyuki

小説 ドラゴンクエストⅦ エデンの戦士たち

1 少年、世界を開き

カバーイラスト／いのまた むつみ

エスタード島、
世界に存在するのは、この島だけ。

第1章　少年を呼ぶ声

0

それは薄ぼんやりと幻想的《げんそうてき》で、しかし激しく鮮烈《せんれつ》な、暗中《あんちゅう》の夢だった。

どこかから、低く轟《とどろ》く唸《うな》りが聞こえる。近いようで遠く、遠いようで近い、不気味《ぶきみ》で不吉《ふきつ》な脈《みゃく》動《どう》だ。いかなる魔物《まもの》がいるというのだろう、濃霧《のうむ》にも似《に》た白っぽい闇《やみ》の中では、判然《はんぜん》としない。

その闇が、ゆらりと揺《ゆ》らめく。小山のような質量《しつりょう》を持った『なにか』が、びりびりと肌を叩《たた》く妖気《ようき》を放ちながら身を起こした。厄災《やくさい》を、撒《ま》き散らすため。

それを、止めるためだろうか。次々、戦装束《いくさしょうぞく》の者たちが邪悪《じゃあく》な闇へ挑《いど》んでいく。

真っ先に輝《かがや》く剣《けん》を閃《ひらめ》かせたのは、がっしりした体格を持つ若者だ。吹きつける妖気の圧力《あつりょく》で金《きん》髪《ぱつ》をたてがみのように逆立《さかだ》たせ、身に着けた青い金属鎧《きんぞくよろい》の重さなどまるで感じさせぬ軽やかな勢いで、雄叫《おたけ》びを上げながら大剣を振り上げる。

と、白銀《はくぎん》の刀身《とうしん》がまるで若者の内なる活力を映し出すかのように、目映《まばゆ》い金赤色《きんせきしょく》の炎《ほのお》を纏《まと》った。

大剣が振るわれると、刃《やいば》と炎とは溶《と》け合《あ》うように渾然一体《こんぜんいったい》となって、解《と》き放《はな》たれる。形ある灼《しゃく》熱《ねつ》が、生き物のようにのたうち『なにか』へと集中した。闇が一瞬《いっしゅん》、紅《あか》く染まる。

飛び散った火の粉《こ》を受けながら、若者は高貴《こうき》さと野蛮《やばん》さが半々に現れた顔に、不敵《ふてき》な笑みを浮かべた。そして油断《ゆだん》なく地を蹴《け》り、次なる者に場を譲《ゆず》る。

計《はか》ったように、無数《むすう》のきらめきが一点へと渦巻《うずま》いていった。

それは天に差し上げられた両手に集中しており、手を伸ばしているのは竜《りゅう》を模《も》した胸飾《むねかざ》りの法《ほう》衣《い》を纏う、赤毛の少女である。小柄《こがら》で、華奢《きゃしゃ》な少女だ。手足も細く、腰などは若者の半分ほどしかないかも知れない。面差《おもざ》しにしても繊細《せんさい》で、肌は抜けるように白い。

少女が閉じていた切れ長の目を半眼《はんがん》にし、藍色《あいいろ》の瞳を覗《のぞ》かせると、きらめきが一気に膨《ふく》れ上がった。左右に開かれた腕の動きに従って半円状《はんえんじょう》の軌跡《きせき》を描《えが》き、体の前で再び寄せられた手に合わせて集積《しゅうせき》する。そして、凄《すさ》まじい奔流《ほんりゅう》となって撃《う》ち放たれた。

若者が跳《と》び退《の》いた丁度《ちょうど》その場所を通り、きらめきの奔流は先の一撃《いちげき》で動きを止めた『なにか』に吸い込まれ……爆発《ばくはつ》する。

微細《びさい》な光の粒子《りゅうし》の一つ一つが、人間など跡形《あとかた》も残さず消滅《しょうめつ》させるに足る稲妻《いなづま》へと変わった。無数の閃光《せんこう》が、『なにか』を包む——あるいは、『なにか』そのものの——闇を灼《や》き裂《さ》き、その巨体を幾度《いくど》も震《ふる》わせていく。

だが、天地を揺るがす二度の攻撃を受けてなお、『なにか』はその邪悪《じゃあく》な生命力を失わなかった。それどころか、より一層の悪意を剥《む》き出しにし、妖気を強めると腕と思しき塊《かたまり》を持ち上げる。ぬらりと紫《むらさき》に光る爪は、少女の身《み》の丈《たけ》より長く、若者の剣より鋭く見えた。

ありったけの破滅を籠《こ》められた爪が、閃耀《せんよう》を解き放ち無防備《むぼうび》になった少女に振り下ろされる。

刹那《せつな》、割り入った影が野獣《やじゅう》ですら持ち得ない俊敏《しゅんびん》さで、その爪に立ち向かった。少女よりなお小さい影は、しかし四本の巨大な爪を弾《はじ》き返し、なおかつ内一本を叩き切ってのける。

成したのは薄青《うすあお》く輝く金属製の牙《きば》で、それを口にくわえ突進《とっしん》したのは黒髪の少年だ。神秘の魔《ま》法印《ほういん》が刻まれた闇色《やみいろ》の外套《がいとう》を纏い、幼さの残る野性的な顔を、興奮からか紅潮《こうちょう》させている。けれど爛々《らんらん》と金色に輝く眼差《まなざ》しはただ敵のみを見据《みす》え、離さなかった。

口から牙状《きばじょう》の武器を素早く取り出すと、少年は双牙《そうが》を繋《つな》ぐ中心部分を握《にぎ》りしめ、咆哮《ほうこう》を上げる。『なにか』の周囲を霊気が包んだかと思うと、それは可視《かし》できるほど力を有した檻《おり》と化した。

そして、少年は低い姿勢から高く高く跳躍《ちょうやく》する。彼が空中で一回転しつつ振りかざした牙状武器が、『なにか』を包む霊気の檻《おり》と接触した瞬間……氷の薄板《うすいた》のように檻が砕《くだ》け、そこに囚《とら》われていた『なにか』もまた、何百何千という裂傷《れっしょう》を表皮《ひょうひ》に刻《きざ》み込まれた。

それこそ一瞬、檻ごと砕けてしまったかと思うほど、静かで凄《すさ》まじい一撃だ。明らかに、『なにか』の巨体は揺らいでいた。揺らぎながら、それでも、口腔《こうくう》に力を集中させる。噛《か》み合わさった太い牙の隙間《すきま》から、ちろちろと赤黒い炎が洩《も》れ……そして、吐《は》き出された。

鉄すら一息に溶《と》かす煉獄《れんごく》の焔《ほのお》が降り注がんとしたその時、艶《つや》やかに輝く不思議な金属の盾《たて》がかざされる。愚《おろ》かしいほど突出《とっしゅつ》した位置で仁王立《におうだ》ち、盾の主は焔を余《あま》さず一人で受け止めた。

盾とその主《あるじ》によって分かたれた焔が収まると、全身を焦《こ》げつかせながらなお健在な姿が現れる。

若者たち全員を足してもなお上回るだろう高齢《こうれい》の老人だ。一見した印象《いんしょう》に不似合いな若々しい精《せい》気を、盾と同じく不思議な素材《そざい》で出来た兜《かぶと》の奥、寄せた白い眉《まゆ》の下の瞳《ひとみ》に宿《やど》らせている。

観賞用《かんしょうよう》かと思えるほど美麗《びれい》な意匠《いしょう》の鎧《よろい》が音を立て、剣を構《かま》える騎士の彫像《ちょうぞう》が据《す》えられた杖《つえ》を、彼は胸元へと引き寄せた。流れるような動きで、杖が振るわれる。十字の軌跡《きせき》を描いて。

軌跡は巨大な刃《やいば》となり、『なにか』の表面に刻み込まれる。大爆発が、刃から巻き起こされた。

吹き荒れた爆風の中から再び『なにか』の爪が繰り出されるが、今度は老人に向け突き込まれた三本の爪は、その直前に発された強烈な閃光《せんこう》に狙《ねら》いを眩《くら》まされている。閃光を放ったのは、しなやかな肢体《したい》を鏡《かがみ》のように磨《みが》き上げられた鎧で覆《おお》う、長い黒髪の女性。

彼女は見当違いの方向に繰り出された腕の内側に滑《すべ》り込み、健康的な色気を有した優《やさ》しげな顔で、薄く笑んだ。太陽を模した飾りを有す扇《おうぎ》が、遅滞《ちたい》なく開く。

踊《おど》るような……否、舞踏《ぶとう》そのものの華麗《かれい》な動作で扇は、四度《よたび》ひるがえった。その都度《つど》に扇からは熱風《ねっぷう》が生み出され、帯状《おびじょう》のそれは女性の周囲を優雅《ゆうが》に舞うと、次々に『なにか』へと吸い込まれていく。強大な、破壊力《はかいりょく》を持って。

連続した打撃音と共に、きっちり四度、『なにか』はよろめいた。

怒号《どごう》が、響《ひび》き渡る。嵐《あらし》のように妖気が吹き荒れ、先ほどまでとは比べものにならない力が、高い一点に集中し始めた。

老人がかざした杖に秘められた防護《ぼうご》の力を発動させ、少女はそれとは種類が違う護《まも》りの呪文《じゅもん》を唱《とな》え始める。残り三人が、再びの攻撃を繰り出そうとした。だが、それら全てより早く。

ほの白い闇が凝縮《ぎょうしゅく》し、『なにか』が、想像を絶する一撃を放った。

カーン……カーン……カーン……カーン……

1

冷たいとも熱いともわからない、とにかく『凄《すさ》まじい攻撃』としか思えない一撃を浴びた……

そう思った瞬間、アルスは目を覚ました。

目に映る薄闇は、妖気漂《ようきただよ》う異空間《いくうかん》ではなく、見慣《みな》れた自室である。

何度かまばたきをして、さっきまでの光景が夢の中のものであったことに、ようやく気づいた。

ゆるゆると溜息を吐き、それからゆっくり身を起こす。意識が醒《さ》めてみれば、なんのことはない、どこまでも平凡《へいぼん》な朝の目覚めだった。

強《こわ》ばった体をほぐしながら、欠伸《あくび》をする。黒髪の下、柔和《にゅうわ》でいかにも人当たりの好さそうな顔が、穏やかな微笑《ほほえ》みを浮かべた。

大きめの黒い瞳が見つめる先、簡素《かんそ》な寝台の上のずれ落ちた掛布《かけふ》の陰《かげ》で、丸まっていた緑色の生き物が身をほどく。ぎるり、と縦長《たてなが》の瞳孔《どうこう》が現れた。

「おはよう、ギガ」

アルスの声にその生き物、小蜥蜴《ことかげ》のギガは、どこを見ているかわからない目を動かしつつ、四つ足を駆使《くし》して床《ゆか》へと這《は》い降りた。

朝霧《あさぎり》に、鐘《かね》の音が溶《と》けていく。波の響きが、潮《しお》の香りと共にその音を彩《いろど》っていた。

フィッシュベル。それはエスタード島で唯一の漁村に、相応《ふさわ》しい名前だ。

教会の鐘楼《しょうろう》に腰掛けて、アルスは海を眺《なが》めていた。片方の耳を聾《ろう》していた音色《ねいろ》も、やがては名《な》残惜《ごりお》しげに消えていく。朝一番の勤《つと》めを終えた神父は今頃、いつものように鐘を揺らす一階の紐《ひも》を手放し、めっきり衰《おとろ》えてきた腰をさすっていることだろう。

アルスの視界には村の半面を支配する海岸、不似合いに大きな波止場《はとば》、そしてどこまでも続く海が広がっている。

アルスの黒い瞳は、茫洋《ぼうよう》たる眺めをただ映し出していた。

傍《かたわ》らに投げ出された緑色の帽子から、布地よりなお濃《こ》い緑が見え隠れする。小蜥蜴《ことかげ》のギガは、暖《あたた》まりきらない血肉《けつにく》を憂《うれ》うように、緩慢《かんまん》な動きを見せていた。

どれくらい、そうしていたろうか。不意《ふい》に人の気配《けはい》を感じ、アルスは振り返った。少し遅れて壁の縁《ふち》に、黒革《くろかわ》の手袋が現れる。そして、その持ち主を壁の上へ引き上げた。

「よう。やっぱり、ここにいたな」

張りのある好《よ》い声が、親しげに投げかけられる。危《あぶ》なげなく壁の縁に立ち、少し褪《あ》せた色合いの金髪を持つ少年が、初夏を迎えたこの時期の太陽みたいな笑みを見せた。

がっしりした体格には少し不似合いな絹《きぬ》の服が、彼の身分の高さを知らせている。その高貴な血筋《ちすじ》を感じさせる顔立ちに、いっそ野卑《やひ》と言っていいくらい逞《たくま》しい表情。

この少年がエスタード島を治めるグラン家の長子、キーファ・グランその人であることを、知らない者はなかなか信じようとしないだろう。紛《まぎ》れもなく次期国王である少年は、白い歯を見せ悪童《あくどう》の笑みを浮かべていた。

「さあ、行くぜ。アルス」

親指を背後《はいご》、村から離れた森の方へ向けたキーファに、アルスはうなずいて見せる。

「うん」

少年が持ち上げた帽子《ぼうし》から、ギガがころころ、と転がった。


昼前の陽射しを厭《いと》うように、森の奥の遺跡《いせき》は薄霧《うすぎり》を纏《まと》い続けている。

「おまえの親父さんが見つけた、その石片《せきへん》。そいつが絶対、あの台座《だいざ》に収まる最後の一枚さ！」

午後の食餌《えさ》を狙《ねら》う鳥たちでさえ、息を潜《ひそ》めたくなる。そんな空気に不似合いな陽気なキーファの声は、見通しの悪い遺跡の中で彼らの後を追うなら、いい案内となるだろう。

やがて二人は遺跡の一角《いっかく》、半ば崩れかけながらもそびえ立つ、石造りの建物に辿《たど》り着いた。

「ワクワクしてくるじゃないか！　絶対、絶対、なにかが起こるぜ！」

興奮を抑えきれない様子のキーファに、アルスは微苦笑《びくしょう》を浮かべる。

「オレたちが住んでいるエスタード島は世界にたった一つ、ここしか存在しない……なんて言われてる、小さな小さな島だ。なのに、不思議じゃないか？」

将来、自分が統治《とうち》することになるだろう土地を評するキーファの台詞《せりふ》は、これまで何十回と聞かされたものである。それでもアルスは、黙って続きを促《うなが》した。

「なんで、こんな場所がある？　物知りの爺《じい》さんですら、詳しいことはわからなかった。オレたちはきっと、島とは違う……『外《ほか》の世界』に、触《ふ》れてるんだ」

その言葉は、これまでの何十回とは違った重みを伴《ともな》って、アルスに響く。

二人の眼前の建物。どこか神殿《しんでん》を思わせるそれは、堅《かた》く閉《と》ざされた扉《とびら》によって、少年たちの好奇心を刺激《しげき》し続けるに過ぎなかった。これまでは。

「……開いた、もんね」

だが今、扉は開いていた。少年たちが解き明かした秘密によって、だ。

なにはともあれ、心を躍《おど》らせ中へ向かおうとする。そんな二人に、出し抜けに声がかかった。

「ウフフ、見たわよ。近頃《ちかごろ》ずっと走り回っていたのは……そういうわけだったのね！」

抑制《よくせい》を利《き》かせれば可憐《かれん》な、たとえばキーファの妹であるリーサ姫にも負けないくらい可憐な声が、意地悪く響く。

ぎょっとなって、二人は恐る恐る振り返った。崩《くず》れた壁の陰から、声の主である少女が現れる。

キーファが、苦虫《にがむし》を噛《か》み潰《つぶ》したような表情で呟《つぶや》いた。

「マリベル……」

いかにも嫌そうな彼をことさら無視し少女、マリベルは、アルスの方に半眼《はんがん》を向ける。相手が王子であることなど、まるで意に介《かい》していない。

「ひどいじゃないの、アルス。こんな面白《おもしろ》そうなこと、あたしに教えてくれないなんて」

小柄《こがら》で、華奢《きゃしゃ》な少女だ。手足も細く、腰などはキーファの半分くらいしかないかも知れない。

面差《おもざ》しにしても繊細《せんさい》で、肌は抜けるように白い。だが不思議と、弱々しい感じはしなかった。それは良く言えば意志の強そうな、悪く言えば高慢《こうまん》そうな表情のせいだ。切れ長の目に収まった藍色《あいいろ》の瞳が、さも楽しそうに二人の少年を見据《みす》える。

「あのさ、マリベル……」

「アルス」

ぴしゃりと、少女は幼馴染の弁明《べんめい》を遮《さえぎ》った。

「あんたはあたしに、いっぱい借りがあるはずよね？」

網元《あみもと》の娘であるマリベルは、漁業《ぎょぎょう》だけで成り立っている小さな漁村《フィッシュベル》で、ある意味、キーファ以上の権力《けんりょく》を持っている。誰もが彼女に気を使い、誰に対しても彼女は好き放題《ほうだい》やってきた。

そんな中で唯一、飾り気なく普通につき合ってきたのは、アルスだけだったのかも知れない。彼の父が信望厚《しんぼうあつ》い村一番の漁師《りょうし》であることを抜きにしても、少年はその茫洋《ぼうよう》とした性格によって、彼女のわがままを受け容れてきたのである。

借りがあるとすれば、それはむしろマリベルの方なんじゃないか……と、キーファは思った。自分を無視され憮然《ぶぜん》としていた彼だったが、続く少女の発言に目を剝《む》く。

「あたしも一緒に行くわ。いいでしょ、アルス？」

「なっ！　ちょっと待て、マリベル！　そんなの、駄目《だめ》に決まってるだろ！」

自分より年上の少年の慌《あわ》て声に、マリベルは小憎《こにく》らしげな微笑《びしょう》を浮かべた。頭巾《ずきん》からこぼれる柔《やわ》らかな赤毛を、か細く優美《ゆうび》な指で梳《す》き上げる。

「あら。そんなこと言って、いいの？　王様に言いつけて、二度とこの場所に近づけなくしてもらってもいいのよ？」

ぐっ、とキーファが言葉に詰《つ》まった。彼女の言うとおりになれば、監視《かんし》に動員されるであろう兵士の苦労なども含《ふく》め、余計な厄介事《やっかいごと》を背負《せお》うばかりである。傍若無人《ぼうじゃくぶじん》に見えて、彼はけっこう常識的な所も残しているのだ。

「ウフフ。あきらめて、あたしを仲間にしなさいよ。ね？」

アルスは目の前の二人を見比べ……柔らかな笑みを浮かべた。きょとん、とするマリベルに目を細め、ふっと溜息を吐く。そして、

「……いいよ」

彼は、うなずいた。げんなりした顔でうなだれるキーファと、対照的《たいしょうてき》に喜色満面《きしょくまんめん》で手を合わせるマリベル。

「ありがと、アルス！　さあ、早く連れてってよ。あんたたちの秘密の場所にね！」

「はあ……しょうがないなあ。ちょっと予定が狂《くる》っちまったけど……行こうぜ、アルス」

気を取り直すように、キーファは腕を回した。それから、改めて扉の向こうへ足を踏み出す。

マリベルも、遅れずに続いた。

「フフ……ワクワクするわ」

いつもなら、アルスたちを先行させて偉《えら》そうについてくる所だ。それが自分から動くあたり、彼女も興奮《こうふん》しているのだろう。

アルスは先ほどと同じ柔らかな笑みを、もう一度そっと浮かべた。

なんだかんだ言っても、三人はよくこうやって一緒に遊んだものだ。お仕着《しき》せな生活を嫌っていたマリベルにとって、アルスやキーファと遊ぶことは、ほぼ唯一と言って良い息抜《いきぬ》きだった。

村外れの古木によじ登ったり、野良犬に追いかけられたり、素朴《そぼく》な筏《いかだ》で川を下ったり。それは大人にとっては下らない『冒険ごっこ』かも知れなかったが……アルスたちにとっては、紛《まぎ》れもない『冒険』だった。

いつからかマリベルが女らしくなり、少年たちはなんとなく彼女を避《さ》けるようになっていた。彼らの気持ちなどわからないマリベルは、不満を募《つの》らせていただろう。

しかし今は三人が一緒にいることで、似たような表情を浮かべ、目を輝かせている。

アルスにはそれが、嬉しかった。

2

そもそもの始まりは、数週間前にまでさかのぼる。

ある日、突然キーファが言い出したのだ。エスタード島において禁断《きんだん》の地とされてきた王家の墓、その遺跡《いせき》を探ろう……と。

「オレはずっと、思っていたんだ。なにかが、オレの運命を変えてしまうようななにかが、あの遺跡にはあるんだって」

そう言うキーファの口調は、いつもの突拍子《とっぴょうし》もない思いつきを実行しようとする時と、変わらなかったけれど。どこか、単なる思いつきに留まらない強い思い――彼自身の言葉を借りるなら、運命に関わるなにか――を感じさせた。

　城の王子と漁師の息子、そんな身分の差を越えて、二人は長年を友人として過ごしてきている。狭《せま》い島内に近い年頃の子供がいなかったせいもあるが、性格的な相性も大きかったのだろう。

　彼は年下のアルスを弟のように扱《あつか》い、常に引っ張り回していたが……その実、少々頼りなげでも穏《おだ》やかで優《やさ》しいアルスが、強引《ごういん》で暴走《ぼうそう》しがちなキーファを補助《ほじょ》してきたのだ。

　もともとそのアルスからして、遺跡には惹《ひ》かれるものを感じていたのである。多分、その存在を知った時から、ずっと。少年たちはそれまで熱中していたことを棚上《たなあ》げにしてでも、遺跡の謎に挑《いど》むことに決めた。

「思い返してみると……」

　夜の帳《とばり》に包まれた、遺跡。赤々と燃える松明《たいまつ》を手に、ろくな手がかりもないまま闇雲《やみくも》にこの場所を探り続けた日々を思い返し、アルスは苦笑する。

「ずいぶん、遠回りしたね」

「だな。こいつが怪《あや》しいってのは、最初っから思ってたんだけど」

　キーファの見上げる先には、杖を掲《かか》げた賢者《けんじゃ》の石像《せきぞう》。それは霧《きり》の薄闇《うすやみ》にあって、波間《なみま》の岩礁《がんしょう》のような遺跡の構成群《こうせいぐん》の一角に、仰々《ぎょうぎょう》しく立っていた。賢者が背を向けた先、まっすぐ石畳《いしだたみ》を進んだ彼方《かなた》には、半ば崩れた石造りの建物がある。

郵便はがき

50円切手を
はってください

160-8307

東京都新宿区西新宿 4−15−7
後楽園新宿ビル 3階
株式会社エニックス

小説ドラゴンクエストⅦ エデンの戦士たち

① 少年、世界を開き

このたびは本書をお買い上げいただき有り難うございます。お手数ですが裏面のアンケートにお答えください。今後の書籍企画の参考とさせていただきます。お答えいただいた方の中から、抽選で100名様に特製テレホンカードをプレゼントいたします。

●締め切り:平成13年8月31日消印有効
※当選発表は発送をもってかえさせて頂きます。

フリガナ お名前	男・女	年齢 歳	職業
ご住所			
電話番号			

小説ドラゴンクエストVII エデンの戦士たち
① 少年、世界を開き
愛読者アンケート

Q1,本書をお買い求めになった理由は？

（　　　　　　　　　　　　　　　　　　）

Q2,本書をどこでご購入されましたか？（書店名をお書き下さい）

（　　　　　　　　　　　　　　　　　　）

Q3,本書を何でお知りになりましたか？
1.書店で見かけて　2.雑誌広告　3.投げ込みチラシ　4.インターネット

5.その他（　　　　　　　　　　　　　　　　　　）

Q4,既刊の小説ドラゴンクエストシリーズ（Ⅰ～Ⅵ）を読んだことはありますか？

いいえ／はい　（はいとお答えいただいた方はそのタイトルをお書き下さい）

『　　　　　　　　　　　　　　　　　　』

Q5,最近読んで面白かった書籍（ジャンル問わず）をお書き下さい。（複数可）

（　　　　　　　　　　　　　　　　　　）

Q6,本書の感想をお書き下さい。

（　　　　　　　　　　　　　　　　　　）

ご協力ありがとうございました。

当初からその建物こそが『当たり』だと考えた二人だったが、重々しい扉は堅《かた》く閉ざされ、いかような手段をもってしても開くことはなかった。

仕方なしに別な一角で見つけた不思議な地下洞《ちかどう》を探ったりもしたが、広大な水脈《すいみゃく》を発見した程度で、取り立てて凄《すご》いものを見つけられたわけでもない。探索《たんさく》は、手詰《てづ》まりに陥《おちい》りかけていた。

きっと二人がもう少し幼ければ、そこで『良し』としていただろう。地下水脈は暗闇の中で神《しん》秘的《ぴてき》な光彩《こうさい》を見せ、しばし時を忘れさせるだけの美しさを有《ゆう》していた。その発見だけで、充分《じゅうぶん》に価値があるものだと満足できたはずだ。

だが、いったん火の点《つ》いた少年たちの探求心《たんきゅうしん》は、それで終わりにすることなど出来なかった。その思いが結局、紆余曲折《うよきょくせつ》を経《へ》て出発点へと彼らを立ち戻らせたのである。

探索当初と違うのは、二人が謎の解法《かいほう》を得ているということ。キーファが王城の宝物庫《ほうもつこ》から持ち出した古文書にはこの石の賢者が描《えが》かれ、難解《なんかい》な古代語を解読してくれた隠遁《いんとん》の老爺《ろうや》は語った。

『選ばれし者の心清き熱意、其《それ》を大いなる意思が受け容れた時、進むべき道は示されん』

「オレみたいな選ばれし正直者が『扉よ開け』と強く念じればいい、ってわけだよな」

鼻息も荒く賢者の石像を見上げる友人に、アルスは微笑《ほほえ》みかけた。

「キーファは、嘘がつけないたちだもんね」

「ああ。……あぁ？」

少し憮然《ぶぜん》としたキーファに、その友は変わらず笑うだけだ。下唇《したくちびる》を突き出してふてくされた表情を作り、キーファは声を張り上げた。

「さあっ、始めるぞ！　アルス、心の準備はいいか？」

うなずくアルスの仕草《しぐさ》はごく自然で、なんの迷いも見受けられない。とことんまでつき合うよ、との無言の意志が感じられた。そのことに意を強め、キーファは胸を反《そ》らす。

「爺《じい》さんが言ったように、本当に心の輝きで道が開けるなら……」

アルスが、言葉を継《つ》ぐ。

「僕たちにその資格があるならば……」

その瞬間、二人は今までの苦労を全て忘れた。ただ、願う。

「どうかオレたちを受け容れてくれ！」

「僕たちに、新たな道を開いてください！」

心を、一つにして。

それは、幼い頃からずっと一緒だった二人にしてみれば、ごく自然なことだった。

他人からすれば、奔放《ほうぽう》な王子が振り回すだけの関係に見えるかも知れない。だが当人たちに主《しゅ》従《じゅう》の意識など毛ほどもなく、互いが互いにとって一番の友人だとなんの疑いもなく信じられた。

『ひょっとしたら……その思い込みが、奇跡《きせき》を呼び起こすかもしれんな』

老爺が、楽天的なキーファをからかうように投げかけた台詞《せりふ》だ。けれど、その時の二人の気持ちは、奇跡などではなく。そして引き起こされた結果も、ことによると奇跡でもなんでもない、当然の帰結《きけつ》だったのかも知れない。

「な、なんだ？」

期待混《きたいま》じりの狼狽《ろうばい》の声を上げるキーファと、無言のアルス。二人の見つめる先で、石の賢者が掲げる杖に、おぼろな光が灯《とも》った。光はそのきらめきを増し、やがて少年二人を合わせたよりなお重いだろう巨体が、ゆっくりと回転する。

「いったい、なにが起こるんだっ⁉」

賢者は、二人に背を向けた。あるいは、年若き探求者《たんきゅうしゃ》たちを導《みちび》くかのように。掲げた杖に宿《やど》る光は膨《ふく》れ上がり、そして迸《ほとばし》る。まっすぐに、建物の扉を目指して。

遠く闇に溶け込んだ建物に、太い音が響く。二人の目は、堅く閉ざされていた扉、その向こうに続く空間をはっきりと捉《とら》えていた。

「すごい！　すごいぞ！　どうやっても開かなかった扉が！」

キーファは飛び上がり、そして駆け出す。

「こんな仕掛《しか》けになっていたんだ……」

やや遅れて、アルスも続いた。先に建物の入口へと辿《たど》り着いていたキーファは、早く中に入りたい、そんな感情を表すかのように頬《ほお》を紅潮《こうちょう》させつつ、親友を迎《むか》える。

「アルス！　オレたち、ついにやったんだな！」

待ち望んだ冒険への入口を背に、彼は手を挙《あ》げた。アルスは笑って、身長差を埋《う》めるために小さく跳躍《ちょうやく》し、その手を叩《たた》く。小気味《こきみ》よい音が、静まり返った闇《やみ》に響いた。

「くううう！　この奥になにがあるのか、楽しみだぜ！」

両の拳《こぶし》を握《にぎ》りしめ、キーファは全身を震《ふる》わせる。

「さあ、行こうアルス!」

「うん。新しい冒険の、始まりだ」

そうして二人は、歩みを揃《そろ》えて建物の中へと踏み込んだ。


「おぉ〜! 建物の中は、こんな風になってたのか!」

内部はアルスの手にした松明《たいまつ》によって、幾星霜《いくせいそう》かぶりの明かりに満たされていた。

外より多少、空気が冷たい。だが壁材《へきざい》の色合いが暖かいためか、寒々しい印象はなかった。そんな中を元気いっぱいに駆け込んだキーファが早速《さっそく》、好奇心に満ちた声を出す。

「おい、アルス! これ見てみろよ。床《ゆか》になにか、書いてあるぜ!」

相当の広さを持つ室内の中心部には真四角の縦穴《たてあな》があり、古びた縄《なわ》ばしごがかけられていた。

キーファが面白そうに見ているのはその穴の周囲、石造《いしづく》りの床に変化が現《あら》れているあたりだ。

アルスが近づいて眺めると、なるほど縦穴を取り囲むように床の材質《ざいしつ》が変化しており、そこにはなにやら文字のようなものが刻まれている。二人がこの場所に辿り着く要因《よういん》となった、あの古文書のものと、よく似ていた。

「でも、こんなの読めるわけないしなあ……」

腕組みをし、キーファは首を振る。その彼の横でしゃがみ込み、アルスは床に厚《あつ》く積《つ》もった埃《ほこり》を払った。年月が天井《てんじょう》の石材《せきざい》の表面を削《けず》り、舞《ま》い散ったものと思える。手が白く汚れてしまったことに眉《まゆ》をしかめつつ、少年は文字を凝視《ぎょうし》した。

とにかく、あちこち調べてみるか。そう思い周囲を見回すキーファの耳に、聞き慣れない重い口調の声が届く。

「遺跡……が、開かれた、時、伝説、は、再び……語られん」

ぎょっ、となって視線を転じると、アルスはじっと床の文字を見つめていた。今までどこに潜《ひそ》んでいたものか、あの小蜥蜴が主人の頭の上に乗り、同じように床へ橙《だいだい》色《いろ》の瞳を向けている。

「読めるのか!?」

そう言われ、アルスは気《き》抜《ぬ》けした顔で見返す。

「え?」

「え、じゃなくてだな。そいつが、読めるのか?」

「ああ、そう言えば……」

改《あらた》めて文字へと視線をやる。古文書は読めなかったというのに、床に書かれた文字は、まるで自ら内容を語りかけてくるかのように、アルスの中に入ってきた。

「ただ闇雲に進もうともゆく道は開けない。心の目を研《と》ぎ澄《す》まし、示された言葉の真実を解《と》き明《あ》かすべし。並び立つ聖者《せいじゃ》たちは遺跡を守り、また復活への道を示すであろう……」

滔々《とうとう》と語る友人の声に、キーファは再び腕を組み、首を振った。

「……ま、いいか。読めるんなら、それで」

少し、微妙《びみょう》な口調だった。

3

「……それで、まあ『聖者』とやらにここで見つけた武具《ぶぐ》を捧《ささ》げて、扉が開いたってわけさ」

「ふぅん。これが、そうなわけ？」

「うん」

キーファ、マリベル、アルス。三人の前には四体の石像が並び、それぞれが鎧《よろい》、盾《たて》、兜《かぶと》、剣《つるぎ》を象《かたど》った置物を、差し出した手の上に乗せている。いずれも、複雑な建物内部を試行錯誤《しこうさくご》しながらくぐり抜けたアルスとキーファが、見つけ出したものだ。

三人がいるのは建物の地下深く、無数の篝火《かがりび》に浮かび上がる空間である。上層《じょうそう》と違って色褪《いろあ》せた様子を見せない建材で構成された、ちょっとした広場のような場所だ。周囲は堀《ほり》が囲い、かつて地下洞《ちかどう》で目にしたものと源《みなもと》を同じくするのであろう水が、満たされている。

石像は、ここに至る入口の扉を開いた賢者像に、どこか似ていた。おそらく、同じ石工によるものなのだろう。悠久《ゆうきゅう》の時を経てなお荘厳《そうごん》な表情に、確かな技巧《ぎこう》が感じられる。

だがそれよりもっと目を引くのは、石像たちが手にした四種の置物だ。

アルスたちによって発見されるまで、どれほどの時間が経過《けいか》したかもわからない。だが、それぞれが神聖な雰囲気を漂わせ、見事な造形《ぞうけい》は素人目《しろうとめ》にも、まさに聖者が装備《そうび》するに相応《ふさわ》しい品を象っていると思えた。

「綺麗《きれい》……なんか、もったいないわね。持っていっちゃダメなの？」

「扉が閉まっちまうだろうが」

ちぇ、とマリベルは舌を出した。視線を転じれば、そこに話題となった扉がある。黒みを帯《お》びた石材を黄金の飾りで縁取《ふちど》った、豪奢《ごうしゃ》なものだ。アルスたちが最初に目にした時には、一枚板のように隙間《すきま》なく閉ざされていたその扉も、今は開きその奥を顕《あら》わにしている。

「さあ、行こう」

アルスに促され、一行は扉の奥へと向かった。枯《か》れ蔦《つた》に覆《おお》われた通路を抜けると、その先には広間がある。人の背ほどもある杯《さかずきじょう》状の台が並び、赤と青、二色の幻想的《げんそうてき》な炎が交互に灯《とも》されていた。その台の群の向こうに浮かび上がる物を目にして、マリベルは息を飲む。

先ほどの四体とは比べものにならないほど巨大な石像が二体、同じく巨大な燭台《しょくだい》と剣とを手に、壁際にそびえ立っていた。二体の巨像《きょぞう》に守護されるかのように扉があり、これも既に開かれている。

いかめしい表情の巨像と、立ち並ぶ台に灯された炎。それらが相まって、厳粛《げんしゅく》で神秘的な雰囲気を醸《かも》し出《だ》す。

「神殿《しんでん》……なの？　ここは」

「かもな。さあ、この奥だぜ」

待ちきれない、という様子でキーファが歩を進める。彼とアルスがここを訪れるのは二度目なのでマリベルほどは気圧《けお》されておらず、この先にある物にこそ彼の興味《きょうみ》は集中していた。

「あの扉も、あんたたちが開けたのね？」

キーファを追いながら、マリベルは恨《うら》めしげにアルスをにらむ。

「まあ」

「ずるいじゃない。あたしがいない時に、謎解《なぞと》きだけ済《す》ませちゃうだなんて」

きょとん、としたアルスだったが、やがて笑い出す。笑うんじゃないわよ、とマリベルは頬《ほほ》を膨《ふく》らませた。

普段の彼女であれば、絶対にそんなことは言わない。むしろ、楽が出来た、と喜ぶはずだ。面《めん》倒《どう》は他人に、結果は自分に、が彼女の方針である。

（それが、まあ……）

よほど鬱屈《うっくつ》していたんだろうな、とアルスは思う。そう言えば数日ほど前、出航前《しゅっこうまえ》の漁船に潜《もぐ》り込んで、つまみ出されたりもしていた。

フィッシュベルの年中行事である『アミット漁』、一年の大漁を祈願《きがん》し遠出を行う漁船が出る、その時のことだ。指揮《しき》を執《と》ったアルスの父、ボルカノは網《あみ》の中に紛れ込んだ石片《せきへん》を見つけており、それこそが三人の道を開く鍵《かぎ》となるはずである。

巨像に守られた入口の向こうは、『神殿』という印象を更に強めるものだった。

空気が静けさを増しているように感じられるのは、そう広くない廊下だからだろうか。足下《あしもと》の赤い絨毯《じゅうたん》は、以前にここを訪《おとず》れた二人の足跡を除《のぞ》けば、美しい毛並みを維持《いじ》している。

廊下《ろうか》が突き当たりで左右に分かれ、そこには背に翼《つばさ》を生やした女性像に挟《はさ》まれ、石碑《せきひ》が安置《あんち》されていた。石碑に刻まれた古代文字を見上げ、マリベルは眉《まゆ》をひそめる。

「あんた、よくこんなの読めるわね」

「うん……自分でも、そう思う」

そもそも、なぜ読めるのか。それが不思議だった。古代文字を習った記憶など、無論《むろん》ない。もしあったなら、古文書の文章も読めたはずだ。やはりこの遺跡の文字には、なにか及《およ》びもつかない仕掛《しか》けがあるのだろうか、とアルスは思った。

「で、これはなんて書いてあるの？」

己《おのれ》の考えに没頭《ぼっとう》しかけた少年を、マリベルの声が引き戻す。思考を振り払い、最初にこの場所を訪れた時と同じように、アルスはゆっくりとそこに書かれた文を読み上げた。

「失われし世界の姿を求めし者よ。世界は四つの源に分かれ、その姿を今に残す。在《あ》るべきものは、在るべき所へ。世界は真の姿を現す」

「失われし……世界？」

「おい、なにやってんだ？」

遅れがちな同行者を急《せ》き立てに、先行したキーファが戻って来る。マリベルは石碑を指差した。

「これ……どういう意味だと思う？」

「『失われた世界』がどうたら、ってやつか？　だから、そのために石版《せきばん》の謎《なぞ》を解《と》くんだよ」

廊下の先には左右ともに部屋があり、双方《そうほう》の部屋がまた新たな部屋に繋《つな》がっている。この合計四つの部屋にはそれぞれ複数の台座《だいざ》があり、各部屋ごとに緑、青、黄、赤……とその色は違った。

廊下とは壁一枚を隔てた向こうには、台座の間に挟まれるように更なる部屋が存在し、そこにはそれぞれの台座を象徴《しょうちょう》するように四つ、各色の石で作られた祠が建てられている。祠《ほこら》の間の奥には鉄格子《てつごうし》の扉があり、祠そのものの扉もそうだが、堅く閉ざされ開く気配はなかった。

そして、この神殿で見つけた二枚の石片は、黄色い台座の一つにぴったりと収まったのである。

「台座にはあと一枚分くらいの隙間が残ってた。アルスの親父さんが見つけた石片が、そこにはまりそうだから、こうして確かめに来てるんだ。説明したろ？」

「想像しながら聞くのと、実際にその場に来るのとじゃ、全然ちがうわよ」

議論《ぎろん》になりかけた二人を、アルスがやんわりと留《とど》めた。

「じゃ、そのためにも、台座に石片を填《は》めようか？」

妥当《だとう》な提案《ていあん》に、二人もうなずく。うなずいてから、はたとキーファは気づいた。

「って、それはオレのセリフだろ！」

台座の前に立ち、アルスは脇に下げた荷物袋《にもつぶくろ》から石片を取り出した。厚さは指の一関節《ひとかんせつ》ほどか、堅《かた》く均質《きんしつ》な板である。まっすぐな端《はし》に沿《そ》って枠飾《わくかざ》りが描かれ、割れた部分に染《し》みのように色が塗《ぬ》られている。

いかにも曰《いわ》くありげな品であったため、これを発見したボルカノは、念《ねん》のため王城《おうじょう》に献上《けんじょう》しようと考えた。代理を命じた息子がその正体を知っていたとは、露《つゆ》ほども思っていなかっただろう。

「……ついに四枚、そろったな」

キーファが、感慨深《かんがいぶか》げに言う。台座に収まる石版は、推測《すいそく》どおり四つに割れてしまっていたようだ。台座にはその内の一片だけが残されていたが、神殿内に他の二片も落ちていた。それら三つは既に組み合わせて台座に塡《は》められており、空白部の形はアルスの手にした石片そっくりである。石版が完成すると、表面の着色《ちゃくしょく》が地形のような模様《もよう》を描くものと思われた。

そのことを確かめるべく、ゆっくりと慎重《しんちょう》に、アルスは石片を台座の上に持っていく。

「さあ、なにが起きるんだ？」

まるで台座が意志を持つものであるかのように話しかけ、アルスは、石片を塡めた。

割れたことによって生じた罅《ひび》が、石版の表面から消える。そう錯覚《さっかく》するほど、隙間なく石片は組み合わされたのだ。

そして。

「えっ？　ちょっと、な、なんなのよ！」

マリベルが、狼狽《ろうばい》の声を上げる。

「この光は！」

台座の上で、完成された石版が、光を放っていた。最初は微弱《びじゃく》に、しかしあっという間に目映《まばゆ》く。強まった光は石版の上方だけに留まらず、周囲にまで溢《あふ》れる。

「え？　え??　きゃぁぁぁぁっ!!」

「う、うわぁぁっ！」

甲高《かんだか》いマリベルの悲鳴《ひめい》と、キーファの慌《あわ》てる声。溢れた光が視界《しかい》の全てを覆《おお》い尽《つ》くし、なにも見えなくなった時……三人の全身を、浮遊感《ふゆうかん》が包《つつ》んだ。

「これは……?」

眩《まぶ》しさに細めたアルスの目が、夢幻《むげん》のごとく揺《ゆ》らめく光と、無数の輝きとを捉《とら》える。

最早《もはや》どちらが上でどちらが下か、その感覚すら定かではなかった。足下は消失《しょうしつ》し、落下しているとも上昇《じょうしょう》しているともつかない浮遊感の中で、降り注ぐ輝きは次々とアルスたちを通り過ぎていく。

揺らめく光は、青。過ぎ行く輝きは、銀。ただ『青』と言っても、ただ『銀』と言っても、それぞれがその中で、無限とも思える変化をしている。

(海の中みたいだ……)

痺《しび》れたようにぼんやりした頭で、アルスはそんなことを思った。その意識も、光と輝きも、やがて溶《と》け合い……途絶《とだ》えた。

4

冷たい空気が鼻の奥をくすぐり、アルスは小さなくしゃみをした。唐突《とうとつ》な動きに驚いて、主人の顔のあたりでじっとしていた小蜥蜴《ことかげ》が、慌てて彼の服に潜《もぐ》り込む。

目を瞬《しばた》かせ、アルスは長く息を吐いた。頭がぐらつき、ひどく気分が悪い。生まれてこのかた一度も船酔《ふなよ》いをしたことがない彼だが、もし経験があれば、今の感覚とよく似ていることに気づいただろう。

周囲は、暗かった。神殿に踏み込んだ時には太陽が燦々《さんさん》と輝いていたはずだが、どんより曇った空に光はない。あたりは鬱蒼《うっそう》とした木々が取り囲み、どうやら森の中のようだった。

「あいたたた……」

と、キーファの呻《うめ》き声が聞こえてくる。頭を振りながらアルスが身を起こすと、彼は腰をさすりながら立ち上がっている所だった。

平坦な場所は少なく、下生《したば》えで覆《おお》われた地面も所々で地肌を露出《ろしゅつ》させている。三人が倒《たお》れていたのは、その数少ない平坦な場所あたりだった。

「ふぅ……やれやれ。なんだったんだ？　今のは」

すぐそばにマリベルも転がっている。苦しそうに目をきつく閉じているのを見て、アルスは慌《あわ》てて這《は》い寄った。膝立《ひざだ》ちの姿勢のまま、少女の軽い体を抱き起こす。

その刺激で覚醒《かくせい》したのか、長い睫毛《まつげ》が何度か上下し、やがて瞳《ひとみ》の藍色《あいいろ》が覗《のぞ》いた。

「アルス……？」

「マリベル、大丈夫か？」

夢見るような眼差《まなざ》しでしばらく幼馴染《おさななじ》みを見つめていたマリベルだったが、その肩越しから顔を出したキーファを認めた途端きっ、と表情を厳《きび》しくする。そして、飛び起きた。

「大丈夫なわけ、ないでしょ！」

可憐な顔を歪《ゆが》め、怒鳴《どな》りつける。急に負荷《ふか》のなくなった腕を手持ちぶさたに上下させ、アルスも立ち上がった。

「なんだったのよ今のはっ⁉」

「さあ……？」

「あの神殿にいて、なにかが起こったのは確かだけど」

少女の剣幕《けんまく》に対し、少年二人の声は呑気《のんき》なものだった。今頃になって、キーファは周囲を見回し不思議そうな顔をする。

「そう言えば、見たことのない場所だな」

「エスタード島に、こんな所があったかな？」

「なに言ってんのよ、あったに決まってるじゃない。現に」

首をかしげるアルスに、マリベルは周囲を示して見せる。

「こうして、あるんだし」

そして、苛々《いらいら》と唇《くちびる》を尖《とが》らせた。

「……にしても、どうしてここって、こんなに空が暗いのよ？　それでなくても気分が悪いのに、もうほんと、最低ね」

そう言われても、アルスにはどうしようもない。困《こま》ったように黙《だま》り込《こ》む少年だったが、その後で、そもそもここがどこか、という疑問に行き当たった。

「あの後、どうしたんだろうなオレたち。台座の所で足下《あしもと》が崩《くず》れて、川に流されたとか？」

どうやら同じようなことを、キーファも考えていたらしい。けれど彼の説には無理があった。

「それだと、服が濡《ぬ》れてるんじゃないかな」

「それもそうか。だったら……」

「でも……」

あやふやな推測《すいそく》を持ち出しては否定し、二人は頭を悩《なや》ませる。そんな少年たちに構《かま》わず、マリベルは倒れていた時に服や髪についた草を払《はら》った。

ひとしきりそうして、納得《なっとく》がいくと、軽く咳払《せきばら》いをして注意を促《うなが》す。

「……さてと。じゃあ、あたしは家に帰るからね」

「え？　道、わかるの？」

「どうせ遺跡《いせき》の周《まわ》りのどっかでしょ？　すぐに見覚えがある所に出るわ」

なるほど、自然に考えるなら、確かにそうだ。彼女にしてみれば、どうやってここに来たのか、といったことはどうでもいいらしい。

「アルス、キーファ。遊んでくれてありがと」

もう一度髪を払って、マリベルは二人に冷たい眼差しを投げた。

「つまらなかったわ。じゃあね」

なんとも手ひどい捨て台詞《せりふ》を残し、彼女は少年たちに背を向ける。先刻まで冒険心に目を輝かせていた様子が、信じられないほどの変貌《へんぼう》ぶりだった。

そうして、起伏《きふく》の激しい山道に文句《もんく》を呟《つぶや》きながら、歩み去ってしまう。小柄な後ろ姿は、すぐに森の木立《こだち》に消えた。

二人してそれを見送ってから、キーファが、ため息をつく。

「さて……オレたちも、いつまでもここにいても仕方《しかた》ないしな」

「行こうか？」

うなずき、彼は目についた適当《てきとう》な棒《ぼう》を手に取って、アルスに投げ渡すと、自分も別な棒を拾《ひろ》い上げた。剣《けん》代わり、というわけだ。『冒険』ではいつも、そうしていたのである。

「ここって本当に、どこなんだろうな？」

「うん。マリベルは自信たっぷりだったけど……」

進みやすそうな方向、つまりはマリベルの歩み去った方向に足を向ける。

と、前方から突然《とつぜん》、その少女の悲鳴《ひめい》が響《ひび》いてきた。2人は顔を見合わせて、走り出す。


木々の合間《あいま》を抜けながら、マリベルは呟《つぶや》いた。

「まったく……こんなもんかしらね」

最後は思わず小憎《こにく》らしい言い草になってしまったが、それだけ、久しぶりの『冒険』への期待が大きかったのである。

憎まれ口を叩《たた》いてしまったのも、現実との差に落胆《らくたん》させられたせいだった。

（いつからだろうな。こんな性格になっちゃったのって）

そんなことを、考える。そうする内も黙々《もくもく》と歩を進めていると、やがて目の前は開け、谷間と思われる広場に辿《たど》りついた。

「やっと歩きやすくなるわね」

息を吐き、額《ひたい》に薄く浮かんだ汗を拭《ぬぐ》う。華奢《きゃしゃ》な体は、あまり運動向きには出来ていなかった。

幼い頃から病気がちだったし、今も体力がある方ではけしてない。けれど、そのことでやりたいことをやらせてもらえなかったり、変に気を使われたりするのは嫌だった。

だから今日、二人に同道《どうどう》を許してもらった時、嬉《うれ》しかった。本当に嬉しかった。脅迫《きょうはく》めいたことを言ってしまったのだって、不安だったからだ。弱いから、頼りにならないから、女だから。そんないつもの理由で、仲間外れにしてほしくなかったからだ。

けれど……今、こうして自ら、二人から離れてしまっている。それは、強がりなのかも知れない。仲間に加わるのも離れるのも、自分で選んでいるのだと、証明《しょうめい》したかったのかも知れない。捨《す》て置かれるのが嫌なのと同じように、同情《どうじょう》されるのも嫌だから。

だから、マリベルは後悔《こうかい》した。

唐突《とうとつ》に目の前に現れた三つの青い塊《かたまり》が、柔らかな体を震わせながら襲《おそ》いかかって来た時に、悲鳴を上げてしまったことを。

アルスとキーファが駆《か》けつけると、少女は三体の生き物に取り囲まれていた。玉葱形《たまねぎがた》をした青い軟泥状《なんでいじょう》の生物である。半分、液体のようなそいつが、笑った風な顔のまま跳《は》ね回っていた。

マリベルが悲鳴を上げたのも、無理からぬことである。そんな生き物は、見たことはなかった。

「なんなんだ、この変な生き物はぁっ？」

キーファが棒を振り上げながら、狼狽《うろた》える。

一見して、滑稽《こっけい》な姿。しかしその生き物が開いた口の中に牙《きば》を覗《のぞ》かせ、半固形《はんこけい》の体を揺らして飛びかかろうとする様は、野生の獣《けもの》が持つのと同じ危険を有して見えた。

「やだっ……なによ、コレぇ!?」

立ちすくむマリベルに、軟体生物《なんたいせいぶつ》の内の一体が飛びかかる。だがその白い肌に牙が食い込むより早く、アルスが割って入った。

手にした棒を振るって、自分の頭より大きな相手を払いのける。すかさずキーファが別な一体を、駆《か》け寄《よ》り様に思い切り蹴《け》り飛ばす。

「アルス……」

「危なかった。もう大丈夫だよ」

優しく笑う幼馴染の朴訥《ぼくとつ》な表情に、マリベルの動揺が引いていく。と同時に、自分がアルスの袖《そで》を摑《つか》み、弱々しくすがりついていることに気づいた。慌てて手を離し、居丈高《いたけだか》に言う。

「あっ……あんた、どうでもいいから早くなんとかしなさいよっ！」

思わず助ける気も失せそうな物言《ものい》いだったが、アルスは苦笑すると、うなずいた。

キーファと視線を交わし、素早く互いの担当を決める。アルスは先ほど払いのけた相手、キーファがまだ動いていない相手だ。

「……っ！」

無言の気合いと共にアルスは、足を踏み出し棒を叩きつけた。狙《ねら》い過《あやま》たず玉葱形の体を捉《とら》え、ほとんど地面すれすれまでへこませる。しかし棒を戻すと、ぼよん、と元の形に戻ってしまった。

ダメか、と唇を噛《か》みしめたアルスだったが、彼の足下で、相手はだらしなく地面に広がった。それ以後も動き出す様子はなく、どうやら息絶《いきた》えたようだ。

横へ目をやると、キーファの相手もぐずぐずと地面に溶け出していた。彼が最初に蹴り飛ばした最初の一匹は、どうやら逃げ出したらしい。あたりは、再びの静寂《せいじゃく》に包まれた。

「な……なんなのよ、ここは……！」

まだ血の気が引いたままの顔で、マリベルが引きつった声を出す。目の端《はし》に、涙が滲《にじ》んでいた。

「どうして、魔物《まもの》なんかいるのよっ！」

「……魔物？　今のが、魔物なのか？」

地面に染み込んだ液体の跡《あと》を、屈《かが》み込んで棒の先でつついていたキーファが、興味深そうに聞き返す。落ち着かせようと伸《の》ばされたアルスの手を弾《はじ》き、マリベルは怒鳴った。

「じゃなかったら！　今の薄気味悪《うすきみわる》い生き物は、なんだっていうのっ⁉」

「魔物……」

キーファは相手の剣幕《けんまく》に構《かま》わず、じっと地面の染みを見つめて考え込む。

「とっ、とにかく！」

手応《てごた》えのない彼を無視することに決め、マリベルは怒りの矛先《ほこさき》をアルスへ変更《へんこう》した。

「こんなことになったのは、あんたたちのせいだからねっ！　あんたたちが、無理矢理あたしをこんな所に連れてきたからいけないのよっ！」

責任転嫁《せきにんてんか》もいい所である。まくし立てたマリベル自身、己の言い分が無茶苦茶なのはわかっていた。ただ、誰かに当たり散らさなければ、恐怖と動揺《どうよう》を抑《おさ》えられなかったのだ。

それがわかっているのか、いないのか、アルスは素直に謝《あやま》った。

「ごめん」

勝手について来たくせに、とは言わない。ついて来たがったのはマリベルだが、それを認めたのは自分たち。彼はごく自然に、そう考える。

それでも怒りが収まらないふりをして、マリベルは高慢《こうまん》に言い放った。

「アルス！　あんた、ちゃんと責任をとって、あたしを無事に家まで送り届《とど》けるのよ！」

そうしなければ、泣いてしまいそうだったから。アルスの優しさと、自分の情けなさに。

すぐに彼がうなずいたものだから、余計その思いは強まった。

「おいっ、アルス！」

と、黙り込んでいたキーファが、急に勢《いきお》い良く立ち上がる。身勝手を責《せ》められるのか、とマリベルが震えたが、キーファの顔に浮かんでいたのは、満面《まんめん》の喜悦《きえつ》だった。

「ちゃんと見たよな！　今のは、本物の魔物なんだぞ！」

大仰《おおぎょう》に腕を広げ、それから胸元に引き寄せ、目を閉じ拳《こぶし》を握《にぎ》りしめる。

「クゥ〜っ！　なんだか知らないけど、ワクワクしてきたぜ！」

この森で目覚めた時の気抜けした様とは、大違いだった。彼の中の好奇心と冒険心が再び高まっているのが、傍目《はため》にもすぐわかる。

一瞬《いっしゅん》ぽかん、としたマリベルだったが、アルスが忍び笑いを漏《も》らしているのに気づき、カッとなってキーファを怒鳴った。

「バカッ！　どうしてこんな時に、あんたは喜んでんのよっ！」

しかしキーファは、なにを言っているのかわからない、という表情で彼女を見下ろすのみだ。かなり身長差のある相手の前で、少女は盛大《せいだい》に溜息《ためいき》をついた。肩を落として腕組《うでぐ》みし、疲《つか》れたように言葉を紡《つむ》ぐ。

「……とにかく。あたしは、いつまでもこんな所にいたくないわ。さっさとあたしを連れて、家に帰るのよ」

そして、とアルスに指を突きつけた。

「いいわね！」

少し身を仰《の》け反《ぞ》らせて指先を見つめた少年は、それから、優しく微笑んだ。

「うん。一緒に行こう」

それを嬉しい、と思うことが悔しくて……マリベルは、憮然《ぶぜん》と外方《そっぽ》を向いた。

第2章　種を蒔《ま》く女《ひと》

1

ブゥンっ！

繰り出された触手《しょくしゅ》を、アルスは必死になって避《よ》けた。後退しようとして膝《ひざ》が砕《くだ》け、その場でたたらを踏《ふ》んでしまう。懐《ふところ》から飛び出てしまったギガを、なんとか引っ摑《つか》んで頭の上に乗せた。

巨大なナスビに長い触手を貼《は》りつけたような、珍妙《ちんみょう》な姿をした魔物。紫色の表皮《ひょうひ》に貼りついた丸い目玉が、小馬鹿にするように動く。そこに映る自分の姿を、アルスは呆《ほう》けたように見つめた。

「アルスっ！　なに寝ぼけてんのっ！」

甲高《かんだか》い声が、呆然としていた彼を覚醒《かくせい》させた。アルスは慌てて両足に力を込め、敵から跳び離れる。さっきまで彼がいた空間をもう一度、触手が薙《な》いでいった。奇矯《ききょう》な外観《がいかん》とは裏腹に、鞭《むち》のようにしなる触手には、充分《じゅうぶん》な殺傷能力《さっしょうのうりょく》が秘められている。

つ、とアルスの頰《ほお》を冷や汗が伝った。

「ちょ、ちょっと！　こっち来ないでよっ！　きゃあ！　きゃーっ！」

小動物みたいな悲鳴を上げながら先ほどの声の主、マリベルが駆け寄ってきた。いかにも気の強そうな顔を、今は恐怖とも焦《あせ》りともつかない表情で歪《ゆが》めている。

彼女の背後には、目と口を青色の体にへばりつかせた、軟泥状《なんでいじょう》の生物。最初の森でも襲《おそ》いかかってきたそいつは、『スライム』と呼ばれていた。

「アルス！　マリベル！　どけっ」

跳ね寄って来るスライムを避《よ》けようと、もつれ合って倒れそうになる。そんな二人の横を、疾風《しっぷう》が駆け抜けた。風の正体は、金色の髪をたてがみのように乱したキーファだ。

「でぇえっ、やぁっ！」

若々しい張りを持つ咆哮《ほうこう》が、少年の喉《のど》から溢《あふ》れた。一足飛びに間合いを詰《つ》め、組み合わせた両手を力強く、スライムに叩《たた》きつける。

ぶしゃっ！

大量の水気《みずけ》を含んだ野菜を強打すると、こんな音がするだろう。青い軟泥生物は滑稽《こっけい》なほどにひしゃげ、変形の限界《げんかい》に達した所で、体の形を維持する力を失った。あとは大量の液体となって、その場に弾《はじ》けるのみ。

要領よく弾けた液体を避けたキーファは、二人を振り返った。その顔には緊張《きんちょう》もあるが、遊び場の子供のように快活《かいかつ》な喜びも見られる。

「そっち行ったぞっ、アルス！」

「きゃーきゃーっ！　アルス来たわよ！」

背後に少女をかばい、アルスは手にした竹の槍《やり》を構《かま》えた。竹の先端を斜《なな》めに切り落とし尖《とが》らせた剣呑《けんのん》な代物だが、へっぴり腰で構えられていては、その殺傷力《さっしょうりょく》も存分に発揮《はっき》できそうにない。ナスビの怪物が、踊るような仕草《しぐさ》で近づいてくる。頭の上で足踏みをするギガと同じく、釣れて思わず踊りそうになりながら、アルスは決然《けつぜん》とした表情で竹槍《たけやり》を振りかざした。

謎の神殿から不思議な石版の力で見知らぬ地へと飛ばされたアルスたちは、とにかく森を出るべく、歩き始めた。ここがエスタード島のどこかだとは思えなかったが、ひょっとしたら、見覚《みおぼ》えのある場所に出る可能性もある。

魔物に襲われた谷間の広場から、出来るだけ平坦な場所を選んで歩く内、木々がその数を減らしていった。

「わりと呆気《あっけ》なく出られそうだな」

妙につまらなさそうに、先頭を歩くキーファが呟《つぶや》く。また魔物が現れた時の用心として、さっきの棒は手放していなかった。すぐ後ろを歩くマリベルの方は、それより逃げた方が早い、となにも持たないままである。いずれにせよ、素手《すで》よりはまし、といった程度なのだから。

「森を出たって、安全とは限らないじゃない」

そのマリベルの非難《ひなん》は、かえってキーファの意気を揚《あ》げさせたようだった。

「森の外は森の外で、違う魔物が出るのかも知れないな」

「処置《しょち》なし、ね」

歩きながら棒を数度、素振りする無邪気《むじゃき》な様子に、マリベルは肩《かた》をすくめて嘆息《たんそく》する。

そこで隣《となり》を歩くアルスに目をやってみると彼は彼で、一見してなんの変哲《へんてつ》もないが、その実エスタード島とはまるで違う森の木々に、心を奪《うば》われているようだった。頭の上のギガと一緒に、ふらふら定まらない視線をさまよわせている。

やれやれ、とマリベルは呟き首を振る。そのため、キーファが唐突に立ち止まったことに気づかず、広い背中に鼻先をぶつけてしまった。

「痛っ……なによ！」

「あなたたちは、誰？」

答えたのはキーファではなく、聞《き》き覚《おぼ》えのない声だった。それも、女性の。

木立《こだち》もいよいよまばらになったあたり、そこで立ち上がる女性がいた。二十代の半ばくらいであろうか、動きやすそうな服の上に鉄の胸《むね》当《あ》てをつけ、腰には長剣《ちょうけん》を下げている。長く伸びた淡《あわ》い色の金髪を、角の飾りがついた鉄兜《てつかぶと》から流していた。堂々たる女戦士の風情《ふぜい》だ。

腰の剣に手をかけてはいないものの、森の奥から唐突に現れた三人組に対し、警戒《けいかい》しているのがはっきりとわかった。整《ととの》った顔が、少し厳《きび》しい表情を浮かべている。

「あっ……驚かせてしまって、すいません」

相手が妙齢《みょうれい》の女性とわかってか、キーファは手にした棒を放り出し、歩み寄りながらよそ行きの声を出した。

「オレ、じゃないボク、たちは、怪《あや》しい者じゃありません。オ……ボクの名前はキーファ。グランエスタード城の王子です」

その、いかにも無理をしたような丁寧《ていねい》な言葉に、後ろのアルスとマリベルは吹《ふ》き出しそうになる。背後からでも、彼が緊張《きんちょう》しているのがはっきりわかった。

「……エスタード？　まさか……」

一方の女戦士は、怪訝《けげん》そうな顔をしている。そのことを不思議に思いながら、アルスも友人の傍《かたわ》らに進み出た。

「僕は、アルスです。キーファの仲間で、こっちが……」

「マリベルよ。それはそうと、このあたりはずいぶんと空が暗いのね。えっと……」

初対面で、しかも明らかに年上の相手だというのに、マリベルは遠慮《えんりょ》がない。しかしその態度に腹を立てた様子もなく、女戦士は胸元に手を当て微笑んで見せた。

「……申し遅れました、私の名前はマチルダです」

「マチルダさん？　マチルダさんは、こんな暗い所で草むしりでもしていたの？」

マリベルが見ているのは、マチルダの手。根と葉の区別もつかない地味な色合いの草が、束《たば》になって握られていた。どうやら三人が現れる前は、それを摘《つ》んでいたらしい。

少女の視線を追って自分の手に目をやり、女戦士は微笑みをやや哀《かな》しげなものへ変えた。

「いえ……この草は、そこにある墓に供《そな》えようと」

憂《うれ》いに彩《いろど》られた横顔を見せた彼女の青い瞳は、下生えも枯れ果てた一角に向いている。そこには水音《みずおと》が聞こえないほど流れの淀《よど》んだ川があり、その畔《ほとり》にいくつもの墓が並んでいた。

墓といっても、土を盛り十字に組み合わせた板を突き刺しただけの、寂《さび》しいものだ。マチルダに示されるまで、三人もそこに墓があることに気づかなかった。

「お墓に供える……って、ねえ、それって雑草じゃない？　わざわざ、お墓に植《う》えなおすの？」

雑草と言ってもその姿は様々で、中には美しい花を咲かせるものもある。だが女戦士の手にしているものは、マリベルの言葉どおり、わざわざ墓に供えるようなものとは思えなかった。

瞳《ひとみ》に憂愁《ゆうしゅう》を漂わせ、マチルダはまるで接吻《せっぷん》するかのように優しく草を持ち上げて見せる。

「この草は……花の代わり、です。見てのとおり、このあたりには、花が咲かないので」

言われて見れば、確かに暗い森の色合いは単調《たんちょう》で、目につくものは茶と緑ばかり。ずっと森の木々を見回していたアルスも、ついぞ花など見ていなかった。

「なので……せめて、雑草でも、と思って……」

この女《ひと》は、いったいどれくらいの間、こんな表情を浮かべ続けているんだろう。

不意に、アルスはそう思った。彼女の整った面差《おもざ》しは常に哀しみと憂《うれ》いを帯《お》び、そのことによって美しさを増しているようにさえ見える。

「あ、そうだ！　花ならあるわよ！」

重くなった空気を変えるためか、唐突にマリベルが声を上げた。

「って、種だけど。エスタード島の森で拾ったの。家の周りにでも、蒔《ま》こうかと思って……なによ？」

衣《ころも》の隠《かく》しから折り畳んだ蠟紙《ろうし》を取り出す彼女を、アルスとキーファが揃って、不思議そうに見つめた。

「あ、いや……その…」

「意外なことするんだな、と」

「あのねぇ。女の子にそれはないいんじゃない？」

だってなあ、と少年たちは顔を見合わせる。マリベルのことだから、『花なんて買ってくるものでしょ』とでも言うのかと考えていたのだ。

「花の種……すみません。よろしければ、少しわけていただけませんか？」

おずおずと、マチルダが聞く。がさつな幼馴染みたちに嚙《か》みついていた少女は、ぱっと表情を切り替《か》えて女戦士に歩み寄る。

「もちろん。全部、あげるわよ」

「ありがとうございます」

差し出された蠟紙ごと彼女の手を握りしめ、マチルダは深々と頭を下げた。気まぐれで集めただけのものでここまで感謝されると、マリベルとしては照れるしかない。

「早速、蒔いてみますわ」

ほのかに嬉しそうな様子を見せ、女戦士は墓へと歩み寄った。三人も追随《ついずい》し、手分《てわ》けをして指先で地面に空けた穴に、種を埋めていく。水気がない、養分《ようぶん》の乏《とぼ》しそうな土だった。森を構成する植物が一様に陰鬱《いんうつ》な色彩《しきさい》なのも、わかる気がする。

アルスは川から水をすくい、盛った土の上にかけていった。そんな彼の耳に、マチルダのか細い呟《つぶや》きが届く。

「……これで、死んだ者の魂《たましい》も、少しは癒《いや》されましょう」

その言葉が、どこか自嘲《じちょう》めいて聞こえたのが、少し気になった。

2

「申し上げにくいのですが……今すぐに戻ることは、できませんわ」

これからどうするかと問われ、それぞれの家に戻りたい、とアルスたちは伝えた。しかしマチルダは言いづらそうに、そう答えたのである。

実際、彼女の言うとおりだった。マチルダと別れて森を出た後、彼女に教えてもらった方向にしばらく歩くと、村落《そんらく》に辿《たど》り着いたのだが……三人の誰もが、そんな村など知らなかった。

「なんだか、よっぽどおかしな所に紛《まぎ》れ込んじゃったみたいね」

顔をしかめ、マリベルは厭《いと》わしげに愚痴《ぐち》る。

「これも、あんたたちが神殿につまらない悪戯《いたずら》したせいよ。ちょっとは反省しなさいよね」

「しかし……暗い村だな。みんな、疲れた顔してるし」

聞いているのかいないのか、キーファはあたりを見渡しぼやいた。

周囲を木々に囲まれており、そこここで草が生《お》い茂《しげ》っている。自然と一体化した村、という印象で、少し向こうには小川が流れているのも見受けられた。総《そう》じて石造りの家が多いフィッシュベルやグランエスタード城下町と違い、木造建築《もくぞうけんちく》ばかりが目につく。

だが、どの家も一つとして真っ当な建ち方をしていなかった。屋根がなかったり壁が剝《は》がれており、比較的まともな家でさえも支柱《しちゅう》が外れたかのように傾いている。そうした村の状態を放置している村人たちに目をやれば、キーファの言葉どおり誰もが疲労感に満ちた、精彩《せいさい》のない様子だ。

「あの……」

「……はい」

切り崩された建材《けんざい》に腰掛け、遠くを見ている男にアルスは声をかけた。まだ青年といって良いはずの年頃だが、倦怠感《けんたいかん》で、十は老《ふ》けて見える。そのどんよりとした目が、少年を見上げた。

「ああ。ようこそ、旅の方。ここはウッドパルナ、英雄《えいゆう》パルナの伝説の村です」

のろのろと語る口調も機械的で、精気《せいき》が感じ取れない。

「英雄？」

「はい。しかし、そんな勇ましい伝説も、今ではかえって……」

はぁ、という溜息と共に、青年は項垂《うなだ》れた。そこにはそれ以上の会話を拒絶《きょぜつ》する、重苦しい気配が宿っている。アルスも二《に》の句《く》が継《つ》げず、黙《もく》してその場を離れるしかなかった。

青年から目を外してみると、キーファもマリベルも、それぞれ手近な村人に話しかけている。とにかく情報が足りないため、そうするしかないのだ。

と、マリベルがなにやら眉《まゆ》を吊《つ》り上げながら、アルスに突進《とっしん》してきた。

「ど、どうしたの？」

「こんな暗い村に用なんかないわ！　アルス、早くあたしをフィッシュベルに帰してよね！」

頬《ほお》を膨《ふく》らませまくし立てる少女に思わずうなずき返し、それからアルスは首をかしげる。そんな鈍《にぶ》い反応に苛立《いらだ》ちながら、マリベルは自分が歩いて来た方向へ、きつい眼差《まなざ》しを向けた。

その先には屋根が外れ壁も半ばしか残っていない、哀《あわ》れな有様の家がある。どうやら少女は、その周囲でのろのろとなにやら作業をしている男に、話を聞きに行ったらしい。目鼻立ちのくっきりとした、なかなかの美丈夫《びじょうぶ》だった。

「なんで、あたしが、怒鳴られなきゃ、いけないのよ！」

単語ごとに苛立ちを込めて、悔《くや》しげに地面を蹴《け》る。聞けば男が家の建材を剥がしては焚《た》き火に焼《く》べていたため、不審《ふしん》に思って理由を尋《たず》ねたところ、怒鳴りつけられたのだと言う。

「『カミさんのため以外に、どうしてオレが自分の家を壊《こわ》す理由があるんだ？　おい！』だって。ばっかみたい！　わけわかんないわよ！」

顎《あご》を突き出して男の口調を真似《まね》て見せ、マリベルはまた顔を歪《ゆが》める。怒鳴られたことに対してむくれているのか、いい男がどうやら既婚者《きこんしゃ》だったらしいことで八つ当たりされているのか。

そこへ、キーファの声がかかる。なおも喚《わめ》き立《た》てるマリベルを引っ張って行くと、彼は麦わら帽子の農夫の傍らで、太い眉を寄せていた。

「この村は……どうも、村人たち自身の手で、こうなったようだな」

「え？」

示された先は、壊《こわ》れかけた柵《さく》で覆われており、どうやら畑と思われた。曖昧《あいまい》なのは、耕《たがや》され黒土へ換《か》えられた地面が大きく掘り返され、野菜の残骸《ざんがい》が飛び散っているせいだ。これでは畑なのかごみ捨て場なのか、区別がつかない。そんな土地を、農夫は呆然《ぼうぜん》とした顔で見つめていた。

「これは、この人が自分でやったんだってさ」

「どういうことよ？」

「奥さんと娘さんのため、とか言ってるけど……要領《ようりょう》を得《え》ないんだよ」

首をひねるキーファの言葉を聞いて、ふとアルスは呟いた。

「そう言えば……女の人を見ないね。さっきから」

マリベルたちも、はっとなる。なるほど、見回してみても、女性の姿を発見できなかった。

「魔物たちが、どこかへ連れ去ってしまいましての」

三人の疑問に、背後からの声が答える。見れば、そこには杖を手にした老人が立っていた。


村の一角、小川を望む高台。小さな池の畔《ほとり》で寝転び、暗い空を見上げながら、キーファはぼんやり言った。

「魔物が、こんなに人々を苦しめてる場所があった、なんてな……」

エスタード島とさして変わらぬ小さな島の森の中、ひっそりとある、大人しく平和な村。しかしある日、突然に魔物たちが現れ女性たちを連れ去ったのだ、と老人は語った。

そして、魔物は残された男たちに命令したのである。

『自分たちの手で、この村を、二度と立ち直れないくらいまでに壊し続けろ』

母の、妻の、娘の命を握られていた。逆らうことは、できない。

こうしてウッドパルナは、そこに住む者たち自身の手によって、滅びの道を進まされていた。

キーファの傍《かたわ》らに腰掛けたアルスは、哀しい声を漏《も》らす。

「こんなのって、ないよね」

聞けば、二十年ほど前にもこの村は、魔物に襲《おそ》われたのだという。村人たちは力を合わせて抵《てい》抗《こう》することを決め、まず最初に一人の勇気ある青年が魔物のもとへ向かった。他の村人たちもすぐに行くから……と。

しかし村人たちは誰も、青年を助けに行かなかった。死を怖れ、勇気が湧《わ》かず。来るはずの助けが来ないことを知らないまま、青年は魔物と戦い始め、そして二度と帰っては来なかった。

その死んでしまった青年の名が、パルナ。英雄パルナである。伝説と言うには、まだ新しい歴史だった。当時の苦い記憶をまだ覚えている者がいるというのに、再度の魔物の襲撃《しゅうげき》に晒《さら》されている哀しい現実が、そこにある。

「この村がかわいそうなのは、わかったけど」

手近な木の根本によりかかって座るマリベルが、唇を尖らせる。

「それであたしは、いったいいつ家に帰れるのよ?」

「おまえ、さっきからそればっかりだなあ」

身を起こしながら、キーファが呆《あき》れ声を出した。実際問題、いかなる力によるものか、彼らが今いる場所はエスタード島ではないのだ。帰せと言われて、帰せるものでもない。

「放っておいたら、あんたたちのことだからね。村を助けるために魔物を倒そう、なんて言い出しかねないもの」

「うん。そりゃいいな」

「……スライム、だっけ？　あの青いの、聞いた話じゃこのあたりの魔物の中で、いちばん弱いそうよ？　ってことはもっと強くて怖いのがあちこちに、いっ……」

二呼吸《ふたこきゅう》ばかり、ためる。

「……ぱい、いるっていうのに。あたしたちだけで、どうしようってのよ。ねえ、アルス？」

「え？」

急に話を振《ふ》られ、あらぬ方へ目をやっていたアルスはきょとん、とした。彼の頭の上で丸まっていたギガが、先割れした舌で鼻先を舐《な》めている。

マリベルは、盛大なため息を吐いた。そして、いつものように小言を続けようとするが、それよりも早くアルスが呟く。

「あんな所にも、家があるんだね」

気になって彼の視線を追ったマリベルは、小川を越えた先、周囲の木々に埋もれるように建っている小屋を見つけた。

「魔物に気づかれたのかと思って、びっくりしたよ」

木々に隠された小屋の住人、パトリックと名乗った男の子は、そう言って笑った。

小屋の隅《すみ》に設《あつら》えられた寝台にはもう一人の住人、髭面《ひげづら》の大男が寝かされている。パトリックの父で、ハンクというらしい。そのハンクが青ざめた顔で弱々しい呻《うめ》きを漏《も》らしていることが、親子がこの小屋に潜《ひそ》んでいる理由だった。

「お父さんはこの村の、せんしなんだ。だから、女の人を助けるために、魔物とたたかって……」

ぐすっ、とパトリックは涙に咽《むせ》ぶ。

「このケガをなおすには、緑色の『ほうぎょく』がいるって、お医者さまが言ってたんだけど……それがとれる石の山も、今は、魔物がいっぱいで……そうだ！」

もらい泣きしそうになって目を潤《うる》ませていたアルスを見上げ、パトリックは急に声を励《はげ》ました。

「それより、お兄ちゃんたち、どこかでマチルダっていう女の人に会わなかった？」

意外な名前が出たことに、三人は顔を見合わせた。キーファが、髪を掻《か》きながら答える。

「この村のことを教えてくれたのは、そのマチルダさんなんだ」

「ホント⁉　よかったぁ。しばらくマチルダを見なかったから、心配してたんだ」

ほっ、と胸を撫《な》で下ろすパトリックに対し、マリベルが逆に問いかける。

「でも……あの人、この村の人じゃないの？」

「ううん。マチルダは、今、この村を魔物から守ってくれてる人なんだ。だけど、さいきん、家に来てくれなくって」

口振りからして、どうやら村人とは違うらしい。すると他にも人が住んでいる場所があるのか、と三人は思ったのだが、パトリックの知る限り、他に人里《ひとざと》はないという。

「マチルダが来てくれたら、『ほうぎょく』を取ってきて、ってお願いしようと思ってたんだ。それで、さがしてたんだけど……」

「そっか」

再び涙ぐんでいるパトリックの頭を、アルスは優しく撫でた。彼の前に屈《かが》み込んで、うなずいて見せる。

「じゃあ、どこかで会ったら、お願いしてみるよ」

「うん！　ボクもなるべく、さがしてみるね」

「それは危《あぶ》ないから、やめとけ」

キーファが、苦笑した。

その後も色々と聞いて回ったのだが、活路《かつろ》を見出すためには、とにかく村の状況《じょうきょう》を少しでも良くするしかないように思えた。なにしろ、誰もエスタード島のことを知らないのである。

「まったく、人が好い話よね」

マリベルはぶつぶつと文句《もんく》を呟《つぶや》いていたが……パトリックの言った『石の山』すなわちウッドパルナ南東の、カラーストーンと呼ばれる石のある採掘所《さいくつじょ》へ、自分たちだけで赴《おもむ》くことに不承不承《ふしょうぶしょう》でも納得《なっとく》するしかなかった。

マチルダと再会できるあてでもあれば、きっとマリベルは頭から否定《ひてい》したのだろうが。

「おい、アルス。これ持っていけよ」

村内で唯一の商店を前に、疲《つか》れ切った店主と話し込んでいたキーファが、出し抜けに長い棒状《ぼうじょう》の物を放《ほお》った。マリベルの非難《ひなん》を甘《あま》んじて受けていたアルスは、慌《あわ》てて手を伸《の》ばしそれを掴《つか》む。

「ん？　なに、これ」

「オレはともかく、おまえは武器《ぶき》を持ってた方がいいだろ？」

「武器って……また、ちゃちな武器ねえ」

マリベルが呆《あき》れた。それは、真っ直ぐな竹の先端《せんたん》を斜《なな》めに切り落としただけの、貧相《ひんそう》なものだった。突《つ》き刺《さ》されればただでは済《す》まないのは確かだが、あまり長持ちする感じでもない。

「仕方ねえだろ？　そんなんでも五十ゴールドするんだぞ」

「あら。大した額《がく》じゃないでしょ。……まあ、家に帰れば、だけど」

マリベルは網元《あみもと》の娘、キーファは言わずもがな。けれど今現在は、小遣《こづか》い程度しか所持《しょじ》していない子供に過《す》ぎないのだ。アルスなど、一文なしである。

「大体キーファ、あんたいっつも背負《せお》ってるあの大層《たいそう》な剣《けん》はどうしたのよ？」

渡《わた》された竹《たけ》の槍《やり》を振ったり、虚空《こくう》に向けて突いたりしているアルスを無視《むし》し、マリベルは白っぽい眼差《まなざ》しをキーファに向けた。普段《ふだん》の彼は常に、グラン家に代々伝わる大剣を背負っていたはずだが、今日に限《かぎ》ってそれを所持していないのである。

鋭《するど》い指摘《してき》にぐっ、と詰まり、キーファは気まずそうに目をそらす。

「……この間、父上に取り上げられちまったんだよ」

以前に彼は、遺跡の謎《なぞ》を解《と》くために今は亡《な》き女王、つまり自分の母の形見《かたみ》でもある太陽石《たいようせき》の指輪を持ち出したことがあった。結局《けっきょく》それも遺跡の扉を開ける役には立たなかったのだが、温厚《おんこう》で知られるバーンズ王もさすがに激しい怒《いか》りを表《あらわ》し、キーファは軟禁《なんきん》の憂《う》き目にあっている。

隠遁《いんとん》の老爺《ろうや》の助けで古文書が解読《かいどく》され、賢者像に祈った晩のことだ。こっそり城を抜け出したキーファだが、王家の剣はバーンズの手により、隠されてしまったのだ。

「やれやれ。頼もしい武装《ぶそう》だわね」

ふてくされた表情のキーファと、竹の槍を構《かま》えたアルスを見比べ、マリベルは皮肉っぽく肩をすくめた。

3

ふぉんっ！

闇雲《やみくも》に振り回した竹の槍が偶然《ぐうぜん》、ナスビの怪物を打ちのめした。聞き苦しい悲鳴《ひめい》を上げ、魔物《まもの》が地に沈《しず》む。信じ難い、という表情で、アルスは二度と動くことのない魔物を見つめた。

腕が、痺《しび》れている。それは疲《つか》れたとか痛いとか、そういうものではなく……生き物の命を奪《うば》った、という重みによってだ。

採掘所は地下であるにもかかわらず、夕刻《ゆうこく》より少し暗い、といった程度の明るさで満たされていた。大半が掘り尽《つ》くされた後であってもこの周囲の岩肌には、微量《びりょう》なカラーストーンが含《ふく》まれているからだ。

一定の色彩《しきさい》を持って自ら輝くこの神秘の鉱石《こうせき》は、その色によって異なる効果を示すのである。パトリックの言葉が正しいならば、緑色をしたカラーストーンがどこかに存在しているはずだが、今の所は見つけられていない。

「まさか、おとぎ話の魔物と戦うことになるなんてな」

その恵まれた体格と膂力《りょりょく》で、二体の魔物を仕留《しと》めたキーファが、苦い声で言った。マリベルは青ざめた顔で、何度も頭を振っている。

「なんで、あたしが戦わなくちゃいけないのよ」

しかし暗い坑道《こうどう》は、なにも答えてはくれなかった。痛いほどの静寂《せいじゃく》が、三人の怖れをいや増す。

それでも、引き返すわけにはいかなかった。どうせ今いるカラーストーン採掘所内から出たところで、魔物の徘徊《はいかい》する暗い森と、自らを傷つけ続ける人々の痛ましい村があるだけだ。そこに平穏や安全は、エスタード島の生活は、待っていない。島へ帰る手だてを見つけるためにも、行ける所まで行くしかなかった。

次々に襲《おそ》い来る魔物たちと、命懸《いのちが》けの戦いを繰り返しながら。

「……どうした？　アルス」

荒い呼吸を静めていたキーファが、ぼんやりと自分の手を見つめているアルスに、不審《ふしん》げに問いかける。少年たちの会話に、マリベルも眉《まゆ》をひそめた。

ちがう。なにかが、ちがう。

アルスは戸惑《とまど》った。不思議な力が、魔物を打ち倒した己《おのれ》の手に宿《やど》っている。それは数日前、遺跡を探検していた時に見知らぬ古代の文字を読めた、あの際の感覚と似ていた。

「ううん。なんでもないよ」

だが、確証《かくしょう》は持てない。結局なんの結論も出せないまま、アルスは二人に苦笑を見せた。と、その顔が、瞬《また》く間に強《こわ》ばる。

「なっ！」

キーファが驚愕《きょうがく》の声を上げた。闇の隙間《すきま》から、先ほど斃《たお》したものとは違う魔物が、滑《すべ》るように近づいてきていたのだ。そいつは毒々《どくどく》しい色をした、巨大な虫だった。ムカデとも芋虫《いもむし》ともつかない体をくねらせ、手近な場所にいて、なおかつ完全に不意《ふい》を打たれたキーファに牙《きば》を剝《む》く。

「……がっ」

避《よ》けようもなかった。えぐられ鮮血《せんけつ》を吹《ふ》き出す脇腹《わきばら》を押さえ、キーファが倒《たお》れる。

「キーファっ！」

「このっ……！」

少女の絶叫《ぜっきょう》を背に、アルスは魔物に飛びかかった。迫る鋭《するど》い尾を既《すんで》の事《こと》で躱《かわ》し、構えた槍を両手使いに振り下ろす。かすめた槍に敵が怯《ひる》んだところへ、すかさず鋭い突きを繰り出した。

ざきゅっ！

嫌な音がして、複眼《ふくがん》の間に槍の先端《せんたん》が突き立つ。二、三度もがいた後、巨虫《きょちゅう》は動かなくなった。

「キーファ！　ねえ、しっかりしてよ！」

無表情に魔物の死骸《しがい》を見つめていたアルスは、小さな頃から馴染んできた声が震えるのを聞いて、はっと我に返る。

松明《たいまつ》を放り出したマリベルは、手や服が汚れるのも構わず、仰向《あおむ》けにしたキーファの傷を必死に押さえていた。だが傷は深く、キーファの顔からはどんどん血の気が引いていく。

「ちく、しょう……油断《ゆだん》、しちまった……」

「しゃべっちゃ駄目《だめ》よ！」

「アルス……一人で、やったか。やるじゃ、ねえか……オレも負けて、かはっ」

呆然《ぼうぜん》と自分を見下ろす友人にキーファは笑いかけ、しかし吐血《とけつ》する。

想像に難くなかった。先の攻撃で、相当の痛手《いたで》を負《お》ったことは。

そして、誰の助けもないこの洞窟《どうくつ》での重傷《じゅうしょう》は、即《すなわ》ち死に直結することも。

「オレさあ……魔物、見た時……ワクワク、したんだ……やっと、本当の、冒険だって。……もう、ごっこじゃ、ないんだって……」

「しゃべっちゃ駄目だったら……！」

血の泡《あわ》を唇《くちびる》にまとわりつかせ、囁《ささや》くような声色《こわいろ》のキーファ。絶望的なマリベルの声は、今にも壊《こわ》れてしまいそうだ。

「泣くなよ、マリベル……おまえ、らしく、ない……。いつもみたいに、いこうぜ」

「馬鹿……こんな時まで……」

アルスは、見たことがなかった。こんな弱々しく泣くマリベルは。そして、こんな力なく笑うキーファは。

世界が足下から崩れていく感じがする。今まで三人でしてきた『冒険』は、やはり『冒険ごっこ』に過ぎなかった。こんなに辛《つら》く、痛く、哀しくはなかった。

死に瀕《ひん》する仲間を、かけがえのない親友を目の前に、なにもできない自分をアルスは呪《のろ》った。

ちがう。なにかが、ちがう。

なにもできない？　そうではない。しようと、していないだけだ。今ある力、かつてなかった力に、戸惑《とまど》っているだけだ。

泣き続けるマリベルの肩を軽く叩き、アルスはキーファの傍《かたわ》らにひざまずいた。

「アルス……？」

少女の声が、遠い。不思議な力が、魔物を打ち倒した己の手に宿っていた。アルスは確証《かくしょう》を持てないまま、結論も出せないまま、その手をキーファの傷にかざす。

「……アル、ス……？」

遠のきかけた意識の中で、キーファは戸惑った。脇腹の傷がもたらす、灼《や》けた鉄棒《てつぼう》を押しつけられたような熱さに、清爽《せいそう》な冷たさが混じっている。それはキーファの全身にみるみる広がっていって……体に力が、取り戻されていった。

「傷が……！」

マリベルが、呆然《ぼうぜん》と呟く。アルスがかざした手から、金色の光が溢《あふ》れている。彼女が必死で押さえていた、キーファの傷から流れる血。それが金色の光を受け、止まったのだ。

少女は、恐る恐る自分の手をどける。ぞっとするような大きな傷は、跡形《あとかた》もなくなっていた。

「なによ、どういう……」

「……ことだ？」

マリベルの台詞《せりふ》を、ゆっくり起き上がりながら、キーファが継《つ》ぐ。さっきまであれほど真っ青だった顔に、健康的な血の気が取り戻されていた。

その奇跡を成した己の手を、アルスは無言で握《にぎ》りしめる。そんな友人を、キーファとマリベルは、愕然《がくぜん》とした様子で見つめた。

4

坑道を奥へ奥へと進んで行く間、赤や青の光を放つカラーストーンは幾つも目にしたのだが、肝心の緑のものは一向に見つからなかった。不安に駆られながらもアルスたちはやがて、坑道の奥深く、岩肌からの燐光《りんこう》ではとても見通し切れない広い空間へと辿りつく。

「やったぜ！　こいつが緑色のカラーストーンだなっ！」

瀕死《ひんし》の大怪我を負ったばかりだとはとても思えない弾《はず》んだ声を、キーファは上げた。彼らの前には薄《うす》く緑に光る、一抱《ひとかか》えはありそうな岩がある。色を除けばこれまで見かけたものと同じ、完全な形と思えるカラーストーンだった。

色彩によって異なる力を有するカラーストーンの中で、緑色のものは万病《まんびょう》に効果を持つという。

「……って。こんな大きなの、どうやって持って帰ろう？」

アルスの問いに、キーファとマリベルが、顔を見合わせる。転がして行くのは可能だが、地上までには何箇所か階段がある。斜めに掘った穴に板を張っただけの、狭い通路だ。とても、カラーストーンを転がしては通れそうになかった。

「皆さん！」

と、張りのある女声《じょせい》が、闇の向こうから響く。聞き覚えのあるその声の主は、振り返る三人の視界の内に、やがて入って来た。

「マチルダさん⁉」

「……良かった。どうやら、ご無事のようですね」

鋼《はがね》の剣《つるぎ》を鞘《さや》に収《おさ》めながら、女戦士は美しい顔に安堵《あんど》の表情を浮かべる。

「森で、パトリックに会いました。あなたたちだけでここへ向かわれたのではと不安になり、やって来たのですが……どうやら、要《い》らぬ心配だったようですね」

「いやあ、そうでもないですよ。オ……ボクなんて、死にかけましたからね」

危ないからやめておけ、と言われたパトリックだったが、やはり我慢《がまん》できなかったようだ。

あまり冗談になってないことを言って、キーファが笑った。静かに微笑みを返し、マチルダは緑色のカラーストーンに視線を転じる。

「あの子が、緑色の宝玉を探しているのでしたね。ならば是非《ぜひ》、私にも協力させてください」

「と言っても……三人が四人になったって、階段は通せないわよね」

マリベルの懸念《けねん》に、女戦士は首を振った。

「御存知ありませんでしたか。カラーストーンも、そのままでは、あの子の父親を治《なお》せません。これは、こうしなければならないのです……」

マチルダは緑色のカラーストーンに歩み寄ると、手をかざす。何事かと見つめる三人の前で、なにやら集中し始めた。

すると、不思議なことが起こり始める。緑の岩が、輝きを俄《にわか》に強め始めたのだ。輝きはやがて表面の一箇所に集中し、そして澄《す》んだ音を立て、一つの破片《はへん》となってこぼれ落ちた。

「さあ、これをお持ちください」

マチルダは破片を拾い上げ、アルスに手渡す。それは緑色に光る、美しい宝玉《ほうぎょく》であった。マリベルが感嘆《かんたん》の声を上げる。

「すごい……まるで、魔法《まほう》ね」

「ええ、そうですよ」

「は？」

しごくあっさり肯定《こうてい》され、少女が茫然《ぼうぜん》とした。マチルダはむしろ相手の反応の方が意外だったようで、少し怪訝《けげん》そうになる。

だが、互いに納得がいかないことを解消《かいしょう》できるほどの暇《ひま》を、女戦士は与えてくれなかった。

「……では、私は急ぐ身ですので、失礼いたします。帰り道も、魔物にお気をつけください」

そう言って会釈《えしゃく》すると、彼女は背を向け……かけて、再び向きを戻した。

「忘れるところでしたわ。アルスさんたちに、これを貰《もら》っていただきたいのです」

そう言って彼女が懐《ふところ》から取り出したのは、木製《もくせい》の人形だった。表面はくすみ、いびつな頭部に刻まれた目口は薄《うす》れ、関節部《かんせつぶ》を止める紐《ひも》は今にもちぎれそうである。可愛らしい出来とはとても言えないが、どことなく作り手の愛情が伝わってくるような、独特の暖《あたた》かみがある。

「人形、ですか」

手渡されたそれは、大きいとは言えないアルスの手の中にすっぽり収《おさ》まるくらいで、軽々と頼りない重さだった。

「それは私がまだ少女の頃、兄から貰《もら》って、ずっとお守りとして大事にしてきたものです」

「いいの？　そんな大切なもの」

マリベルの問いに、女戦士は淡《あわ》く微笑む。

「……今の私には、似合いませんから」

ああ、まただ。

アルスは思った。彼女の憂《うれ》え顔は、そうでない表情の時より美しく見える。大地に突き立った剣《つるぎ》が、日陰の花に変わったかのように。

整った面差《おもざ》しを悲哀感《ひあいかん》が彩《いろど》る時、マチルダは女戦士ではなく、一人の女性に戻るのだろうか。

それは、とても印象深《いんしょうぶか》いものだけれど……とても、寂しいものだった。

「気に入らないようなら捨ててください。それでは、本当に失礼いたします」

もう一度、頭を下げて、マチルダはアルスらに背を向ける。やがて採掘所のほのかな闇の中へ颯爽《さっそう》とした後ろ姿が消えて、見えなくなるまで、何故《なぜ》か三人は動けなかった。

「マチルダさん……行っちゃったか。なんか、不思議な感じの人だよな」

キーファも、アルスと同じような感想を彼女に対し抱いているようである。緑色の宝玉と共にアルスの手の中に収まった人形を、マリベルは感慨深《かんがいぶか》げに覗《のぞ》き込んだ。

「なんか……変な人形もらっちゃったね。花の種のお礼のつもりかしら……だったら、気を使わなくていいのにね」

「うん……」

宝玉の霊妙な輝きを傍《かたわ》らにして、笑った表情が刻まれた人形の顔つきも、微妙に変化して見えた。まるでマチルダのような、憂《うれ》え顔に。

風雨に対してわざとなにも対処《たいしょ》せず、放っておかれた宿の部屋。魔物の命令でそうすることを強要《きょうよう》されている劣悪《れつあく》な環境《かんきょう》とは言え、野宿するよりはよほどましだった。

「ちゃんと宿屋にお金を払っといてくれるなんて、あの子けっこう、気が利《き》くわよね」

「うん」

一応の清潔さは保たれている敷布《しきぬの》に身を横たえて、マリベルはくつろいだ声を出す。

村に戻った頃には、ただでさえ暗い所が、鼻を抓《つま》まれてもわからないような闇に包まれていた。到底晴れるとは思えない曇天《どんてん》の世界に、夜が訪れたのである。

パトリックを訪ねると、彼はまだ起きて父の看病《かんびょう》をしていた。そこで早速に緑色の宝玉を渡すと、しきりに有り難がられ、宿の手配《てはい》までしてくれたのである。

相当《そうとう》の衣装持《いしょうも》ちであるマリベルだが、着の身着のままで迷い込んだウッドパルナであるから、寝間着《ねまき》など持ってはいない。今は上着と頭巾《ずきん》と靴《くつ》だけ脱ぎ、寝台に寝転んでいた。その格好で、部屋の中央に据《す》えられた書き物台とその上の洋灯《ランプ》越しに、既に寝入《ねい》ったキーファを見やる。

彼は靴を脱いだだけで、掛布《かけぬの》もかぶらず、鼾《いびき》をかいていた。

「ほんと、キーファってばどこでもすぐに寝れるんだから、まったく。うらやましいわよ」

「うん……」

一方ですぐ隣《となり》の寝台で寝るアルスは、マリベル同様、楽な格好《かっこう》をしている。彼より先に枕元で目を閉じ丸まる小蜥蜴《ことかげ》が目に入ってきて、少女は不快感を漂《ただよ》わせた。

宿に入った当初は強硬《きょうこう》に別部屋を主張していたマリベルだったが、他の部屋はとても使える状態ではないと宿の主人に聞かされ、不承不承《ふしょうぶしょう》こうして同部屋で納得している。

「……さてと。無駄話はこれくらいにして、あたしもそろそろ寝ようかな」

「……うん……」

律儀《りちぎ》に答える少年の声は半ば、夢の世界から寄越《よこ》されているかのようだった。その安らかな表情に、くすっ、とマリベルが微笑む。

「じゃあ、おやすみ。キーファとアルス」

今度はさすがに、声は返ってこなかった。書き物台に手を伸ばし、少女は洋灯の火を落とす。

闇の中、板を打ちつけただけの窓が、音を立てて揺れた。ざわざわと、葉擦《はず》れがまるで海の底からの唸《うな》りのように響いてくる。それは、フィッシュベルで物心ついた時から潮騒《しおさい》を聞いてきた耳には、ひどい違和感《いわかん》を覚えさせた。

「……ねえ、アルス」

かすかな、衣擦《きぬず》れの音。

「あたしたちってもしかして、このまま……もう、フィッシュベルに帰れないのかな？」

身を起こした気配《けはい》。アルスは答えない。

「アルスは、家に帰れなくて寂《さび》しくないの？」

聞いていないのかも知れない。それでも、あるいはそれだからこそ、マリベルは続ける。

「あたしはもう……家に、帰りたいよ。パパとママに、会いたい……」

普段の権高《けんだか》な様子からは、とても信じられないほど弱々しい声だ。

「………なんちゃって。ウソよ。あたしがそんなこと、言うわけないでしょ。冗談よ、冗談」

相手がなにを言ったわけでもなく、そもそも眠っているかも知れないのに、マリベルは明るく自分の言葉を否定した。すん、と鼻を鳴らす音が続いたけれど。

「さっ、アルス。いつまでも起きてないで、あんたもさっさと寝なさいよ」

「うん。おやすみ、マリベル」

小さな、優しい声が、答えた。


「……ちゃん！」

闇の中で、幼い声が響く。

「まってよお！　おにいちゃん！」

否、闇ではなかった。小さな家の中だ。十人も入ればいっぱいになりそうな、狭い部屋。その隅《すみ》の階段から、危《あぶ》なっかしく幼い少女が降りてくる。

「どうした？　まだなにか、言い残したことがあるのか？」

扉《とびら》に手をかけた青年が、振り返った。堅革《けんかく》を貼《は》り合わせただけの粗末《そまつ》な鎧《よろい》を纏《まと》い、すり切れた鞘《さや》に収まった長剣を佩《は》いている。

「だって……やっぱり、ひとりでなんて、あぶないよ」

淡い色の金髪と青い瞳は共通するが、逞《たくま》しい長身を持つ青年とどこか薄幸《はっこう》そうな少女には、似たところが少ない。

「だけどな。すぐに誰かが行かなくては、またあの魔物を見失ってしまうかも知れない。まずオレがあの魔物を足止めしておけば、皆が戦いの準備を整えて、すぐ加勢《かせい》してくれるさ」

そう言って青年は、少女の頭に大きな手を置く。

「皆が力を合わせれば、魔物と言えどそれほど怖れることはない。わかるな？」

「うん……」

いい子だ、と青年は笑った。

「では、もう行くぞ。……っと、そうだ」

一度、背を向けかけて、青年は再び少女に向き直った。彼女の前に屈《かが》み込み、懐《ふところ》から小さな物を取り出す。

「おまえにやろうと思って、これを作った。ほら」

「これは……おにんぎょう?」

渡された物を見て、少女は小首《こくび》を傾げる。その人形は、返事が半疑問形《はんぎもんけい》になってしまうほど、不格好《ぶかっこう》な代物だった。

「見てくれは悪いかも知れんが、それでも頑張って作ったんだ。大切にしろよ」

「うん。大切にする。……おにいちゃん、ありがとう!」

青い目を輝かす少女に、青年は優しく笑いかけ、うなずいて見せる。彼は立ち上がり、扉に手をかけた。

「それじゃあ、行ってくる。いい子にしてろよ……」

そして、家を出て行く。今にも泣き出しそうな少女を、残して。


大きく伸びをし、キーファは盛大に欠伸《あくび》を漏《も》らした。

「ふあぁぁ……すっげぇ、よく寝たなぁ」

寝台の上で両足を持ち上げ、それを振った勢いで一気に立ち上がる。そのまま床に飛び下りると、屈伸運動《くっしんうんどう》を始めた。

髪を櫛《くし》で梳《す》かしながら、マリベルは朝から騒《さわ》がしいキーファを半眼《はんがん》で見つめた。その後で、自分と同じように寝台に腰掛けたアルスが、浮かない顔でなにか考え込んでいるのに気づく。

「どうしたの？」

「うん……なんだか、不思議な夢を見て」

荷物袋を探《さぐ》って干し肉の欠片《かけら》を取り出し、寝台の上でじっとしていたギガに与えながら、少年は気怠《けだる》げに答えた。昨晩の自分の様子を忘れたように、マリベルが笑う。

「なによ、そのくらいで。アルスってば、ほんと子供ね」

憮然《ぶぜん》となって干し肉の残りを床に放り、それをギガが追うのを確認してから、アルスは立ち上がった。投げ出したままの上着の袖《そで》に腕を通しながら、今度は無言で昨晩の夢を思い出す。

兄を見送った少女の青い瞳が、妙《みょう》に気にかかっていた。外へ、帰ることのない戦いへ向かう兄は、最後に言ったのだ。

『いい子にしてろよ、マチルダ』

と。

第3章 Bluesky Blue

1

その塔《とう》はウッドパルナの東方、深い森を半日ばかり歩いた場所にあった。五階建てほどだろうか、細身ではあるが、高さだけならグランエスタード城をも越えている。

「心配は御無用です。アルスさんがたのことは、私が守ります」

緊張《きんちょう》を隠せない少年たちに、ハンクは頼もしい笑顔を見せた。昨日までの弱々《よわよわ》しい様子などこ吹《ふ》く風で、鉄板《てっぱん》を甲羅《こうら》のように並べ鎖《くさり》で繋《つな》いだ鎧《よろい》で大柄な体を覆《おお》い、杭《くい》打《う》ちに使われるような大型の木槌《きづち》を担《かつ》いでいる。

緑色の宝玉の力は、確かだった。ただの一晩で、重傷《じゅうしょう》に伏《ふ》せっていたハンクが快復《かいふく》してしまったのである。意識を取り戻した彼は、自分のために危険を冒《おか》してくれたアルスたちに、涙を流さんばかりに感謝《かんしゃ》した。しかし彼らがエスタード島に戻る方法、となると、専門外である。

先日の決断どおり、この地に根づいた悪しき力……すなわち魔物の巣窟《そうくつ》を払う以外、取り得る手段はないように思えた。

「このハンク、今度は決して魔物などに屈《くっ》しませんぞ」

そう言い呵々大笑《かかたいしょう》する様は、頼もしいのか不安なのか、微妙《びみょう》な所ではある。

「でも……これ、本当によかったんですか？」

銅製《どうせい》の剣《けん》を持ち上げて見せ、アルスが尋《たず》ねた。駆《か》け出しの戦士などがよく使う両刃《りょうば》の剣で、それほどの鋭《するど》さはなく、切るというより叩《たた》くようにして攻撃するものである。

「店で買えば、軽く二百ゴールドはするものだぜ」

同じ物を、キーファも渡されていた。出発に際し、ハンクがわざわざ商店で求めたものである。

「そうは言っても、素手《すで》やら竹槍《たけやり》やらでは話になりませんからな。アルスさんがたが自分の国に戻れる機会《きかい》が、いつあるやも知れません。危険《きけん》な場所でも、ついてきてくださらんと」

「いいじゃない。あたしたちはハンクさんの恩人《おんじん》な上、ウッドパルナを助けるために、わざわざ危険な塔《とう》に登ろうってのよ？　当然の権利《けんり》だわ」

いかにも彼女らしい台詞《せりふ》を口にし、マリベルは硬質《こうしつ》な茨《いばら》を編《あ》んで作った鞭《むち》を、振るって見せた。カラーストーン採掘所《さいくつじょ》の帰り道に手に入れたもので、大きな球《きゅう》状《じょう》の仙人掌《さぼてん》に手足をつけたような魔物をなんとか撃退した後、その魔物が落とした物である。

魔物の中にはある程度の知能《ちのう》を持つものも存在し、そうした魔物は時折《ときおり》、自分では使えもしない武具《ぶぐ》や道具を後生大事《ごしょうだいじ》に持っていたりする。そう、ハンクが教えてくれた。

どのみち銅《どう》の剣《つるぎ》や、同じ店で売っていた棍棒《こんぼう》などは、マリベルの体力では重すぎて扱《あつか》えない。そこで、茨の鞭を持って帰り、こうして使用することに決めたのである。

「しかし……いくら軽いからって、なんでマリベルが鞭なんか使えるんだ？」

「うーん……そのあたりは、あんまり深く考えない方がいいんじゃないかな」

ぼそぼそと会話を交わした少年二人は、怖い想像に陥《おちい》りかけて、乾《かわ》いた笑い声を上げた。

それを咎《とが》めようと鞭を振り上げかけたマリベルだったが、ハンクが緊張した面持ちで大木槌《おおきづち》を構えるのを見て、はたと気づく。

「二人とも！」

言われるまでもなく、アルスもキーファもそれぞれの剣《けん》を握《にぎ》りしめていた。

グオオオォォ……。

重々しい咆吼《ほうこう》が、塔の周囲に響き渡る。なんの感情も込められていない無機質《むきしつ》な声が、それに続いた。

「人間どもめ……わざわざ殺されにくるとは……」

声の主は、塔の外側にかけられた階段を登り切った先、三階に位置する壇状《だんじょう》部分にいる。一行の中で最も大柄なキーファでさえ、そいつと比べれば大人と幼児《ようじ》ほどの体格差があった。

その全身は血と肉ではなく、組み合わされた岩石によって構成されている。顔の中央に穿《うが》たれた穴に、ぼんやりと鬼火《おにび》のような光が灯《とも》っていた。

「どこまでも愚《おろ》かな生き物め……今すぐこの場で、死に絶えるがいい……」

グオオオォォ！

先ほどに倍する咆吼を上げ、石の巨人が全身を沈《しず》み込ませた。そして、階段を駆け上がる一行目指して、跳躍《ちょうやく》する。大音と共に塔の二階の広場部分に、巨大な質量《しつりょう》が降ってきた。

「くっ」

　石の巨人の着地《ちゃくち》と同時に、凄《すさ》まじい震動《しんどう》があたりを揺らす。平衡《へいこう》を崩《くず》しかけその場に足を踏《ふ》ん張《ば》ったキーファの、すぐ目の前にその巨体はあった。

　間近で見ると、石巨人《いしきょじん》の威圧感《いあつかん》はいっそう高まって思える。

「キーファさん！」

　一瞬《いっしゅん》、呆《ほう》けかけたキーファであったが、ハンクの焦《あせ》った声を受けて気を取り直す。そこへ、自分の頭よりも大きな拳《こぶし》が降ってきた。剣《けん》で受けきれるものでもなく、慌てて跳《と》び離れる。

　崖崩《がけくず》れで岩同士がぶつかったような音がした。石巨人の拳は床《ゆか》を砕《くだ》き、飛び散った床材《ゆかざい》の破片がキーファの頬《ほお》に、引《ひ》っ掻《か》いたような傷をつける。

「避けたか……すばしこいやつめ……」

（じょ、冗談じゃねえぞ）

　全身が粟立《あわだ》つ。カラーストーン採掘所で死にかけた際の恐怖《きょうふ》が、蘇《よみがえ》ってきた。

「こんな、馬鹿でかいヤツに、ほ……本当に、勝てるのぉ!?」

　マリベルが、引きつった声を上げる。採掘所の敵にさえ苦戦していたというのに、それを遥かに上回る化け物が出てきたたのだ。彼女の怯《おび》えも、仕方がない。

「うおおっ！」

　ハンクが大木槌を振り上げ、突っ込んだ。石巨人が拳を引くより早く、その胸元に勢い充分の木槌を叩きつける。

はっ、となってキーファも剣を構えた。相手の泳《およ》いだ腕に向かって、斬《き》りつける。硬《かた》い感触に腕が痺《しび》れるが、相手は無表情な石の塊《かたまり》ということもあって、効《き》いたかどうか判然《はんぜん》としない。

いったん距離をとって構えを直すと、ハンクも同様に油断なく間合《まあ》いを保《たも》っている。

「そうだ……ハンクさんもいるんだし、ビビらず行くぞ！　アルス！」

ところが、ちらりと向いた背後《はいご》にいるのは、鞭《むち》を握りしめて身を守っているマリベルだけだった。友人の姿を探《さが》して素早くあたりを見回したキーファの目が、見開《みひら》かれる。

彼はいつの間にか、先ほどまで石巨人がいた三階の壇状部分に駆け登っていたのだ。そして制《せい》止《し》する暇もあればこそ、やはり石巨人と同じように、そこから跳躍《ちょうやく》したのである。

「はぁっ！」

らしくない気合いの声が、迸《ほとばし》った。石巨人が顔を向けた途端《とたん》、逆手《さかて》に構えられた剣が、その顔に突き立てられる。

グオオオォオ⁉

戸惑《とまど》いを交《まじ》えた咆吼を上げ、石巨人が滅茶苦茶《めちゃくちゃ》に腕を振る。

「うわっ」

剣ごと、アルスの軽い体が吹っ飛ばされた。慌てて走り寄ったハンクが受け止めるが、二人はもつれ合って倒れる。からん、と軽い音を立てて銅《どう》の剣《つるぎ》が転がった。

それを目にしたキーファの頭が、煮《に》える。

「やりやがったなぁっ！」

床を踏みしめ、キーファは両手使いの剣を、水平に構えた。突きの姿勢だ。それは、エスタードの兵士たちが最後の手段として教わる、玉砕覚悟《ぎょくさいかくご》で繰り出す剣技《けんぎ》の構え。

そして、突進する。

「人間ごときに……」

石巨人が、真っ向から迎《むか》え撃《う》たんと、拳を高々差し上げる。だが、まっすぐ振り下ろされた拳は、避けることなど考えていないはずのキーファを捉《とら》えられなかった。横合いから繰り出された鞭が強《したた》かに腕を打ち据《す》え、軌道《きどう》を逸《そ》らせたのである。

「貴様……」

ぎ、と石巨人が鞭の主《あるじ》、マリベルを睨《にら》んだ。少女は全身を震《ふる》わせるが、石巨人が彼女に危害《きがい》を及ぼすことはできなかった。

鈍《にぶ》い音を立て、キーファの剣がその胸に突き立ったから。

グ……グアァ……

長く尾を引く咆吼と共に、石巨人は仰向《あおむ》けに倒れた。また凄《すさ》まじい震動があたりを揺らすが、それ以上、石巨人が動くことはない。そのまま砂《すな》と化し、ただ一枚の石片《せきへん》を残してその場に崩《くず》れ去ったのだ。

冷静にそれを確認し、キーファは残された剣《けん》を拾《ひろ》い上げる。

「マリベル、助かったぜ」

少女に親指を立てて見せると、彼女もなんとか笑って返した。それから二人は、慌《あわ》ててアルスの方へ駆け寄る。彼はきつく目を閉じ、ハンクに支《ささ》えられていた。

「ハンクさん、アルスは？」

「肋《あばら》が折れている様子ですが……なに、命に別状《べつじょう》はありません。大したもんですな」

「あばら……」

自分の胸の横あたりをさすり、マリベルが痛そうな顔をする。

「くそ、それじゃこの先は戦えないか」

彼の無事に安堵《あんど》しつつも、キーファは唇を噛《か》んだ。その表情が、ぎょっとなる。

アルスの脇腹にかざされたハンクの手が、金色の光を放っていた。それは、カラーストーン採掘所でアルス自身が見せたものと、同種の奇跡《きせき》。

苦しそうだった少年の表情が安らぎ、彼はゆっくりと目を覚ました。

「キーファ……？」

身を起こしたアルスは、気抜けした顔でキーファとハンクを見比べる。そのキーファは、驚愕《きょうがく》で目と口を丸くしている。

「は、ハンクさん？　今の」

「おや、ホイミも御存知《ごぞんじ》ないのですか？」

信じ難い奇跡を行使したとは思えないほど、あっさりした口調でハンクは答えた。

「ホイミ……？」

「ああ、そうか。アルスさんがたの国では、魔法は一般的ではないのですな？」

「魔物と同じようにね」

皮肉っぽく言ったのは、マリベルだ。得心がいったようにハンクは大きくうなずき、アルスを支えて共に立ち上がる。

「今のは、ホイミ。負傷回復《ふしょうかいふく》の呪文《じゅもん》ですな。最も初歩的な呪文なんですが、恥ずかしながら、私はそういった初歩の呪文しか使えんのです」

「充分、すごいと思うけど」

そう言うキーファに、彼は、握りしめた手を胸元に当てて見せた。

「資質《ししつ》にも拠《よ》りますが、魔法は、誰にでもある力です。心の声に従えば、その力は自《おの》ずと現《あらわ》れるはずですよ」

「心の声、ねえ」

「左様《さよう》。と言ってもこれは、以前に会った旅の魔法使いの、受け売りですがね。真《しん》に偉大《いだい》なる魔法使いは、地を裂き天を割り、死者さえ蘇らせると聞きます」

腕組みをし、感心をしたようにうなずくキーファ。一方でアルスは、ホイミ、ホイミ……とぶつぶつ呟いていた。自分が使った不思議な力に理屈《りくつ》がついて、安心した様子である。

(心の声……)

そしてマリベルは、ハンクを真似するように己の胸元を押さえ、遠くを透《す》かし見るように目を細めた。

2

「これで二枚揃ったね」

あちこちで巨大な篝火《かがりび》が焚《た》かれた、塔内部。小さな玄室《げんしつ》の隅《すみ》に安置《あんち》された宝箱《たからばこ》から石片《せきへん》を取り出し、アルスは言った。

石巨人が崩れ去った後に残されたものと、たった今、発見したもの。そのどちらもが、あの謎の神殿の台座《だいざ》に収まった石版の欠片《かけら》によく似ていた。割れ方こそ違うものの、材質や厚み、表面の模様《もよう》などはそっくりである。

ただ、石巨人の残した物は全体が薄《うす》く緑がかっており、宝箱の方は赤みがかっていた。その二枚と比べると、三人をウッドパルナへ導《みちび》いた石版は黄色がかっていたように思う。

「神殿の台座は、部屋ごとに色が違ったな。すると、青い石片もあるのかも」

興味深げにキーファが唸《うな》るのを、マリベルが冷たくあしらう。

「どうでもいいじゃない、そんなこと」

門番である石巨人を倒し塔内部へ侵入した一行は、時折襲《ときおりおそ》いかかってくる魔物を蹴散《けち》らしながら、探索を進めていた。以前にハンクがこの塔を訪れた時から内部の構造は変化しておらず、迷うようなことはなかったが、さらわれた女性たちも発見できずにいる。

「やはり、女たちは魔物の親玉《おやだま》の所だと思われますな」

ハンクが、難しい顔で考え込んだ。塔内の経路《けいろ》はいったん最上階まで昇り、そこから下層へ降りて行く形である。今いるあたりは、すでに彼にとっても未知の領域《りょういき》となっていた。

「だったら覚悟を決めて、一丁《いっちょう》やってみるか」

石巨人との戦いで少し欠《か》けてしまった剣《けん》を振り、キーファが声を励《はげ》ます。マリベルはげんなりした顔つきになったが、アルスは決意を込めてうなずいた。

そんな少年たちを、ハンクは頼もしげに見つめる。

「若い方は、さすがですな。この塔を探る間だけで、ずいぶんとお強くなった」

「稽古《けいこ》と違って、命懸《いのちが》けだからな。真剣《しんけん》にもなるさ」

ぐっ、と力瘤《ちからこぶ》を作って見せるキーファに半眼を向けて、

「単純」

と、マリベルがぼやいた。


巨大な鋏《はさみ》が、すぐ目の前で勢い良く閉じる。アルスの前髪の先端《せんたん》が、ぱらりと落ちた。彼の肩に乗ったギガは、慌てたように懐《ふところ》へと潜《もぐ》り込む。

「たかが人間ごときぃ、オレさま一人でぇ！」

聞き苦しい声でわめく鋏の主は、丸い体の蟹《かに》を無理矢理に直立させたような魔物だった。

塔内を昇ったり降りたりを何度も繰り返し辿《たど》り着いた、下階への吹《ふ》き抜けに架《か》けられた通路を渡った部屋の主《あるじ》である。他の場所よりずっと大きな篝火に浮かび上がる広い部屋で、蟹の魔物は

鈍重《どんじゅう》そうな外観と裏腹に素早い動きで四人を翻弄《ほんろう》し、鋭い鋏を繰り出してくる。

塔内の魔物たちとは、まるで強さが違った。

相手の間合いの外からマリベルが茨《いばら》の鞭《むち》を繰り出すが、高速でしなる先端は、魔物の鋏であっさり受け流される。

「マリベル！」

わざわざ囮《おとり》になって隙《すき》を誘《さそ》ったことを無駄《むだ》にされ、アルスは困ったような声を上げた。

「空振りくらい大目に見てよ！　まだ武器に慣れてないんだからっ」

「口より腕を動かせっ！」

キーファが、ハンクと連携《れんけい》して蟹《かに》の魔物を防戦一方へ追い込んでいく。頬《ほお》を膨《ふく》らませて不満の意を表しつつ、マリベルは再び鞭を振るおうとした。

だが、ふ、と表情を改める。アルスが、不審《ふしん》げに声をかけた。

「マリベル？」

鋏を滅茶苦茶に振り回し、蟹の魔物がキーファとハンクを弾《はじ》き飛ばす。それを見据《みす》えながら、マリベルは鞭を握っていない方の手を、ゆっくりと持ち上げた。

「おい、マリベルっ！　なにボーッとしてんだよ！」

「マリベルさんっ！」

咄嗟《とっさ》に繰り出した攻撃を弾かれてしまい、キーファたちが焦《あせ》った声を上げる。アルスが、魔物の進路に割り込もうとした。

（心の、声……）

そうした光景《こうけい》を目にしながら、同時に、マリベルの視界を薄靄《うすもや》のように覆うなにかがあった。

それは、魔力の流れ。戦いを繰り返す内、じんわりと彼女の中に染み通ってきた、新たな力。

（これが、そうなの？　アルス。あんたが感じた、不思議な力？）

どうやら蟹の魔物は先の一撃を受けた時、マリベルを最も弱い相手と認識《にんしき》したようだ。アルスの攻撃をぎりぎりですり抜け、まっすぐ突っ込んで来る。鋏の鋭い先端が、無防備な少女の胸元へ突き出された。

それより僅《わず》かに早く、カッ、とマリベルが目を見開く。

魔物に向けて突きつけた指先が、輝いた。

「！」

そしてそこから、火の玉が迸《ほとばし》る。拳《こぶし》くらいの、小さな火の玉。しかし蟹の魔物の甲羅《こうら》に張りついた顔を直撃し、悲鳴を上げながら仰《の》け反《ぞ》らせるには、充分《じゅうぶん》な威力《いりょく》を有していた。

「そこだっ」

驚愕《きょうがく》しながらも突っ込んだアルスが、持ち上げられたままの鋏を、腕ごと切り飛ばす。悲鳴と、透明《とうめい》な体液《たいえき》を撒《ま》き散らしながら、魔物が転がった。

「あ……」

はっ、とマリベルが表情を改める。茫然《ぼうぜん》と、自分の指先を見つめた。

「マリベル……今の……」

「メラ、ですな。火球《かきゅう》を生み出す、攻撃呪文《こうげきじゅもん》」

ハンクが、驚きを隠せぬまま解説《かいせつ》する。正式な修行《しゅぎょう》を積んだわけでもない少女が、いきなり魔《ま》法《ほう》を使って見せたのだ。驚くのも無理はなかった。

「呪文……あたしの、魔法……」

「グウ……チッ、チクショウ！」

呆《ほお》けたようなその場の沈黙を、醜《みにく》い呻《うめ》きが乱す。七本残った手の一本で肩口を押さえ、蟹の魔物が呻いていた。それでようやく、全員の気持ちが切り替《か》わる。

とは言え、魔物であっても人の言葉を話す存在である。それ以上の攻撃をアルスらがためらっていると、相手は憎々《にくにく》しげに続けた。

「親方様《おやかたさま》さえいれば、こんなことにならなかったのに……」

「こんなやつが親玉なの？　って思ったけど、やっぱりまだ、上がいるんだ」

新たな力への驚きをいったん胸に納め、マリベルがいつの間にかびっしり額に浮かんでいた汗を、拭う。ハンクが、重々しくうなずいた。

「この程度の相手は、ほんの雑魚《ざこ》に過ぎません」

ぎ、と悔しそうに顔を歪めた魔物だったが、次の瞬間、その顔を驚愕《きょうがく》と焦燥《しょうそう》で青ざめさせる。

「あ！　あぁっ!?　お……親方様ぁ！」

その視線を追って、四人は慌てて振り返った。

上階への階段から、吹き抜けにかけられた通路を渡り、ゆっくりとその人物は現れる。

動きやすそうな服の上には鉄の胸当《むねあ》て、角の飾りがついた鉄兜《てつかぶと》から、淡い色の金髪が長く伸びていた。腰には長剣を下げ、篝火の明かりに青い瞳がきらめく。

「……ようやく、元凶《げんきょう》が現れたようだな」

ハンクが、抑《おさ》えきれない怒りを滲《にじ》ませ、低く言った。身悶《みもだ》えしつつ、蟹の魔物が喚《わめ》く。

「親方様、とどめをお願いしやす！　アッシがだいぶ、痛めつけておきやし…たん……で…？」

アルスたち三人が茫然と見つめる先で、その人物は、なんの予備動作《よびどうさ》もなく跳躍《ちょうやく》した。

そして、人間業《にんげんわざ》とは思えない高度と距離を跳んで、蟹の魔物の前に降り立つと……抜く手も見せぬ鋭《するど》さで、魔物を切り捨てる。

「そっ……そんなっ……」

崩れ落ちる魔物に一瞥《いちべつ》を投げ、その人物、マチルダは一行に相対《あいたい》した。

「……アルスさんたち。驚かせて、しまいましたね」

静かに、言葉を紡《つむ》ぐ。その表情はどこまでも冷たく、硬《かた》かった。

「しかし……その者の言うとおり、私こそが、この災《わざわ》いの元凶。村の女が戻らぬよう、あの方より鍵《かぎ》の役を授《さず》かった、魔物の一人……」

「そんな！」

アルスが、混乱した声色《こわね》で叫ぶ。キーファやマリベルは、言葉もない。半信半疑《はんしんはんぎ》の彼らの希望を打ち砕《くだ》くように、マチルダの姿は、ゆっくりと変化していった。

3

鎧《よろい》の下の服が消え去るが、その下の肌は見る間に生気《せいき》を失い骨に直接、皮膚《ひふ》を貼りつけただけのようになる。それは美しかった顔も同様で、黄色い不気味な燐光《りんこう》を放つ髪に縁取《ふちど》られ、人にあらざる醜《みにく》さを晒《さら》した。

カハァァァ……

冷たく、生臭い空気——瘴気《しょうき》が、どっと吹きつけてくる。

そこに、端整《たんせい》な女戦士の面影《おもかげ》は一片もなかった。ただ不気味で醜い、骸骨《がいこつ》の騎士《きし》がいるのみである。体格はキーファやハンクよりなお大きなものに変わり、毒々しい色彩《しきさい》の外套《がいとう》の下の甲冑《かっちゅう》も、邪悪《じゃあく》な光沢《こうたく》を放っている。禍《まが》々《まが》しい装飾《そうしょく》に覆われた広刃《ひろば》の大剣《たいけん》は、アルスの背丈ほどもあった。

「そんな……」

もう一度、アルスが呻く。弱々しく、哀しい声で。

「これが……今の私の、本当の姿」

対照的《たいしょうてき》にマチルダの……マチルダであったものの声は太く、重く、強い。キーファは唸《うな》り、マリベルは泣き出しそうな顔になった。そんな少年たちを、髑髏《どくろ》に穿《うが》たれた眼窩《がんか》に灯《とも》る光で見やり、骸骨の騎士は静かに告げる。

「ですが……できることならあなたがたに、これだけは信じてほしいのです。あの時、私が誰のものとも知れぬ墓に、花を供《そな》えたいと思ったこと。その心までもウソだったわけでは、ないと」

その光だけが、マチルダの瞳と変わらぬ青色であることが、どうしようもなく哀しかった。

「私の心に人間だった頃の想《おも》いが蘇《よみがえ》り、自然とあせずにいられなかったのです。そして……偽《いつわ》りにまみれた私に、その心を思い出させたのは、ハンク」

隙《すき》をついて飛びかかろうとしていた男に、骸骨の騎士は顔を向ける。ひどく、無防《むぼう》備《び》な姿勢のままで。

「あなたの息子です」

「黙《だま》れ！　元凶がそれ以上、綺麗事《きれいごと》を言うな！」

ためらいに震える手が、大木槌を振り下ろした。それを大音響《だいおんきょう》と共に受け止めたのは、骸骨の騎士の左腕に装着《そうちゃく》された盾《たて》。表面に刻まれた悪魔の顔の意匠《いしょう》が、にたりと笑う。

騎士自身は、微動《びどう》だにしていなかった。ただ盾だけが動き、それに引っ張《ば》られる形で左腕も動いたのだ。

「……くっ」

「あなたの息子はあなたを助けるために、たった一人でこの塔まで来たのです」

『お父さんが魔物とたたかったとき、心配で、ひとりで、とうまで行ったんだ。そしたら、とうの入口で、お父さんがたおれていて……そのとなりに、マチルダが』

たどたどしく語られた、パトリックの話を思い出す。おそらく真相《しんそう》は彼の思い込みと逆に、マチルダがハンクに止《とど》めを刺《さ》そうとしたところだったのだろう。

「危険を、顧《かえり》みず……私が幼《おさな》かった頃、死んだ兄を追ったのと同じように」

アルスが、俯《うつむ》いていた顔を上げる。それは、今朝見た夢の情景《じょうけい》と合致《がっち》した。

自分の攻撃を不気味な手段で止められ、慌てて距離をとったハンクも、なにか思い至ることがあったようだ。

「そうか、どこかで聞いた名だと思っていた……マチルダ。英雄パルナの、妹」

虚ろな眼窩に灯《とも》る青い光が、寂しく揺れた。

「兄を追った私は、あの方に囚《とら》われ……言いくるめられ……そしていつしか、兄を裏切った村の人間を、恨《うら》むようになっていたのです」

骸骨の騎士から吹《ふ》きつける瘴気《しょうき》が、その気配を強める。この風こそが、ハンクを倒れさせた要《よう》因《いん》であった。呪《のろ》わしい魔の気が、傷ついた者を苦しめるのだ。

「心の迷いはやがて、この姿までも魔物のものとしました……ハンク。あなたの息子には、私と同じ運命を背負わせたくなかったのです」

ああ。そうか。

そしてアルスは思う。その身を魔物へ変え、あまりに非情《ひじょう》な手段で村を壊滅《かいめつ》させようとしたほどの、怨嗟《えんさ》の念。そのことを悔《く》やみ、懸命《けんめい》に人としての心を保とうとする、慨嘆《がいたん》。

矛盾《むじゅん》する二つの心が、そして異形《いぎょう》の本性が、マチルダを何度も砕《くだ》いては治《なお》していた。まるで、鉄を熱し叩《たた》いて鍛《きた》えるように。

そのため、哀しみと憂《うれ》いを浮かべる時、彼女はあれほど美しく見えたのだ。

それは、とても印象深《いんしょうぶか》いものだけれど……とても、寂しいものだった。

「……英雄パルナの妹よ」

声もない、なにを口に出すこともできない少年たちを背に、ハンクは静かに言う。

「息子との約束だ。おまえに礼を言わねばならん。……そして、願わくば、おまえを斃《たお》したくはない。……一度だけ言おう」

無言で、骸骨の騎士は続きを促《うなが》した。

「連れ去った女たちを無事に村へ戻し、この島を全て元の姿に戻せ。そうすれば息子とアルスどのに免《めん》じて、命だけは助けてやる」

しん、とした、痛いほどの沈黙がその場を包む。

やがて、骸骨の騎士は、ゆっくりと首を振った。横に。

「それは、叶《かな》いません。村の女たちをこの世界に解き放つ鍵《かぎ》は……私の命。この命を絶《た》たねば、女たちが村に戻ることはありません」

命懸けの、呪《のろ》い。そうするほどに、マチルダは追いつめられていたのだ。狂《くる》おしい、恨《うら》みと憎《にく》しみに。

(もし、キーファやマリベルが、パルナのように見殺しにされたら)

そう想像するだけで、アルスの心は震える。彼女と同じように、見殺しにした相手を恨むだろう。憎むだろう。その身を、魔物と変えても。だから。

「そういうことなら、遠慮《えんりょ》はせん。斃《たお》させてもらうぞ」

「……覚悟の上です」

だから、静かに戦いが始まろうとした時……アルスは、動けなかった。

マチルダの気持ちがわかる、などと気安《きやす》く言うことはできない。彼女には、彼女だけの痛みと苦しみがある。それを想像しただけで『わかる』などと理解を示すことは、あまりに傲慢《ごうまん》だ。

「……アルス！　い、いいのか⁉　本当にマチルダさんと戦うのか⁉」

戸惑《とまど》うキーファの声。彼もアルス同様、剣《けん》を構えることさえできないでいた。

「……どういうこと？　なんなのよ、これは……」

苛立《いらだ》ちとも怒りとも、ためらいとも焦《あせ》りとも、そして哀しみとも痛みとも取れるマリベルの表情。きつく持ち上げた眉《まゆ》の下で、藍色《あいいろ》の目は潤《うる》んでいる。

「アルスさんがた！　なぜ戦いの手を止めるのです！」

動かない少年たちを、ハンクが歯がゆそうに怒鳴《どな》った。しかし、彼らは動かない。動けない。

舌打ちをして、ハンクは向きを転じる。大木槌を振りかざし、骸骨の騎士に肉薄《にくはく》した。

「うおおおおっ‼」

骸骨の騎士は……避《よ》けない。主の意志と関係なく動く呪いの盾も、今度は強固《きょうこ》に押さえられ、持ち上がらなかった。そして、必殺の勢いを込めた大木槌が、魔物を打ち倒す。

巨体が吹き飛び、壁に叩きつけられた。

一度、転がり、そして壁を支えにゆっくりと起きあがる。人間など遥かに越えた強大な生命《せいめい》力《りょく》を持つはずの魔物が、ただの一撃《いちげき》で、全身を震《ふる》わせていた。

呪《のろ》いが、薄れている。アルスはそう思った。強固な肉体も、頑健《がんけん》な生命も、狂熱《きょうねつ》に由来《ゆらい》する呪いによって与えられたものなのだから。その心が揺れている今、骸骨の騎士はけして強くない。

「これ以上、あなたがたを辛《つら》い目に遭《あ》わせるわけには、いきませんな……」

ゆっくりと魔物に歩み寄りながら、背後の少年たちにハンクは言う。

「止《とど》めは……私が刺しましょう」

だが、更に歩を進めようとする彼の手を、アルスが摑《つか》んだ。逆の腕にマリベルがしがみつき、大木槌の前にキーファの剣が掲《かか》げられる。

見回せば、三人の顔は哀《あわ》れなほどに歪《ゆが》んでいた。

「私を、止《と》めようというのですか」

「ああ、そうだ」

キーファが、答える。震える声で。

「理解してください……私とて、村の英雄の妹を殺すことを、本意とは思いません。しかし……誰の差《さ》し金《がね》かは知らないが、女たちが戻らねば私の村は死ぬのです」

邪魔《じゃま》をするならば、彼らにさえ武器を向ける。それほどの覚悟が、ハンクの眼差《まなざ》しには宿っていた。それでも、マリベルは怒鳴る。涙声で。

「ま、待ちなさいよ！　あ……あんた、女を殺す気なの!?」

「村を救う手段がこれしかないのなら、私はあの魔物を殺さねばならない」

アルスは、必死に頭《かぶり》を振る。

「ハンクさん。あなたの言うことは、間違ってない。だけど……間違ってないから正しいとは、思えない！」

上手《うま》く、言葉にできなかった。そんな彼らに、骸骨の騎士が声を発する。

「キーファさん、マリベルさん……アルスさん」

びくり、と三人が震えた。

「ありがとう……。あなたたちは、心の優しい人だわ」

髑髏《どくろ》の顔に、変化はない。だがその時、三人は揃って、彼女が優しく笑ったように見えた。

「はじめて私と出会った、あの森を憶《おぼ》えていますね？」

からん、と軽い音がして、盾《たて》が転がる。そのまま、溶《と》けるように床へと消えた。

「あの森の奥を、もう一度お訪ねください。これが、私にできる、すべて……」

大剣が、それを持つ腕ごと落ちた。腕は崩《くず》れ、剣は消える。

「マリベルさん……」

その呼びかけと共に、甲冑《かっちゅう》が砕《くだ》ける。呼びかけられた少女は、今にも泣き出しそうな顔で、何度も首を振っていた。

「花の種……嬉《うれ》しかったです。あり……が……」

髑髏の顎《あご》が外れ、粉《こな》となり消える。礼の言葉は、最後まで続けられなかった。それを契機《けいき》に、骸骨の騎士の全身が、ばらばらに崩れ去る。

その残骸《ざんがい》が消える瞬間、穏《おだ》やかに微笑む女戦士の姿が見えた気がしたのは……アルスたちの、感傷《かんしょう》に過ぎなかったのだろうか。

4

塔《とう》の外は、目映《まばゆ》い陽の光に照らされていた。周囲の森の木々は緑の輝きで包まれ、青い空を澄《す》んだ風が流れる。

「空が……綺麗《きれい》に晴れ渡りましたな」

眩《まぶ》しそうにそれを見上げ、ハンクが感慨深《かんがいぶか》そうに言った。

「しかし、とてもではないが、心まですっきりと晴れた気分にはなれん」

重い溜息を吐《は》き、彼はうつむく。キーファも、肩を落としていた。

「……なあ、アルス。確かに空は晴れたけど、本当にこれで良かったのかな?」

「わからないよ、そんなこと」

アルスの目が、背後にした塔に向く。ほんの短い間だったが、ここで様々なことがあった。だがそれを言えば、エスタード島を出てから、まだ丸一日しか過ぎていないのだ。その間に、本当に色々なことがあった。

「ここで愚痴《ぐち》を言ったって始まらないし、村に女の人たちが戻っているかも知れない。行こう。今は」

今は、泣かない。

塔から目を外し、アルスは歩き始めた。上を向いて目を閉じ、キーファは髪を掻《か》く。そして、

「……そうだな」

と言うと、彼に続いた。


ウッドパルナの村に入ると、最初にアルスたちが訪れた時とはまるで違う、明るい空気が満ちていた。空が晴れただけではないことは、すぐにわかる。

「ハンク様！」

一人の婦人が、弾《はず》んだ声を上げげて駆《か》け寄って来た。

「……女たちが。そうか、みんな無事に、村に戻ったのか」

万感《ばんかん》の思いを込め、ハンクがホッ、と息を吐く。そんな彼に婦人は、頬《ほお》を上気させて感謝の意を告《つ》げた。

「主人より話は聞いております。魔物に連れ去られた私たちを、お助けくださったとか」

「いや、私だけの手柄では……」

「連れ去られていた時の記憶はないのですが、ともあれ本当にありがとうございました！」

彼女はハンクの手を握《にぎ》りしめ、涙ながらに何度も頭を下げると、ぱっと身を翻《ひるがえ》す。その後ろ姿を見送り、ハンクは肩を揉《も》んだ。

「つまり、これで良かったと……そう、自分に言い聞かせるしかありませんな……」

と、先ほどの女性にハンクの無事を知らされた村人たちが、大挙《たいきょ》して押し寄せて来る。

アルスたちがぎょっ、となって立ちすくんでいる内に、彼らはあっと言う間に取り囲まれてしまった。

「カミさんも無事に帰って来たし、見てのとおり空も綺麗《きれい》に澄《す》み渡りましたぜ！」

「無事に戻られましたか！　本当にありがとうございました！」

「村人みんな、あなたがたの無事を祈っておりましたよ！」

男も女も子供も老人も、口々に彼らに礼を言い、頭を下げる。それはアルスらにとっては生まれて初めての経験であったが、それを素直に誇《ほこ》ることは、到底《とうてい》できなかった。

「……………」

ふと気づくと、まるで射抜《いぬ》くような目で、マリベルが村人たちを睨《にら》んでいる。

「マリベル？」

「……悪いけど、あたしに話しかけないでくれる？　……今、なにも喋《しゃべ》りたくないの」

気遣《きづか》うアルスに答えた少女の声は、どこまでも底冷《そこび》えしていた。


「お父さんっ！」

ようやく感謝の輪《わ》から解放され、村外れの小屋に辿《たど》り着くと、転がるようにパトリックが走って来た。そして、今にも泣き出しそうな顔で、父に飛びつく。

「よかった……ぶじに、帰って来てくれたんだね」

幼い我が子の柔らかな髪を撫《な》で、ハンクはようやく安堵《あんど》した声をかけた。

「パトリック。心配をかけて、すまなかったな。だが、これでもう、魔物に怯《おび》える必要はない」

「うん！」

そうしてパトリックは、父の腕の中から少年たちに笑いかける。

「アルスさんたちも、ほんとうに、ありがとう！」

「良かったな、パトリック」

白い歯を見せて、キーファが男の子の頭を撫でた。だがアルスには、パトリックの喜びを真っ直ぐ受け止めることが、できない。

「……そうだ、お父さん。外でマチルダに会わなかった？　マチルダにも、もう魔物におびえることなんかないって、教えてあげたいんだ！」

特に、こんなことを言われてしまっては。

少年たちの表情は、俄に固《かた》まってしまったが、ハンクは既《すで》にその答えを用意していたのだろう。そっと息子を下ろしながら、穏《おだ》やかに言う。

「マチルダか。ああ、会えた。おまえとの約束どおり、彼女には礼を言っておいた」

「ホント!?　じゃあ、ボク、マチルダをさがしに行ってくるよ！　マチルダもぜったい、よろこぶと思うな！」

そう言って駆け出す男の子の背を、アルスは、切なく見送った。

「闇は払《はら》われ……女たちも無事に村に戻って来た。全ては、元に戻ったのです」

ハンクが、静かに言う。彼に目を戻すと、戦士は疲《つか》れた体をようやく休めるかのように、小屋の壁にもたれかかった。

「だと言うのに、この報《むく》われない気持ちは一体、なんなのでしょうな」

「……わかってるでしょ？　そんなの」

ざらついた、マリベルの非難。ハンクは溜息を吐き、うなずいた。

「英雄パルナの妹……できることならこの村で、平和に生きさせてやりたかった。今度こそ、幸せに……！」

大木槌が、地面に転がる。ハンクは両手で目を覆い、声にならない叫びを発する。

あの時、確かに彼とアルスたちは対立した。だが心の奥底では、同じ思いを抱いていたのだ。

ただ、ハンクは村を守る戦士であり、少年たちより長く生きた大人だった。守るべきもの、選ぶべきものがあることを、よくわかっていた。わかっていなかったのは、少年たちの方だ。

それでも、ハンクが正しかったわけではない。アルスたちが正しかったわけでもないのと、同じように。

「……さて。いつまでも私の無駄話《むだばなし》に、あなたがたをつき合わせるわけにはいきませんな」

無理矢理に声の調子を戻し、ハンクは再び顔を晒《さら》した。その目で少年たちを、弱く優しい少年たちを、見つめる。

「彼女が言っていましたな。出会った森の奥へ行け、と」

「ああ。オレたちが帰る手がかりが、あるのかも知れない」

キーファにうなずき、戦士は厳粛《げんしゅく》な表情を作った。

「もしも、なにもなければ……その時には私が、あなたがたを生涯《しょうがい》、お守りいたしましょう。命を救っていただいた御恩《ごおん》はこのハンク、決して忘れません」

神聖な誓《ちか》いを込め、ハンクは胸に手を当てる。それから彼は、髭《ひげ》に覆われた口をにっ、と笑みに歪《ゆが》める。

「寂しいですが、あなたがたが自分の国に帰り、これが長い別れになることを祈《いの》っております」

うなずき返し、キーファも歯を見せる。そこに、肩を並べ戦った男たちの共感《きょうかん》があった。アルスが、手を差し出す。

「ハンクさんも。お元気で」

握り返してきた手は、大きく温かかった。


島からは魔物の気配が一掃《いっそう》され、呪いが解けたかのように生命感で満ちていた。森も、最初の印象が信じられないほど明るく、淀《よど》んでいた川は快《こころよ》いせせらぎを上げて流れている。

「あ、アルスさんたち」

あの墓のそばで、パトリックが顔を上げた。

「見てよ。このへんにだけ……」

三人は、言葉もなく立ち尽くす。

花が、咲いていた。マチルダと種を蒔《ま》いたあたりが、眩《まぶ》しく華やいでいた。寂しかった川の畔《ほとり》は、まるで生き急ぐかのように咲き誇る花々で、彩《いろど》られている。

「あーあ、マチルダにもこれ、見せてあげたいのに。どこ行っちゃったのかなあ」

頭の後ろで手を組んで、パトリックが頬《ほお》を膨《ふく》らませた。

彼の、きらきら輝く眼差《まなざ》し。それこそがハンクの、そしてマチルダの、守りたかったものだった。選ばなければいけなかった、ものだった。

「パトリック。マチルダさんは……」

キーファはやや言葉に詰まってから、

「その、この村を離れたんだ」

とだけ、告げた。アルスは肩から下げた荷物袋《にもつぶくろ》を探ると、そこから小さな人形を取り出す。カラーストーンの採掘所でマチルダから貰《もら》った、あのお守り人形を。

「それでマチルダさんがね。これをパトリックに、って」

その不格好な人形を手渡され、戸惑っていた男の子は……やがて、にっこりと笑った。

「ありがとう、アルスさん。大切にするよ」

彼なりに、なにか感じる所があったのかも知れない。壊《こわ》れないくらいに力を込めて人形を握りしめると、パトリックは森の外へ向かって駆け出した。

「……良かったんだよな？」

小さな背中を見送ってから、言葉少なにキーファが聞く。アルスは、小さくうなずいた。

そうか、と呟《つぶや》きキーファは、先ほどからずっと無言だったマリベルに視線を転じる。

彼女はアルスたちに背を向け、咲き誇《ほこ》る花々の傍《かたわ》らに座り込んでいた。二人は彼女に歩み寄る。

「花が、……咲いたね」

折角の花を踏まぬよう、気を払いながら。

「……これなら、マチルダさんも、きっと」

マリベルの肩が、揺れた。

アルスはそっと、そんな肩を抱く。キーファはその反対側から、穏《おだ》やかに頭に手を置いた。

「きっと、喜んで……！」

涙で、くしゃくしゃに顔を歪《ゆが》めたマリベルを、二人は優しく包み込んだ。

「喜んで、くれる、ね」

答えず、キーファはうなずく。答えず、アルスは空を見上げる。

この島に来てから、まだ丸一日と少し。本当に、色々なことがあった。ウッドパルナの村の悲劇、パトリックの願い、採掘所でのキーファの大怪我とアルスが起こした奇跡、塔での激しい戦いとマリベルの初めての魔法、頼もしいハンクとの友情めいた共闘《きょうとう》、取り戻した平穏《へいおん》。

そしてマチルダ。

見上げた空は高く高く澄み渡り、目が覚めるような青空の青《ブルースカイ・ブルー》。

彼女の、瞳の色。

第4章 輝《かがや》きを投じる時

1

空は快晴《かいせい》、波は穏《おだ》やか。船は順調に海を渡っていた。

「海はいいよなあ、アルス。オレ、こうして世界中を旅するのが夢だったんだ」

王子というより漁師《りょうし》のようなことを言って、キーファが鼻歌混じりに舵《かじ》をとっている。

「船って結構《けっこう》、気持ちがいいじゃん。なのにパパったら『危険だから船に乗せられない』って。冗談じゃないわよね」

潮風《しおかぜ》に煽《あお》られる髪と服の裾《すそ》を押さえながら、マリベルが船縁《ふなべり》で晴天を見上げていた。

ギガは、どこからか入り込んで来た船虫《ふなむし》を追いかけて、甲板中《かんぱんじゅう》を駆け回っている。

「新しい島か……。どんな所だろうな」

そして帆《ほ》の向きを随時《ずいじ》に調節《ちょうせつ》しながら、アルスがのんきに呟《つぶや》いた。


ウッドパルナの森の奥深く、最初に目を覚ましたあたりに、不思議な渦《うず》が現れていた。それは青と銀、二つの色彩《しきさい》が複雑に変化しながらゆっくりと空気中に消える、奇妙《きみょう》な存在である。

大いに怪《あや》しんだアルスたちだったが、その渦に触《ふ》れた途端《とたん》に意識が遠くなって、元の神殿に戻っていた。その時の驚きといったらなかったが、目の前の台座に塡《は》められた石版とそれぞれが手にした武器の重みが、あの島での冒険が夢ではなかったと教えてくれる。

「はっきりしてるのは、あんたたちのせいであたしが、危ない目にあったということね」

今泣いた鴉《からす》がもう笑う、ではないが先程《さきほど》まで泣きじゃくっていたというのに、戻ってくるなりマリベルはいつもの調子で言い放った。アルスもキーファも、少女がしおらしいままでは調子が狂《くる》うとは言え、その豹変《ひょうへん》ぶりには苦笑するしかない。

ともあれ丸一日以上、それぞれの家を無断《むだん》で空《あ》けていたのだ。さぞや家族も心配しているだろう、と彼らは急ぎ、帰路《きろ》についた。

ところが、である。

「あら、アルスじゃない」

「こんにちは、セーラ」

フィッシュベルの入口、村を見下ろす石畳《いしだたみ》の丘でマリベルと別れたアルスを、近所の女性が呼び止めた。アルスらより少し年上で、幼い頃にはよく遊んでもらった記憶《きおく》がある。

「やっぱりキーファ王子やマリベルと一緒だったの？　三人とも姿が見えない、ってみんなで心配してたのよ」

だめだぞ、というようにセーラは、少年の鼻先をピンと弾《はじ》いた。それから、彼の腰に下がっている鞘《さや》に収《おさ》まった剣《けん》を見て、目を丸くする。

「アルス、そんなのいつ手に入れたの?」

「あ……その、えっと」

「わかった。キーファ王子に貰《もら》ったんでしょ?」

慌《あわ》てて、アルスは何度もうなずいた。セーラとは長いつきあいだが、彼らは禁忌《きんき》とされている遺跡に踏み込んだのだ。さすがに、ウッドパルナでの話をするわけにはいかない。

彼の焦《あせ》りを、城の物を持ち出したことに対するものだと、誤解《ごかい》したのだろうか。セーラは『仕方ないコねえ』と、くすくす笑ったきり、それ以上その話題には触れなかった。それから、はたと気づいて手を合わせる。

「そうそう、それどころじゃなかった。大変なのよ」

「え?」

彼女は村を示した。二人が並び立つ丘からは、白い石灰岩《せっかいがん》の石畳が敷かれた道が続く。家々を抜けるとやがて浜に辿《たど》り着くのだが、その一角である波止場《はとば》に、やけに大勢の人だかりが見えた。

「みんな大騒ぎよ。なんでも、新しい島が突然、発見されたんだって」

「えぇっ!?」


ボルカノをはじめとする漁師たちが、いつものように漁へ出た時のこと。彼らの船は良質な漁場を探し、エスタード島を北へ進んでいたのだが、その航路上に突然、陸地が現れたのである。

蜃気楼《しんきろう》の類《たぐい》でないことを確認するために近づいた漁師たちは、それが幻《まぼろし》でなく現実に存在する、エスタード島よりやや小さいくらいの陸地なのだとはっきり認識した。

なぜ今まで気づかなかったのか、と呆《あき》れるほど、近くで発見された島である。そのことは大急ぎで帰港した漁師たちによって、瞬《また》く間にさして広くもないエスタード中に広まった。どんな人々が暮《く》らしているのか、それとも無人島なのか、どちらにせよ興味は尽《つ》きない。

漁師たちを束《たば》ねるボルカノと、綱元であるマリベルの父、アミットは急遽《きゅうきょ》、王城《おうじょう》に召集《しょうしゅう》された。当面の対応や調査の手筈《てはず》について、侃々諤々《かんかんがくがく》の議論が行われている……はずである。

普段は誰に対しても開かれた城であるグランエスタード城も、今ばかりは門を閉じ、中で行われている会議を窺《うかが》い知る術《すべ》はなかったのだ。

「いくらオレたちがガキだからって、カヤの外ってのはないよな」

船底に板を打ちつけながら、キーファがぼやく。

「そうそう。納得《なっとく》いかないよね」

帆柱《ほばしら》の天辺《てっぺん》に登って滑車《かっしゃ》に縄をかけつつ、アルスが答えた。それを終えると、危なげなくするすると甲板《かんぱん》まで降りる。頼りなさそうに見えて、このあたりは流石《さすが》、船乗りの息子だ。

アルスとキーファがいるのはフィッシュベルの浜の西端、波止場とはちょうど正反対にある入り江の洞窟《どうくつ》である。アミットがずっと以前に古くなり過ぎて廃棄《はいき》した小帆船《ヨット》を、二人して修理《しゅうり》していたのだ。

と言っても、昨日今日の思いつきで始めたことではない。キーファの提案《ていあん》で遺跡探索《いせきたんさく》を始める以前は、ずっとこの作業に熱中していた。そして今、新島発見の報《ほう》を耳にしながらそのことに関わらせてもらえない不満を解消《かいしょう》するため、棚上《たなあ》げしていた修理を大急ぎで再開したのである。

「だけど、始めてからだと、何年かかったっけ？」

「二年……三年……まあいいや。とにかく、早く完成させようぜ！」

「うん」

そしてキーファは、縄の張り具合を確かめるアルスから視線を移した。

「けど、なあ。どうしてここに、マリベルがいるわけ？」

甲板上に古びた帆《ほ》を広げ、その端を膝《ひざ》の上に乗《の》せて破れた部分を縫《ぬ》っていた少女は、にやりと笑う。

「フフン。このあたしには、あんたたちのやることくらい全てお見通し、ってことよ」

帰宅して風呂や着替えを済《す》ませ、すっかり機嫌《きげん》が直ると、また冒険心がうずいたらしかった。

彼女は遺跡の時と同じようにアルスらの後をつけ、今まで秘密にしていた洞窟を突き止めてしまったのである。盗賊《とうぞく》の才能が、あるのかも知れない。

今までアルスと二人だけでやって来たことに介入《かいにゅう》されて、キーファとしては正直、面白くなかった。ただ、アミットの留守《るす》の隙《すき》に使われていない帆布《ほぬの》を持って来てくれた上、こうして補修《ほしゅう》につき合ってくれているのだ。無下に追い返すことは、できなかった。

「……まっ、いいか」

こうしてその日の晩を挟み、翌日の朝に船の修復は完了したのである。

入り江を滑り出た小帆船《ヨット》は継《つ》ぎ接《は》ぎだらけの帆に風を孕《はら》み、海を走り始めた。近海の航路は、アルスも父の手伝いで馴染んだものであるから、航海は順調そのものである。そして日輪《にちりん》が天頂《てんちょう》にかかる頃、船の舳先《へさき》の遥か向こう、空と海の青の合間に緑の染みが広がるのが目に入った。

「うおおおおっ！　信じられない！　本当に見たことのない島があるぜ！」

舵を握るキーファが、興奮《こうふん》を抑《おさ》えきれずに叫《さけ》ぶ。海辺の民の王族として、彼も幼い頃から船に親《した》しんでいた。そうそう、見紛《みまが》うはずもない。

「なによ？　せっかく人が気持ちよく寝てるのに……」

予備《よび》の帆にくるまるようにして寝息を立てていたマリベルが、不快げに唸《うな》った。彼女は出航の当初こそ、はしゃいでいたものの、夜なべの作業でろくに眠っていなかったのである。それは少年二人も同じなのだが、さすがに基礎体力《きそたいりょく》が違った。

「で、いったい、どうしたわけ？」

「島が見えたんだけど……着くまでもうしばらくかかるから、寝てていいよ」

眩しそうに薄目《うすめ》を開ける少女に、アルスは優しく言う。ぼんやりとうなずきかけた彼女だったがやがて、はっ、となって勢い良く起き上がる。

「だったら、こんなことしてる場合じゃないじゃない！」

まだ寝起きでふらふらしているというのに、舳先に向かって駆け出そうとしたので、アルスは慌てて後ろから抱き留めねばならなかった。

「どこさわってんのよ！」

殴《なぐ》られたが。

2

島には都合良く船を入れられるような場所がなく、上陸はなかなか苦労させられた。それでもなんとか適当な岸辺に船を係留《けいりゅう》し、陸へ上がる。

「なんか……どこかで見たことあるような島だね」

十数分ほど歩いた所で、アルスはぽつり、と言った。キーファとマリベルが、顔を見合わせる。同じ事を考えていたからだ。

「だとしたら……そろそろ、村が見え始めるはずだよな」

半ば疑いながらも、キーファが答える。まさかなあ、と三人で笑い合ったのだが、すぐに各々の表情が固《かた》まった。正に彼が言ったあたりに、木々に囲まれた家並みが見えてきたのだ。

そこここで草が生い茂り、中心部と思しき場所に高い見晴らし台が建てられており、その周りを小川が流れていた。ぎこちなく歩み寄って行くと、花畑を手入れしていた女性が立ち上がる。

「まあ。旅の方なんて、珍しいわ」

「あの……この村は……？」

アルスの問いに、その女性は土に汚れた手を手拭《てぬぐ》いで拭きながら、微笑んだ。

「ここは森の中の村、ウッドパルナ。どうぞ、ゆっくりしていってね」

三人が茫然とするのを見て、女性は不思議そうに首をかしげた。キーファが、勢い込む。

「この村はウッドパルナなのか⁉」

「え？　ええ」

「……でも、なんかちょっと、様子が違うような……」

マリベルが不審《ふしん》げに眉《まゆ》をひそめた。なにしろ見回す限り、小規模なれどしっかりした村に見える。壊れた家もなければ、見覚えのない建物も多かった。

おそらく初めてここを訪れたであろう少女が、『様子が違う』などと言ったものだから、女性は困惑《こんわく》する。だが、アルスたちは構《かま》ってもいられなかった。

「ということは、ハンクさんとパトリックもいるってことだよね！」

「アルス、探そうぜ！」

興奮しきりの様子で、少年たちは駆け出す。女性と一緒に取り残された格好となったマリベルが、やれやれ、と首を振った。


「う～ん？　どういうことかわかりそうで、やっぱわかんないわね」

見晴らし台の上で腕を組み、マリベルは首をひねる。

「なんかオレ、頭が痛くなってきちゃったよ」

手すりにもたれかかって上半身を仰《の》け反《ぞ》らせ、空を見上げながら、キーファはぼやいた。今にも落ちて行きそうな彼の姿勢に、危ないわね、と少女は顔をしかめる。

誰でも出入り自由となっているこの見晴らし台には、村を守った戦士の名前がつけられていた。村を一望できるこの建物の、今は使われなくなったその呼び名は、ハンクの塔。

『かつてこの村を救ったという偉大《いだい》な御先祖様の名なのです』

その血を受け継いだ人間は、誇らしげにそう教えてくれている。

他にも奇妙なことは、いくらでも聞けた。村人たちはエスタード島とグランエスタード城のことを知っていたし、この島はずっと昔からずっとここにあったと言っている。また、村には遥か昔の伝説として、二度に渡る魔物の襲来《しゅうらい》の物語も存在していた。

「つまり、あたしたちは……大昔のウッドパルナに行った、ってことなの？」

「そうなるよなあ。まさか、生きてる内に伝説にされるとは思わなかったぜ」

伝説になった、という件《くだり》だけは面白そうに言って、キーファは手すりに持たせ掛けた体を反転《はんてん》させる。ふと地上に目をやれば、先程から別行動を取っていたアルスが、見覚えのある高台の池の畔《ほとり》で、なにやら老人に頭を下げていた。

「ん？　あいつ、なにやってんだ？」

彼は見晴らし台の上の二人に気づき、その基部《きぶ》へと姿を消す。ハンクの塔の一階部分は村人が集まるための講堂《こうどう》となっており、更に二階層分の階段を昇らなければならない。少し間があって、それから彼は台の上へとやって来た。

「二人とも、ここにいたんだ」

「煙《けむり》と一緒のやつが、高い所が好き、って言うからね」

にっ、とマリベルは笑うが、そのからかいの意味すらキーファには通じなかったようだ。まあなあ、なんてうなずいている。

「で、おまえはなにしてたんだ？」

「うん。これ、貰《もら》ってたんだ」

そう言って彼が荷物袋から取り出した物を見て、二人は驚愕《きょうがく》の声を上げた。

それは薄く緑がかった、均質《きんしつ》な石に模様《もよう》が描かれたもの。

「その石片って、もしかして……！」

「まさか……！　でも、私たちがあの神殿で使ったのと、同じもの!?」

にっこり笑って、アルスはうなずく。先程、彼が会話していた老人が、カラーストーンの採掘《さいくつ》所《じょ》で拾った物だという。

「採掘所もあるのかぁ」

「うん。それでね、同じような物が他にもあるかも知れない、ってさ」

三人は、顔を見合わせた。

新島出現の事件ですっかり忘れかけていたが、ハンクと共にウッドパルナの東の塔に挑んだ際に手に入れた石片も、やはり謎の神殿で同じ色の台座にぴったりと収まっていた。

石巨人の体から出てきた緑の石片と、宝箱に納められていた赤い石片。どちらも一枚の石版を完成させるには足らなかったが、どこかには欠片《かけら》があるのかも知れない、と思ったものである。

「こりゃ、行くしかないな！」

「また採掘所ぉ？」

対照的な声を上げる二人に、アルスは笑いかけた。

「実はね。もう一つ、素敵なことに気づいたんだ」

そう言って少年は、彼らを下の階へと導く。一階部分の講堂の奥、鉢植えが並べられた中心に、女性の石像が飾られていた。その石像の傍《かたわ》らで、小さな女の子が鉢に水をやっている。

女の子は歩み寄って来たアルスらを見上げ、少し大人ぶった口調で語った。

「お花はきれいだけど、つむと、すぐかれてしまうの。だから、こうしてながめてるのが一番いいって、さいきん、思うんだ」

「うん、そうだね」

優しくうなずくアルス。女の子は乳歯《にゅうし》が欠けた歯を見せて笑い、その場を譲《ゆず》った。

キーファとマリベルは、改めて石像を見上げる。上階への階段の陰に隠れて、気づかなかったその石像は、素朴《そぼく》な服を着た若い娘の姿をしていた。

「……この塔の名の由来となった人の、息子さんが、彫《ほ》ったそうだよ」

アルスに説明されるまでもなく、二人にもその像が誰を模《も》したものであるかは、すぐにわかる。像の娘は幸せそうに、穏やかに、微笑んでいた。

謎の神殿の奥深く、赤い台座の前に三人はいた。

最初から塡《は》まっていた一片に、ウッドパルナ東の塔の宝箱の一片、新島のカラーストーン採掘所の奥で見つけた一片。三つの石片が既に塡められ、台座の上の石版は、あと一片で完成するように見えた。

「物知り爺さんに感謝、だな」

そしてそこにぴったりと塡《は》まりそうな形の石片が今、キーファの手の中にある。

遺跡の扉を開く手がかりとなった、古文書の解読。それを行ってくれた隠遁《いんとん》の老爺《ろうや》は、グランエスタード城の地下に眠る石片の存在をも、示唆《しさ》してくれた。幼い頃から城内を探っていたキーファですら知らなかった地下室に、それは眠っていたのである。

老爺がアルスらくらいの年齢の頃に見つけたものの、訳あって先代国王、つまりキーファの祖父《そふ》に取り上げられたものだという。その理由について老爺は語らなかったが、いずれにせよ彼の助けで石片を手にできたことに、かわりはない。

「これで、また新しい島が出現させられるのかな？」

「多分、ね」

期待に心躍《こころおど》らせているアルスに対し、マリベルは素《そ》っ気《け》ない。もしまた別な世界に飛ばされてしまったとして、そこでどんな危険があるのかわからない、という心配のせいだ。

仲間外れにされるのは癪《しゃく》だが、苦労はしたくない。そんな相反する心境のまま、新たな冒険に胸を膨《ふく》らませる少年たちと行動することに、彼女は不安を覚えていた。

「なんだよ、マリベル。嫌《いや》なら、無理につき合わなくていいんだぜ？」

ウッドパルナで手に入れた銅《どう》の剣《つるぎ》を背負い、新島の方で改めて買い求めた革製《かわせい》の鎧《よろい》と木の板に革を貼りつけた盾《たて》とに身を固めたキーファは、一端《いっぱし》の冒険者《ぼうけんしゃ》という風情《ふぜい》だ。

「誰も、嫌なんて言ってないわよ。ただ……そうね。リーサ姫の心配も、もっともだなあ、って思っただけね」

いつも自分を心配する妹の名を出され、キーファは酢《す》でも飲んだような顔つきになった。

『お兄さまは将来、この国の王になるんですもの。危ない事はできないわよね』

そう言って彼女が微笑む度、その兄は弱り顔で王になどなりたくない、と否定するのだが……父、バーンズ王を始めとして、それを聞き入れる者は城内のどこにもいなかった。彼の奔放《ほんぽう》さのほぼ唯一と言ってよい理解者であるリーサですら、兄が父の跡《あと》を継《つ》ぐことを疑っていない。

『私も本当は、そういうお兄さまの方が好きよ。でもね、お兄さまならきっと、立派な王様になると思うわ。私はその日のことを、とっても楽しみにしてるのよ』

「リーサにはかなわないよな。あいつの願いなら、なんでも叶《かな》えてやりたいところだけど……」

幼い頃に母親を亡《な》くし、ずっとキーファが面倒を見てきた妹だ。なにより大切に思っているのは、間違いない。だが、彼女のために己の好奇心を捨てる気も、キーファにはなかった。

「オレってどう考えても、王様に向いてなさそうじゃないか」

「まあ、それはそうね」

正直にうなずくマリベルに、アルスは苦笑する。城内の誰にも理解されないキーファの性格も、彼らにしてみればごく馴染んだものだ。

「他のヤツが王になるべきだよ……そうだ、アルス」

「？」

「おまえ、リーサと結婚して、オレの代わりに王になってくれよ。アルスなら安心だ」

ずるっ、とアルスはその場で滑《すべ》りかける。なんでそうなるのよ、とマリベルが呆《あき》れた。

仮にも一国の王位を、まるで夜店の景品《けいひん》のように語る精神は、確かに自ら言うように国王として甚《はなは》だ不向きなものと思える。平静な口調は、冗談を言っているようには聞こえなかった。

「……まあ、いいや」

あまり良くないようなことを、アルスはさらりと済《す》ませる。このあたり、彼も神経が太い。

「とにかく、石版を試してみないと」

「だな。よし、填めるぞ」

慎重にキーファが置いた石片が、まるで溶け込むかのように石版を完成させた。

そして、光が溢《あふ》れ出す。

3

赤々と輝く炎が、深紅《しんく》に彩《いろど》られた淵《ふち》に投げ込まれた。その途端《とたん》、淵の奥より沸《わ》き立つ奔流《ほんりゅう》が、轟音《ごうおん》と共に噴《ふ》き上がる。空は紅蓮《ぐれん》に染まり、灼熱《しゃくねつ》が大きな山を焦《こ》がした。そうして、全てが煉獄《れんごく》へと変わっていく……

「……っ!?」

無理矢理に意識が覚醒《かくせい》させられ、陽光《ようこう》に照らし上げられた平原が広がる。アルスの視界の端を緑色のものがかすめた、かと思えばそれは、服の中を目指して這《は》ってくるギガだった。

「あー、ビックリした！」

傍《かたわ》らで大声を上げられ、震《ふる》える。隣《となり》に立つマリベルが、胸を押さえ、目を見開いていた。

「あんな、おっかないのは、初めて見たわよ！」

「あ、やっぱりおまえにも、山が火を噴くのが見えたんだな」

反対側には、キーファもいる。今回は、誰も倒れたりはしていなかった。

「なんだったんだろう、あれは？」

そうアルスが尋《たず》ねたところで、二人にもわかるはずはない。うそ寒そうに、少女が首を振った。

「ねえ、さっさとここから離れましょ。嫌な予感がするわ」

その言葉に、はたと後ろを振り返るとそこには、ウッドパルナでも見たあの不可思議な渦《うず》がある。

これがウッドパルナの森のものと同じであるなら、ここから台座の間に帰れるはずだ。

しかし、たとえそうだとしても、すぐに戻ってしまったのでは意味がない。愚図《ぐず》るマリベルを急《せ》き立て、一行は人里を目指して歩き始めた。

「もしかしてどこかで、山が火を噴いてたりしないだろうな……」

平原の向こうに高い山並みがそびえ立っているのを見上げ、キーファが怖る怖る、といった体《てい》で呟《つぶや》く。誰も、それを否定できなかった。

歩き始めて半日余り、中央に一際高い山を抱く山道に入ったアルスたちは、目についた川の畔で休憩《きゅうけい》することにした。アルスが常に持っている釣り道具で、たちまち数匹の魚を釣り上げる。

「相変わらず、釣りだけは上手いわね」

感心したように、マリベルが言った。『だけ』はないだろ、とアルスは苦笑する。彼に倣《なら》って釣り糸を垂れていたキーファの方は、早々に諦《あきら》めて火打石《ひうちいし》と格闘していた。

起こした火で、アルスの釣果《ちょうか》を焼き始める。そこへ突然、商人風の男が転がり込んで来た。

「ま、魔物がっ！」

背負った背嚢《はいのう》の重みで潰《つぶ》されるように、商人はへたり込む。魚が焼けるのをぼんやり待っていた三人は、慌てて立ち上がった。そこへ、緑色の塊《かたまり》が幾つも飛び込んで来る。

両手の剣をそれぞれに振り回し、その魔物は太い足と尻尾《しっぽ》で跳躍しながら襲いかかってきた。手に物を持ち直立しているが、体格そのものは獣に近く、頭部は犬と鼠《ねずみ》を掛け合わせたような外見である。足と同じように尾も太く、体毛は毒々しい緑だ。

大人くらいの背丈を持ったそんな魔物が四体、合計で八振《ふ》りの剣《けん》が迫《せま》る。

「昼ご飯くらい、ゆっくり食べさせてよね！」

叫びつつ、マリベルは茨《いばら》の鞭《むち》を振るった。大きく楕円《だえん》の軌道《きどう》を描いた先端が、一塊《ひとかたま》りになって突っ込んで来た敵をまとめて打ち据《す》える。そこへそつなく踏み込んだキーファが、背中の剣を抜き様に振り下ろした。肩から腰まで斜めに切り裂《さ》かれ、魔物は血しぶきを上げながら倒れる。

「まったくだっ。焦《こ》げちまうじゃねえかっ」

台詞《せりふ》自体は呑気《のんき》だが表情は真剣で、商人の所へ敵が行かないよう、その場に踏ん張《ふば》って立つ。

商人の方も売り物らしい、柄頭《つかがしら》に青い玉石《ぎょくせき》を塡《は》めた短刀《たんとう》を優美な鞘《さや》から引き抜いた。清浄《せいじょう》な輝きを秘めた銀の刃は鋭そうだが、及び腰で構えている姿に迫力は皆無《かいむ》だ。

「おじさん、大丈夫ですかっ？」

「な、なんとかっ」

二刀流の魔物たちをキーファとマリベルに任《まか》せ、アルスは別な魔物と対峙《たいじ》していた。虎とも熊ともつかない大型の獣で、大きく開いた口の中には、もう一組の不気味な目が光っている。

ぶるぉあっ！

丸太のような両腕を振り上げ、鋭い爪を光らせながら、獣が迫った。アルスは素早く地を蹴《け》って相手《あいて》の横へ回り込み、銅《どう》の剣《つるぎ》を脇腹へと突き込む。しかし、さして鋭くもない先端は、緑色の毛皮で滑《すべ》ってしまい、ろくな痛手を与えられなかった。

「くっ」

敵の毛皮は厚くて硬《かた》く、銅の剣では貫通力《かんつうりょく》が足りなさ過ぎる。アルスが唇を嚙《か》むのを見た商人が、はっ、となり自分の短刀を掲げて声を上げた。

「坊や、これを！」

そして投げられた短刀を、アルスは銅の剣を投げ捨てて摑《つか》む。余計なことを、とでも言わんばかりに、獣が四つの目で男を睨《にら》んだ。

「ひえっ」

悲鳴と共に腰を抜かす商人を庇《かば》い、アルスは渡された短刀を構えると、川原の石を蹴立《けた》てて獣に突っ込む。邪悪を退ける聖《せい》なる銀《ぎん》が、易々《やすやす》と獣の毛皮を貫いた。

ビクン、と震えた相手が腕を振り上げるより早く、突き立てた短刀を力任《ちからまか》せに引き下ろす。

ぶぁぁぁあっ！

怒声《どせい》とも悲鳴《ひめい》ともつかぬ絶叫《ぜっきょう》が、獣を揺らした。しぶいた青黒い鮮血《せんけつ》を払《はら》いのけて、アルスは引き抜いた短刀を逆手に持ったまま、跳躍する。

「はぁっ！」

そして、刃《やいば》を敵の人面に叩き込んだ。ばしゃっ、と吐き出された血が、少年の胸元を汚す。

それからゆっくりと、地響《じひび》きを上げて魔物は倒れた。

「ひょおっ、すげえなアルス！」

首尾《しゅび》よく二刀流の魔物たちを全滅させたキーファが、歓声《かんせい》と共に駆け寄ってくる。アルスは銀の短刀についた血糊《ちのり》を、獣の毛皮で拭《ぬぐ》ってから、照れたように持ち上げて見せた。

「これのお陰だよ」

「いやいや、森《もり》の番人《ばんにん》を一人で仕留《しと》めるなんて、なかなか出来ることじゃないよ」

よっこいしょ、と起き上がった男が、感心しきりの声で言う。

「あんたらもな。たった二人で、ソードワラビーどもを退《しりぞ》けるとは……」

「っと、そうだアルス！　マリベルが」

慌てて彼女の方を見ると、どうやら『ソードワラビー』というらしい魔物の死体に囲まれ、少女は力なく蹲《うずくま》っていた。

「マリベル!?」

「……痛いよう……」

鮮血で真っ赤に染まった腕をきつく押さえながら、マリベルは蹲ったままでいる。駆け寄って来た幼馴染みを、少女は涙の滲《にじ》んだ目で睨《にら》んだ。

「あんたねぇ……しっかり、あたしを守りなさいよ……」

「ご、ごめん」

動揺《どうよう》を静めながら、アルスは彼女の腕に手をかざした。ウッドパルナでのことを思い出し、ゆっくりと集中していく。回復呪文《ホイミ》の金色の光が、少年の手から溢《あふ》れた。

「……どう？」

不安げにアルスに尋ねられ、少女は恐々、傷口を押さえた手を離す。嘘のように、痛みが消えていた。恨《うら》みがましい表情を改《あらた》め、マリベルが笑顔でうなずくのを見て、少年は胸を撫《な》で下ろす。

「おお、ちゃんと魔法が使えたじゃないか」

少女の傷の具合を覗《のぞ》き込《こ》んだキーファに、汗を拭いながらアルスは答えた。

「なんとか、ね」

「しかし、どういう感じなんだ？　魔法を使う、ってのは」

唐突《とうとつ》に問われて、少年は首をひねる。最初の時は無我夢中だったが、今は確かに意識して魔法を放ったのだ。

「うーん……マリベルが泣かないように、って思いながら、こう、集中したんだけど」

「なっ、なによそれ！　誰が泣くってのよ！」

頬《ほお》を赤らめ、マリベルが勢い良く立ち上がる。そう言いながら涙を拭っているのだから、説得力はない。キーファはそんな彼女にも尋《たず》ねた。

「マリベルは？　あの、火の玉を飛ばした時」

「え？　そんなの簡単よ。敵が迫《せま》ってたから、とにかくぶっとばしてやる、って思っただけで」

なんだそりゃ、とキーファが呆《あき》れる。上手く話題が逸《そ》れたので安心したマリベルだったが、馬鹿にされたと感じたのか、憮然《ぶぜん》となって頬《ほお》を膨《ふく》らませた。


バンガーと名乗った男は一見の印象《いんしょう》どおり、旅の商人だった。

彼の話によると、アルスたちが今いる場所からずっと南に下った場所にエンゴウという村があり、周囲で人里はそこくらいだという。戦いの場を離れた一行は、少し焦《こ》げかけた魚で昼食を済ませ、バンガーの案内で山道を進んでいた。

「実を言えば、私もそのエンゴウの出でね。毎年、どんなに遠くに行商《ぎょうしょう》に出ても、祭りの日だけは絶対に帰るようにしているのさ」

あたりはすっかり薄暗くなり、バンガーが手にする松明《たいまつ》が一行を照《て》らしている。山道の周囲に木々は少ないが、起伏《きふく》が激しく、見通しは悪かった。

彼の背負った背嚢《はいのう》には、ソードワラビーたちの持っていた剣が、束《たば》になって納められている。

後で研《と》ぎ直し、売り物にするらしい。その見返りと助けてもらった礼にと、バンガーは行商で売れ残った品の一部を、アルスらに譲ってくれた。

基本的にはなんでも取り扱《あつか》う彼だが専門は革製品《かわせいひん》で、アルスたちが貰《もら》ったのもそれらを用いた防具《ぼうぐ》である。あたりには先程のような魔物が出現し、危険が予想されたからだ。

彼の扱う『革《かわ》』とはつまり、毛皮の毛と脂《あぶら》を除いて柔らかにしたもの。マリベルには中でも紐つきで可愛らしく仕立てられた服、キーファには硬《かた》い鱗《うろこ》を持つ大型爬虫類《はちゅうるい》の表皮《ひょうひ》を貼りつけた盾、アルスには同じ製法で作られた鎧《よろい》がそれぞれ贈られた。

加えて彼は、先の戦いで活躍した銀製の短刀、聖なるナイフも譲《ゆず》り受けている。先程までキーファが使っていた革の盾を装備したこともあって、攻防《こうぼう》ともに格段《かくだん》に充実《じゅうじつ》したと言えるだろう。

マリベルは服が血で汚れたことを嫌がり、早速、貰った革の服に着替えることにした。それを待つ間に、バンガーは故郷の習慣について語る。

「さっきも言ったように、祭りがあってね。我ら炎《ほのお》の部族が崇《あが》める、炎の神の祭りさ。あの」

言葉を切って、バンガーは一点を指差した。その先には周囲の山々を従《したが》えるように闇夜にそびえ立つ、高い山がある。山頂に、赤々とした輝きが宿っていた。

「炎の山で、行われるんだ」

「炎の部族の炎の山の炎の神、ねえ。なんだか暑苦《あつくる》しそうな祭りね」

いつもの上着を羽織《はお》って木陰から出て来たマリベルは、さも暑そうに胸元を扇《あお》いで見せる。

「まあ、そいつは見てのお楽しみ、さ。……お、見えてきたな」

丘を登りきった一行の眼下《がんか》に、小さな村が無数の篝火《かがりび》で浮かび上がっていた。

4

アルスたちがエンゴウの村に到着した時、まさに祭りは始まろうとしている所だった。

村の四隅に設置された大きなものを初めとして、あちこちに篝火が設置されている。それが夜闇を目映《まばゆ》く照らし上げており、乾いた地面に建つ石造りの家々を、幻想的に彩《いろど》っていた。村の各所には料理や酒を乗せた卓《たく》が出され、村人たちは思い思いに歓談《かんだん》や食事に精を出している。

「これは宴会であって、祭りじゃないんじゃないか？」

そう言いながらも楽しそうに、キーファがあたりを見回した。基本的に騒《さわ》ぐことが好きなのだ。彼の手にはいつの間にか杯《さかずき》が握られており、果実酒《かじつしゅ》がその中で揺れていた。

「はは、今はまだ、祭りの前祝いみたいなものさ。本番はこの後でね……ああ、いたいた」

三人を案内するバンガーは、目的の人物を見つけたようだ。が、その後で少し眉《まゆ》をひそめた。

「あの方が長老だけど……はて、なにやらもめているな。あれは……パミラ様？」

ほとんどの者が銘々《めいめい》の楽しみに没頭《ぼっとう》してる中、人垣が出来ている場所がある。その中心にいるのは、二人の老人だった。

一方は恰幅《かっぷく》の良い老爺《ろうや》で、彼がエンゴウの長老だろう。彼は酒で赤くなった顔に困ったような表情を浮かべ、もう一方の老人の相手をしていた。

そちらは、鶴《つる》のように痩《や》せた老女である。飾り気のない外衣《がいい》を纏《まと》い、長く伸びた銀髪《ぎんぱつ》を後ろへ撫《な》でつけ、額に銀鎖《ぎんさ》で飾り石を張りつけていた。深く刻まれた皺《しわ》とピン、と伸びた背筋が、冷然《れいぜん》とした雰囲気を漂《ただよ》わせる。整った顔立ちで、若い頃は相当の美女だったのでは、と思われた。

「パミラ様？」

「ああ。薬師《くすし》なんだけど、占いもやっていらしてね。長老と同じくらい、尊敬《そんけい》されているのさ」

近づくと、どうやらパミラの方が凄《すご》い剣幕《けんまく》でなにか言い立てているのを、長老がなんとか宥《なだ》めようとしている風に見える。

「もういい、この愚か者がっ！」

更に近づいた所で丁度《ちょうど》、パミラは老人とは思えぬ張りのある声で怒鳴《どな》ると、長老に背を向けた。気圧《けお》され身を引いた村人たちの間を、近寄り難い空気を漂わせながら大股に通り過ぎる。

「パ、パミラ様」

「バンガーか。悪い時に帰って来たな」

訳《わけ》がわからぬまま声をかけたバンガーを、老女はそれっきり無視した。そして、その鋭い視線《しせん》をアルスらの方へ向ける。

「旅の者だな。ならば、さっさとこの村を……」

そこで初めて、パミラは足を止めた。

「いや……見える。おまえたちなら、できるやも知れぬ」

「？」

「おまえたち、ちと儂《わし》の所へ来てくれぬか」

半ば反射的《はんしゃてき》にうなずいたアルスにうなずき返し、パミラは再び歩き始める。アルスたちは村人たちの茫然とした眼差しを背に受けながら、慌ててその後を追った。


パミラは村で唯一の商店の奥に、居《きょ》を構《かま》えていた。祭りに出られず不満顔をしている助手の少女を適当にあしらい、自室にアルスらを導く。

石造りの部屋は蠟燭《ろうそく》の淡《あわ》い光に照らされ、使途不明《しとふめい》の様々な道具たちが所狭《ところせま》しと置かれているのが垣間見えるが、全体的には塗料《とりょう》と掛布《かけぬの》によって青く輝いて見えた。

海の中みたいだ、とアルスは思う。

「儂は見たのだ。炎の山が、紅蓮《ぐれん》の柱を噴《ふ》き上げ、村が……大地が、溶《と》けた岩に飲み込まれる様を。火送りの儀《ぎ》が終わる時、この地もまた、終わりを迎えることとなってしまうと」

水晶球《すいしょうだま》の置かれた机を前に、木製の簡素《かんそ》な椅子《いす》に腰掛け、老女は溜息を混じえて首を振る。

パミラの言葉と自分たちが幻視《げんし》した光景の奇妙な一致に、彼女の前に並び立ったアルスたちは、顔を見合わせた。

「ほむら祭りを行うことはならん。絶対に、ならん。そう言うたのに、あのわからず屋どもめ」

もう一度パミラは首を振り、長い長い溜息をつく。どうにも声をかけづらい空気の中、マリベルが、おずおずと尋《たず》ねた。

「それで、ええと、おばあさま」

「パミラ、で構わん」

「じゃ、パミラさん。それで、あたしたちに、なにをさせようっていうの？」

ほっそりした指を組み合わせ、老女は椅子の背もたれに深々ともたれかかる。

ほむら祭りの山場は、村人たちが炎の山に赴《おもむ》き、村から持って来た松明を火口へ投げ入れる、『火送りの儀』だ。村を守ってきてくれた炎を炎の神に返す、といった意味合いの儀式らしい。

だがパミラの予言によれば、その儀式の終わった時こそ、破滅《はめつ》の訪れる瞬間だという。そのことを彼女は村人たちに警告したが、自分たちの守り神が住まう山が災《わざわ》いを為《な》すなど、誰も信じようとはしなかった。

不吉《ふきつ》な、なにかを感じながら。

「おまえたちは、儂《わし》の予言を信じるか？」

パミラにしても、信じたくはなかった。だが薬師として人々を癒《いや》し、予言師として人々を導かねばならない彼女が、自ら感じた危険を無視するわけにはいかない。

「あんただけならともかく、オレたちも、山が火を噴くのを見たんだ。気になるのは、確かさ」

ひょい、とキーファが肩をすくめ、アルスがうなずいた。その言葉に、パミラは目を細める。

「そうか……ならばやはり、おまえたちに行ってもらうことにしよう」

「あ。なんか、嫌な予感が」

老女の口振りに不吉なものを感じたのか、マリベルが顔をしかめた。

洞窟《どうくつ》の中は赤々と輝き、むっとする熱気《ねっき》に覆われていた。絶えず微弱《びじゃく》な震動《しんどう》が全体を揺らしており、時折、岩肌から蒸気《じょうき》や炎が噴き出している。それがアルスたちの足下を照らしているものの、同時に彼らの影を岩々の表面に踊《おど》らせ、先行きを眩惑《げんわく》させた。

汗を目一杯、吸い込んだ下着が、肌にぴったり張りついている。その感触《かんしょく》が少女をひどく不快にさせ、悲鳴を上げさせた。

「いやぁん、こんなに汗かいちゃったら、後で大変なのにぃ！」

炎の山の、奥深く。『火送りの儀』のために用いられる火口付近の広場から、一行はパミラの導きで山の中枢《ちゅうすう》へと続く洞窟に進入する。

「わめくと余計《よけい》に汗が出るよ」

こちらも大汗をかきながら、疲れた口調でアルスが答えた。懐《ふところ》のギガもすっかり、へばってしまっている。

「くうう、さっすが炎の山の中だ。暑いぜ！　アルス、溶岩《ようがん》なんかに迂闊《うかつ》に触《さわ》るなよ！」

キーファだけは割合に平気そうな顔で、暑くないわけはないはずだが、妙に楽しそうにも見えた。火山の中に入ることなど初めてなので、例によって好奇心が刺激されているのだろう。

『儂も炎の神が、その意志で炎の山を爆発《ばくはつ》させるとは思えぬ。なにかがこの奥で起こっていると、儂は睨《にら》んでおるのだが……』

高齢のパミラを慮《おもんぱか》って、アルスたちは彼女を残して自分たちだけで洞窟内に潜《もぐ》ることにした。徘徊《はいかい》する魔物に何度も遭遇《そうぐう》し、新たな装備《そうび》の助けがなければとても勝てなかった……という戦いを繰り返す羽目《はめ》になったのだから、パミラを残してきたのは正解だったと言えるだろう。

やがて、彼らは炎の山の深奥《しんおう》に辿《たど》り着いた。

「ぬっふふふ。もうすぐ、終わるぞ」

「うわっ。無茶苦茶、暑苦しそうなのが出てきたわね」

マリベルが、さも嫌そうに言う。彼らの前に浮かんでいるのは、全身を真っ赤に燃え上がらせた、人面の石像だ。ぎょろり、と目を剥《む》き口をへの字形にした頭部、それだけなのである。

「かの方《かた》にいただいた、この闇《やみ》の炎の力。解き放たれれば山は一気に炎を噴き上げ、この地を燃やし尽《つ》くす。人間たちはそれを炎の神の怒りと思い、絶望《ぜつぼう》の闇《やみ》に沈《しず》んでいくのだ」

「そんなことして、なんの意味があるんだ？」

周囲は溶岩が流れ、呼吸するだけで喉《のど》の粘膜《ねんまく》が焦《こ》げそうな状況だ。アルスの声も、げんなりした調子になっている。

「ぬっふふふ。知れたこと、人間の絶望こそ魔物の快楽。心の闇こそ、なににも勝る法悦《ほうえつ》よ」

「そうはさせるかっ！」

一人、気合い充分《じゅうぶん》なキーファが剣《けん》を抜いた。炎の巨像《きょぞう》は顔、つまりはその全身を歪《ゆが》めて、邪悪《じゃあく》な笑みを形作る。

「愚《おろ》かなり……。灼熱《しゃくねつ》の炎で身を焦《こ》がされることを、望むとは！」

堅《かた》そうな石の体が、ぐぐっ、とたわんだ。慌てて、アルスとマリベルも身構《みがま》える。

「肉も骨も魂《たましい》も、焼き尽くしてやろうぞ！」

巨像の口が大きく開き、そこから猛烈《もうれつ》な勢《いきお》いで、火の息が吐き出された。先手を打って茨《いばら》の鞭《むち》を振り上げたマリベルだが、慌てて身を守る。

ごっ！ と熱風《ねっぷう》が吹き抜けた。かざした革の盾《たて》で舞い散る火の粉《こ》を振り払い、アルスは銅《どう》の剣《つるぎ》を突き出す。さすがに全身を燃え上がらせている巨像に、聖なるナイフで切り込む気にはなれなかった。だが、返って来たのは堅い表面に鈍い剣先が弾《はじ》かれる感触。

「なんでだ？ なんで、オレの攻撃が、あんな少ししか効《き》かないんだ？」

同様に斬《き》りかかったキーファも、戸惑《とまど》った表情で呻《うめ》いた。彼の腕力を持ってしても、巨像にはなんの痛痒《つうよう》も与えられていないようである。

「がっ！」

そこへ、炎の巨像がぶつかって来た。咄嗟《とっさ》に直撃《ちょくげき》は避けたものの、それなりに大柄なキーファが、軽々と吹っ飛ばされる。みしり、と全身がきしんだ。

「キーファ、大丈夫っ？」

「くそっ、なんてぇ堅さだ」

駆け寄って来たマリベルの手を借り、立ち上がりながら、キーファはぼやく。革《かわ》の鎧《よろい》の表面が、巨像の体に打《ぶ》ち当たられたせいで焼《や》け焦《こ》げていた。

「堅い？」

「ああ。剣もろくに通りやしねえ」

その言葉に少女は一瞬、考え込み、鞭を脇に手挟むと両手を胸の前に構える。

その瞳がどこか遠くを透《す》かし見るようなものになったので、魔法を使おうとしているのだと、キーファにもわかった。

「おいおい。あいつに火の玉なんか効《き》かないだろ」

「黙って。上手《うま》くすれば……多分……」

一度閉じ、再び開いたマリベルの目が、炎の巨像を睨《にら》む。すると巨像の直下から唐突《とうとつ》に青い光が出現し、その体を取り巻いた。

「ぬっ⁉」

巨像が戸惑いの声を上げ、今まさに攻撃を仕掛けようとしていたアルスは、たたらを踏《ふ》む。

「馬鹿っ、攻撃するなら今よっ！」

「わ、わかった」

背中に叱咤《しった》を受け、アルスは改めて剣を振るった。先ほどは易々と弾《はじ》かれた剣先が、今度は巨像の表面に太い筋《すじ》を刻《きざ》む。

「ぐぬっ……」

明らかに、巨像の堅さが減衰《げんすい》していた。どうやらマリベルの放った魔法は、相手の守備力《しゅびりょく》を下げるものだったらしい。

「こんなもんかな？　これであいつも、倒《たお》しやすくなったはず！」

にっ、と少女が笑った。そんな彼女の表情を茫然《ぼうぜん》と見つめていたキーファであったが、藍色《あいいろ》の瞳が非難するように向けられたのに気づき、慌てて前へ踏み出す。

「ぬがっ！」

その途端、再び巨像が迫《せま》った。守備力が落ちてしまった状態で、力の強いキーファの攻撃を食らうことを怖れたのだろうか。また吹っ飛ばされるのを覚悟し、彼は溶岩を背にしないように気をつけながら、鱗《うろこ》の盾をかざした。激突のもたらす重い衝撃《しょうげき》が、腕を痺《しび》れさせる。

だが、それだけだ。先ほどよりも、明らかに攻撃からもたらされた影響が少ない。

キーファは己の体に、薄く金色の光が纏《まと》わりついていることに気づいた。見ればアルスが、剣を握ったままの手を突き出している。どうやらマリベルと同様、新たな呪文《じゅもん》を放ったらしい。

「なんだっ？」

「少し、頑丈《がんじょう》になったはずだよ」

なるほど、言われてみれば攻撃を受ける直前に、相手の勢いが弱まったように感じた。

（魔法、魔法……か）

アルスと肩を並べて炎の巨像に相対しながら、キーファの胸を複雑な思いが去来《きょらい》する。

他の二人が神秘《しんぴ》の力を使いこなし、普通なら立ち向かえないような敵に対し奮闘《ふんとう》しているというのに、自分は力任《ちからまか》せに武器を振るっているだけだ。それでは、武器が通じないような魔物が出た時、どうすれば良いのか？　戦いをアルスとマリベルに任せ、自分は逃げ回るだけなのか？

（それは、駄目《だめ》だ）

それが看過《かんか》できるなら、初めから冒険に出たりなどしない。

（キーファ・グランは、それじゃ駄目なんだ）

距離を置いた炎の巨像が、身をたわめた。火の息を吹きつけるつもりなのだ。キーファやアルスはともかく、体力に劣《おと》るマリベルが再びこれを浴《あ》びてしまったら、絶命《ぜつめい》しかねない。

「おおおおおっ！」

剣を振りかざし、キーファは突っ込んだ。たとえ直撃《ちょくげき》を食らっても、後方の仲間たちには被害を及《およ》ぼさせない。そんな覚悟があった。

「キーファ、無茶だっ」

「それが」

（オレだっ！）

灼熱《しゃくねつ》の息吹《いぶき》が、吐き出される。それが拡散《かくさん》し吹き荒れるより早く、剣が叩き込まれた。巨像の分厚い唇《くちびる》が、上下に切り裂《さ》かれる。溢《あふ》れた炎が、剣とキーファを焼いた。

己《おのれ》の肉の焦《こ》げる臭《にお》いを嗅《か》ぎながら、キーファは不敵《ふてき》に笑って見せる。彼が一歩だけ後退してもなお、銅の剣は炎を纏《まと》っていた。明らかに不自然《ふしぜん》な……魔法的な、現象《げんしょう》だ。

「焼《や》き尽《つ》くされるのは……」

盾を投げ捨て、キーファは燃《も》え盛《さか》る剣を両手使いに構えた。

「おまえだっ!!」

その剣を、真っ向から振り下ろす。巨像の内部に深々と刃《やいば》が進入し、刀身から舞い上がった火《か》炎《えん》が、巨像自身の炎の勢いを増幅《ぞうふく》させた。既にアルスらによって相当の痛手を負っていた巨像にとって、本来は自分の中から吹き出すものであっても、その灼熱《しゃくねつ》は強《つよ》過《す》ぎる。

「ぬはあっ！　わ……我が、このような者に打ち負かされるとはぁっ」

石の体中を罅《ひび》が走っていき、そこから内部の炎が漏《も》れ出した。炎の巨像はこの世に生み出されて初めて、熱によってもたらされる苦痛《くつう》を覚える。そして。

「ぬがあっ‼」

その全身が、弾《はじ》け飛んだ。

撒《ま》き散らされた赤い石弾《せきだん》の一つが額を掠《かす》め、キーファはその場で尻餅《しりもち》をつく。

「キーファっ！」

「へへ……アルス、見たか？　今の」

慌《あわ》ててアルスが駆け寄り、すぐに回復呪文《ホイミ》に意識を集中し始めた。打撲《だぼく》と火傷《やけど》でぼろぼろの体が、ゆっくりと癒《いや》されていく感触を味わいながら、キーファは両の拳《こぶし》を強く握りしめる。

「これが、オレだぜ」

その口元に、会心《かいしん》の笑《え》みを浮かべて。

第5章　涙、天に還《かえ》れ

1

煌々《こうこう》と輝く溶岩流《ようがんりゅう》の中を、染みのように広がる闇があった。

「黒い……炎？」

あたりに撒《ま》き散らされた炎の巨像の欠片《かけら》、それらが熱い空気を吸収《きゅうしゅう》しながら燃《も》え上がり、やがて一つに結集《けっしゅう》する。

それは正にアルスの言うとおり、黒い炎、としか形容しようがない存在であった。

「なによ、なによ。やっと魔物を斃《たお》したのに、これで終わりじゃないの⁉」

不気味な炎は、揺らめきながら、ゆっくりと上昇していく。

「なんなんだ、あの黒い炎は⁉　上の方に昇って行ったぞ！」

言うなり、キーファは走り出した。甲高《かんだか》い声で文句を喚《わめ》き散《ち》らしながら、マリベルが後を追う。

続きかけて、ふとアルスは床の片隅《かたすみ》に目を留《とど》めた。見覚えのある石片が転がっている。色は、青みがかっていた。どうやら、炎の巨像が残していったものらしい。

「アルス、なにやってんの！」

溶岩流の向こう、洞窟の上層に繋《つな》がる斜めの穴の前で、マリベルが叫《さけ》んでいる。今行く、と答え石片を拾い上げると、アルスも駆け出した。


火口を取り囲む広場、そこはつい先ほどまで『火送りの儀』が執り行われていた場でもあった。その火口に今、黒い炎が浮かんでいる。広場に集った人々は、今や家屋ほどの大きさにまで膨《ふく》れ上がったそれを、放心したように見上げることしかできなかった。

「これは、いったい……」

愕然《がくぜん》とした声で、長老が呟《つぶや》く。彼は広場の片隅、山の中枢へ通じる洞窟《どうくつ》からアルスらが現れるのを見て、慌てて駆け寄りなにか言おうとした。

だがそれより早く、不安がる村人をなだめていたパミラが彼らに声をかける。

「いったい、奥でなにがあった？」

戸惑いながらアルスたちは、洞窟内でのことを語った。傍《かたわ》らで聞いていた長老は話の内容もさることながら、無断で聖地の奥底へ潜り込んだ彼らの行状《ぎょうじょう》に目を白黒させるが、パミラは冷静に思案顔《しあんがお》を作る。

「……ふむ、なるほどな。だとすればこの炎、そう簡単に消えんだろう」

斃したと思った炎の巨像が姿を変えてなお、邪悪な意志を留め、飽くまで噴火《ふんか》という災《わざわ》いを顕現《けんげん》させるつもりなのか。天地が全て燃え上がる地獄のような光景を思い返し、アルスは震える。

「やっぱり、そう思いますか？」

「ああ。しかも、このまま放っておいては、なにが起こるかわかったものではないな」

汗を滲《にじ》ませながらも、淡々と答えるパミラ。長老は怯えた声で彼女に問いかけた。

「パ、パミラよ。あの炎を消す手立ては勿論《もちろん》なにか、あるんじゃろうな？」

しかし老女は冷たい目で彼を一瞥《いちべつ》し、言い放つ。

「そんなものがあるなら、儂が聞きたいくらいだ」

「あ、あの……パミラさん、怒ってる？」

にべもない彼女の様子に、キーファが怖る怖る尋《たず》ねると、長老は苦笑した。

「いや、気にせんでくれ。こいつは昔っから、こうなんじゃ。……それよりパミラ。おぬしの予言でなにか、わからんのか？」

真剣な顔で、長老は重ねて問う。その眼差《まなざ》しは村の長としての責任感に満ちたものだったが、パミラはどこかふてくされたような表情で、視線を泳《およ》がせた。

「さあなあ……儂の予言は、当たらんでな」

アルスとキーファ、長老といつの間にかそばにいた行商人のバンガーまでが、揃《そろ》って弱《よわ》り顔になる。男たちが困惑《こんわく》する様を確認し、それからようやくパミラは、懐《ふところ》より水晶球《すいしょうだま》を取り出した。

「……フン、冗談だよ。どれ、ちょっと見てみるとしようかね」

なんだかどこかで見たような性格の人だなあ、と少年二人が揃って、マリベルへ視線を送る。なによ？　という顔で見返してくる少女に、二人は曖昧《あいまい》に笑った。その間にもじっ、と水晶球に視線を集中していたパミラだが、その表情が夢見るようなものへと徐々《じょじょ》に変化し出す。

火口に浮かぶ黒い炎で気もそぞろな村民たちも、何事かと彼らの周囲を取り囲み始めていた。

「……見えた！　ふむ、これは……」

ごくっ、と皆が息を飲む。

「小汚《こぎたな》い部屋……が見える。おお、だらしない顔の男が……」

がくっ、と皆が肩を落とした。しかし、彼女の言葉は更《さら》に続いている。

「手になにか持っておる……壺《つぼ》？　いや、瓶《びん》か……液体が入っておるな。……おや。あれは、アルス。アルスの姿が、見えたぞ……」

すうっ、とパミラは表情を戻していった。すぼめた唇から、小さく息を吐く。

「……儂に見えたのは、ここまでだ。どうやらその男の持っていた瓶の液体に、この黒い炎を消し去る力があるらしいな」

アルスたちは、顔を見合わせた。老女の言葉には、確かな心当たりがある。あるが、信じ難い気持ちでいっぱいだった。

「やっぱり、あのひとだよなあ。小汚くてだらしない、って言えば」

「そうねえ。小汚くてだらしないって言えば、せこくて小ずるい、あのひとよねえ」

「あのさあ、そんなに悪く言わないでよ。いくら、面倒《めんどう》で情けない、あのひとだからって」

三人して無茶苦茶にけなす会話を聞いて、村人たちの間に不安の色が広がる。

「なにか心当たりがあるんだな？　その、どうしようもない男に」

ある意味、止《とど》めを刺すようなパミラの問いかけに、三人は揃ってうなずいた。

いかにも、嫌そうに。

謎の神殿に繋《つな》がる『渦』の場所まで、村で仕立ててもらった馬車で辿り着く頃には、すっかり夜が明けてしまっていた。魔物を警戒《けいかい》して村の祭司が仕込んだ聖水《せいすい》を撒き、何人もの村の男たちが聖火《せいか》を掲げながらの旅である。

馬車の中はひどく揺れたが、アルスたちは泥のように眠りこけた。なにしろここ数日はろくな睡眠《すいみん》を取っていない上、激戦《げきせん》の連続だったのだから。

そうやってようやく、彼らは神殿からグランエスタード城下町へと帰り着いた。目的の人物は、ここにいる……はずである。なにしろ、常にふらふら過ごしているのだ。

「じゃ、アルス。あんたに任《まか》せるから」

「だな」

まだどこか眠そうな顔で、マリベルは少年の肩に手を置いた。キーファも腕組みをしながら、うなずいている。そして、声を揃えて言った。

「だって、アルスの叔父《おじ》さんだし」

不承不承《ふしょうぶしょう》、アルスは城下町の入口で二人と別れ、まずは酒場《さかば》に向かう。昼日中であるにもかかわらず自宅《じたく》よりそこの方が見つかり易《やす》い、という時点で既《すで》に、問題があった。

巨大な門から続く石畳《いしだたみ》の道は、中心となる場所に噴水《ふんすい》があり、城へと向かっている。あちこちで植樹《しょくじゅ》された木や鉢植《はちう》えなどが見られ、石造りの建物が多い町でも、人工的な雰囲気《ふんいき》はしない。

目的の酒場は大通り沿い、町の入口にほど近い大きな宿屋の、一階にあった。

「やあ、いらっしゃいアルス」

人気のない店内で杯《さかずき》を磨《みが》いていた店員が、穏《おだ》やかに微笑《ほほえ》む。

「こんにちは。あのう……叔父《おじ》さん、来てますか？」

「ホンダラさん？　そう言えば、今度は『すごい聖水《せいすい》』だってさ。よくまあ、ああいう風に次から次と、変な物を持って来るもんだね」

はぁ、と溜息《ためいき》を吐《は》き、アルスは頭を抱《かか》える。

アルスの父ボルカノは、漁師《りょうし》としての腕で国王にまで名を知られた男だ。しかしその弟のホンダラは、ろくでもなさで城下町に悪名を知られていた。

もういい年だというのに定職《ていしょく》にもつかず遊び回り、借家《しゃくや》の賃料《ちんりょう》は滞納《たいのう》するわ子供の菓子は取り上げるわ他人の家の風呂は覗《のぞ》こうとするわで、困《こま》り者なことこの上ない。酒場の店員がアルスを知っているのも、ホンダラの酒代《さかだい》を父の代理で払いに来たりしているためだった。

そんなホンダラの最も困った性癖《せいへき》として、彼の守銭奴《しゅせんど》ぶりが挙《あ》げられる。なんやかやと、くだらない商売を考案《こうあん》しては、他人から小銭《こぜに》を巻き上げようとするのだ。とは言え大抵《たいてい》の者はいい加減、そんなホンダラの悪癖《あくへき》を知っているため、彼の話をろくに取り合おうとしない。

「七色に光る入り江《いえ》で見つけて来たありがたい聖水、とか言ってたけど、どこまで本当なんだか」

店員も、案の定《あんじょう》だった。けれど愉快そうに語った彼の言葉が、アルスの記憶を刺激する。

（七色に光る、入り江？）

まだ謎の神殿へ行き当たる前、遺跡の地下でキーファと見つけた水脈《すいみゃく》。その奥には確かに、七色に光る入り江があった。

（叔父さん……あんな所にまで、潜《もぐ》り込《こ》んでたのか）

店員に礼を言い、アルスは町の片隅《かたすみ》にあるホンダラの借家へ向かう。果たして彼は酒瓶《さかびん》の乱立した自室の中で、貧相《ひんそう》な口髭《くちひげ》をしごきながら、なにやら思案をしている様子だった。

開きっ放しの窓からその様子を確認した甥《おい》に気づき、ホンダラは顔を上げる。

「お！　誰かと思ったらアルスじゃねえか。丁度いい所に来たな」

ぱっ、と表情を輝かせ、彼は窓際《まどぎわ》にどたばたと駆け寄って来る。

「こんにちは、叔父さん」

「実は、おめえに聞きたいことがあってな。ちゃんと答えてくれたら、そうだな……」

自分勝手に喋《しゃべ》り出し、どう見ても真っ当なもののない部屋を見回すホンダラ。

実のところ少年はこの、ろくでなしの叔父が、嫌いではなかった。確かに困った男ではあるが、なんとなく憎《にく》めないし、どこまでも逞《たくま》しい性格はある種の尊敬に値すると思っている。

見習う気は、毛頭《もうとう》ないが。

「よし！　このすごい聖水をやろう。いいな？」

甥がそんなことを考えながら苦笑している間に、ホンダラは手近な瓶《びん》を適当に引《ひ》っ摑《つか》み、窓越しに突き出した。目を丸くして咄嗟《とっさ》にうなずくアルスに、彼は満足げにうなずき返す。

「じゃあ、聞くぞ！　新しい島のことで網元のアミットと、ボルカノ兄貴が城に呼ばれたって、本当か？」

「え。あ、うん」

もう随分《ずいぶん》と昔のことを聞かれたような気がして、アルスは曖昧《あいまい》に答えた。彼にしてみれば、そんなことよりも、叔父の突き出した瓶の方に気が行っている。

薄く紫がかったその硝子瓶《ガラスびん》には、貼り紙を剝《は》がした跡があった。十中八九、酒の空き瓶であろう。ただし中身は、きらきらと輝く透明な水に代わっていた。

「やっぱりそうかい。こりゃ儲《もう》け話の臭いがプンプンするな。もう、こんな聖水なんか……じゃなかった！　このすごい聖水を、おめえにくれてやろう」

「あ、ありがとう」

「さて、もういいだろう」

ちょっと気後れしながら瓶を受け取った甥に、ホンダラはにやりと笑って見せる。おそらく、『ちょろいヤツだぜ』とでも思っているのだろう。

「オレは色々と考えなきゃならねえんだ。悪いが、またな」

そう言うと彼は、アルスの目の前で窓を閉ざし、窓掛《カーテン》を引いた。自分で呼び止めておいて、勝手な話ではある。閉ざされた窓と渡された瓶を見比べ、アルスは髪を掻《か》いた。

2

アルスらが帰還するまで、一睡《いっすい》もすることなく黒い炎を見張り続けたパミラであったが、ようやく安堵《あんど》した様子で息を吐いた。

やつれた顔で倒れかけた彼女を、アルスは慌てて支える。

「やれやれ。結局、最後の最後までアルスたちの世話になってしまったな」

半信半疑《はんしんはんぎ》、どころか一か八かというか、駄目《だめ》で元々《もともと》というか……とにかくまず無駄だろう、くらいの心づもりで持ち帰った『すごい聖水』であったが、意外なことに効果《こうか》を発揮《はっき》した。

振り撒かれた水は輝きながら黒い炎に纏《まと》いつき、炎をすっかり消し去ってしまったのである。

「これでもう、儂の予言が現実のものとなることは、ないだろう」

青ざめた顔に幾《いく》ばくか生気を取り戻し、老女は厳《おごそ》かに断言した。交代で見張りを務《つと》めていた村人たちから、どよめきが起こる。

「本当じゃな。本当に、大丈夫じゃな？」

パミラ同様、憔悴《しょうすい》を隠し切れない風体《ふうてい》の長老が、なお不安げに尋《たず》ねた。そんな彼に老女は再度、うなずきかける。アルスたちは初めて、パミラの穏やかな表情を見た気がした。

「うむ。もう見えんよ、炎の山が火を噴《ふ》く姿はな」

「そうか……」

長老は静かに呟き、そして表情を改めると、アルスたちに深々と頭を下げる。

「ありがとうの。おぬしたちは、エンゴウの村を救ってくれた英雄《えいゆう》じゃ」

「当然じゃない。ま、このマリベル様にまかせておけば万事問題《ばんじもんだい》なし、ってね」

大いに照れるアルスやキーファと対照的に、マリベルが勝ち誇《ほこ》った。


その晩、村に戻った人々は中断された祭りを再開するかのように、歌い踊り騒ぎ続けた。アルスたちは村の人々と山のような料理に囲まれて共に楽しみ、やがて宴《うたげ》の時は過ぎて……そして、夜が明けた。

「今となっては何故《なぜ》、炎の山にあのような恐ろしいものが現れたのか、わからぬが……これからは、今以上に炎の神を崇《あが》め、感謝の心を忘れず生きていこうと思うとるよ」

もう一度なにか起こった時、おぬしたちがここにいるとは限らんからな。そう言って長老は、二日酔いの青い顔で笑う。彼の屋敷に宿泊したバンガーも、穏やかにうなずいた。

「私らの村は、私らが自分の力で、守れるようにならなくてはいけないからね」

「おぬしたちは気兼ねなく、自分たちの旅を続けて行って欲しいのう」

この村は、大丈夫だな。

長老の様子に、アルスはそう確信した。これからずっと先のことはわからないが、少なくとも今回の件《けん》を覚えている者がいる限り、なにがあっても立ち向かっていけるだろう。

そのことに少なからず自分たちが貢献《こうけん》した、という充足感《じゅうそくかん》が、アルスを満たした。

「ほんとに、あたしたちがいなかったら、大変なことになってたんだから。もっともっと感謝してもらわないとね」

長老の屋敷を辞した後、マリベルは明るく言う。腰の後ろあたりで手を組んで、くるっ、と回り、少年二人に笑いかけた。夜明けの光に、少女の赤毛が軽やかに踊る。

明け方の村は、つい先ほどまで続いた宴の余韻《よいん》を残しながら、人気もなく静まり返っていた。数軒の家では朝食の煙を立ち上らせているが、ほとんどの者はまだ夢の中にいることだろう。

「ま、実際よく働いたよな。オレたち」

キーファが伸びをして、肩を揉《も》む。彼は少なくともアルスたちの倍は飲み、三倍は食べたはずだが、それを今朝に残した様子もなく平然としていた。

旅《たび》の扉《とびら》、と彼らが勝手に呼んでいる謎の神殿への『渦』は、エンゴウ村からかなり離れた場所にある。遅くとも夕方までに到着しようと思うと、早朝に出立《しゅったつ》するしかないのだ。

「後は、帰り道で魔物に襲われないと、いいんだけどね」

差し上げた手の上でギガを遊ばせながら、アルスは洒落《しゃれ》にならないことを朗《ほが》らかに言った。嫌なやつぅ、と舌を出したマリベルがその直後、目を丸くする。

腕組みをしたまま手近な家の壁に半身をもたせかけ、老女がそこにいた。

「もう、行くのか」

「パミラさん！　起きてて、大丈夫なの!?」

心配するマリベルに、極度の疲労で昨晩から寝込んでしまっていたはずのパミラは、片方の眉《まゆ》だけを上げて見せる。今日は仰々しい飾りもしておらず、服もさっぱりしたものだった。

「おまえたちには、本当に世話になったからな。なにか礼をせねば、と思ってな」

挨拶もせんと立ち去ろうとする薄情者《はくじょうもの》でもな、と老女は皮肉《ひにく》る。まさか昨日の今日で起き上がってくるものとは思わなかったアルスたちとしては、恐縮《きょうしゅく》する他なかった。

「まあいい。それで、儂に出来る礼はないかと、ちょっと占ってみたのだが……一つだけあったよ、儂に出来る礼がな。これを受け取ってくれ」

そう言って彼女が足下から拾い上げ、アルスに投げ渡したのは、青みがかった石片である。思わず顔を見合わせる三人にパミラは、にやり、と笑いかけた。

「なんぞ占いの役に立つかと思って、持っておったものなんだがな。そいつは儂より、おまえたちに持たれたいようだ」

「あ……ありがとうございますっ」

石片を抱いて礼を言うアルスに、老女はもう行け、という風に手を振る。最後まで無愛想《ぶあいそう》なままだった予言師に何度も頭を下げ、少年たちは村を去った。

「まあ、なにかあったら出来るだけ力になるから、たまには顔を出してくれ」

最後に、そんな声をかけられて。

台座の間に戻った三人は、赤い石版を感慨深《かんがいぶか》げに見つめる。

「火山が爆発しなかったんだから、あの村は、あれで良かったんだよね」

「ってことは、これで世界にまた新しい島が出来ていれば、いいわけだな」

彼らもなんとなく、石版と世界の仕組みについてわかってきていた。

『失われし世界の姿を求めし者よ。世界は四つの源に分かれ、その姿を今に残す。在るべきものは、在るべき所へ。世界は真の姿を現す』

神殿の石碑に刻まれた言葉。つまり石版の中の世界は、今現在の世界の過去の姿なのだろう。なにがしかの闇の力によって破滅しようとしている石版世界を救うことで、今の世界にその場所が復活する……あるいは、エスタード島との往来が可能になる。

それが、エンゴウからの帰路において話し合った彼らの、結論だった。

「城の人たちなら、もう新しい島が現れたかどうか、知ってるかもしれないわね」

「よしっ。すぐに城に戻って、確認してみようぜ！」

キーファの言葉にうなずきかけ、しかしアルスは手を挙げる。

「あ、ちょっと待って」

気勢を削《そ》がれ不満顔の友人に、アルスは自分の荷物袋を示した。驚いて奥へ逃げ込むギガの寝《ね》床《どこ》には、エンゴウで手に入れた二枚の石片がある。

「とりあえず、これだけ台座にはめて行こうよ。途中で割れたりしたら困るし」

「まあ、確かにね」

気軽な気持ちで、彼らは隣の部屋へ移動した。

パミラから貰《もら》った方の石片は、それだけでは石版を完成させるに至らない。しかし炎の巨像を倒して手に入れた物の方は、青い台座の一つに最初から収まっていた石片との組み合わせだけで、一枚の石版を形作るようだった。

少し悩んだ後、まあすぐに戻れるだろう、と高を括《くく》って台座に填め込む。

あまりに悲しい物語に触れることになるとも、知らずに。


「な……なんなの？　この町」

厚い雲に覆われたかのように暗い空は、石版世界のウッドパルナを訪れた時を思い出させた。だが、あの時のように暗い顔をした人々はいない。代わりに、そこここに立つ石像たちがアルスたちを迎えていた。

「『ダイアラックへ、ようこそ！』か……」

町の入口に立てられた看板を、キーファが読み上げる。彼の読める文字であることが、彼らと同じ言葉を使う人間の存在を示唆《しさ》していたが、町に人の気配はない。

完成した青い石版によって導かれた世界は、全周しても半日とかからない小さな島だった。その唯一の人里と思えるのが、ダイアラックである。

立て看板の傍《かたわ》らには、女性の石像が立っていた。長い間、外に置かれていたせいか、石像の姿はぼろぼろである。茫然とした表情を浮かべており、作り物とは思えない迫真性《はくしんせい》があった。

「どうして、こんな、なんでもない所に？」

指先で女性の頬《ほお》をなぞりながら、アルスは首をかしげる。ざっと周囲を見渡せば、石像たちは老若男女、様々な種類が存在していた。

「ねえ、アルス、キーファ。あたしも、こんなこと言いたくないんだけどさ」

うそ寒そうに言うマリベルの眼前には、男性の石像。信じられない、とでも言いたげな表情で、まるでどこかへ逃げだそうとするような姿勢を取っている。

「これってば、もしかして、本当の人間が石になっている……って考えるのが普通よね」

ごくっ、とキーファが喉《のど》を鳴らした。ひどく朽《く》ち果てている、幾《いく》つもの石像。それらが全て、かつて生きていたものだとしたら。暗い空の下で石像たちは、無念の表情を浮かべているように見えた。それは、けして気のせいではないだろう。

町の中央には、大きく長い岩がまっすぐに立っていた。三人で手を伸ばし合ってようやく囲めるくらいの太さと、二、三階建ての建物に相当するほどの高さがある。その岩を中心に形作られた町には、何軒かの家も建っているのだが、どれもひどく壊れていた。

木々は立ち枯《が》れ、あちこちに毒々しい泥沼が湧いている。完全に、廃墟《はいきょ》の風情《ふぜい》だ。

「……人……？」

だからだろうか。陰鬱《いんうつ》な気持ちで町を歩き回ったアルスたちが、その奥にあった井戸の傍《かたわ》らでぽつねんと座る老人を発見した時、それが生きた人間であるかどうか確証《かくしょう》が持てなかったのは。

「おお……なんと珍しい。このような所に、旅の方とは……」

怖る怖る彼らが歩み寄って行くと、老人は顔を動かさぬままに言った。更に近づいて見れば、禿頭《とくとう》の下の目は、白く濁《にご》っている。

「目は衰《おとろ》えておりますが……わかりますぞ。どうやら、さぞ名のある方のようですな」

老人の纏《まと》ったぼろ布も同然の衣《ころも》、その下には錆《さび》の浮いた鎖帷子《くさりかたびら》が見えた。杖のようにすがりついているのは、これも時の浸食《しんしょく》に晒《さら》された鉄《てつ》の槍《やり》である。

枯れ木のような老人であるが、かつては戦いを生業《なりわい》としていたのかも知れなかった。

「……して、このような荒れ果てた地に、いったいなんの御用で参られましたか……」

低く掠《かす》れた問いかけに、アルスたちは顔を見合わせる。

「実は、僕たちもまだ、わからないことが多いんですが……」

自分たちの言葉にさえ確証《かくしょう》が持てないまま、少年たちは旅の経緯《いきさつ》を老人に話した。

不思議な石版に導かれていること、時を越えて失われた世界を元に戻そうとしていること、そうやってこの町に辿《たど》り着いたこと。老人は驚愕《きょうがく》を隠せぬままに彼らの説明に聞き入っていたが、やがて話がこのダイアラックに至った時、少しの沈黙《ちんもく》の後で首を振った。

「なるほど……しかし、この町のことは、お忘れになってください。既《すで》に、遅過《おそす》ぎたようです」

「どういうこと？」

「御覧《ごらん》になったと思いますが、この町の人間は全て、石となっております……そして、この恐ろしい呪《のろ》いを解く方法は最早《もはや》、一つも残されてはいないのです……」

寂しげに言い、老人は長い息を吐《は》く。

「私はここに座ったまま、この町の最後を見定めるつもりゆえ……さあ、新たな旅に向かわれなさい」

「そんな……」

絶句《ぜっく》するアルスたちの眼前で、老人は命なき石像たちよりなお、生気《せいき》に乏《とぼ》しく見えた。

3

比較的まともな家に入り、アルスたちは夜を待った。

神経が高ぶり寝られないかとも思ったが、エンゴウからの帰り道は長かったし、魔物と戦いもしている。ダイアラックを訪れた時には昼前くらいの時刻だったが、彼らの感覚では今、正に夜も更《ふ》けた頃合《ころあい》だ。すえた臭《にお》いのする寝台に潜《もぐ》り込むと、意外にあっさりと眠気《ねむけ》が襲《おそ》ってきた。

沈んでいく意識の縁《ふち》で、アルスは寝台の傍らに置いた小瓶《こびん》へ目をやる。

『今後もまだ旅を続けなさるおつもりなら、これを持って行かれるが良い』

そう言って老人がくれた小瓶は、中の液体が反射し暗い室内でも、きらきら輝いて見えた。

『それは天使《てんし》の涙《なみだ》、と言って、石にされた人々の呪いを解くと言われる、伝説の秘薬です』

ならば何故、町の人々にその薬を使わないのか。アルスたちの疑問に、老人は切なく嘆息《たんそく》した。

この町の石像は長年、風に晒《さら》され、見る影もなく朽《く》ち果《は》てている。この状態になっては最早、天使の涙は効かないのだ。

『私がもっと早く、その薬を手に入れられれば……町の者は私を、恨《うら》んでいることでしょう』

慚愧《ざんき》に堪《た》えない様子で、老人は空を見上げた。そして、呟《つぶや》いたのである。

夜になると……と。

夜になると、なにが起こるのか。老人は口をつぐみ、ただ早く町を出るように勧《すす》めた。そしてもしこの町で宿につくことがあっても、けして夜は外に出ないように、と念を押す。

老人は心から少年たちを案《あん》じているようだったが、アルスらにしてみれば、かえって夜に起こることに興味《きょうみ》が湧《わ》いてしまった。そこで、仮眠をとって夜を待つことにしたのである。

初めから暗く、昼夜の感覚もろくにない世界だ。ちゃんと起きられるのかどうか心配であったが、アルスは外から聞こえる悲しげな声に、目を覚ました。

「ん……」

凝《こ》った肩を揉みほぐしながら、起き上がる。見れば、マリベルやキーファも身を起こしていた。

「なんなの？　この声……」

「外へ出てみようぜ」

念のため武装し、外へ出る。びょおびょおと冷たい風の吹く屋外は、伸ばした手の指先も判然《はんぜん》としないほど暗かった。家の建材を剝《は》がしてマリベルが火球呪文《メラ》で火をつけ、即席《そくせき》の松明《たいまつ》にしてみるが、風に煽《あお》られすぐ消えてしまう。

明かりは諦《あきら》め、はぐれないよう手を繋《つな》いで、三人は声の主《ぬし》を探した。

まず目についたのは、町の入口に立っていた女性の像だ。石像はなにかを語りかけるように、寂《さび》しげな光を放っていた。

「これって……？」

その頼りない光を目指したアルスたちであったが、彼らの目の前で石像の放つ光が、次第《しだい》に強くなり始める。

夢の中のように細部の曖昧《あいまい》な光景《こうけい》が、三人の周囲に広がった。

〝あら、クレマンさん。今から買い出しですか？〟

石と化していたはずの女性が、町の奥から歩いて来た男に声をかける。声をかけられた男は真新しい鎖帷子《くさりかたびら》に身を包み、鉄製《てつせい》の槍《やり》を手にした若者だ。

彼はその武骨な武装が似合わない朴訥《ぼくとつ》そうな顔に、穏《おだ》やかな笑みを浮かべる。

〝ええ。いつものとおり食料と……この手に持てる限りの水を、買ってくるつもりです〟

〝そうですわね……もう何年も、雨乞《あまご》いで雨が降ったことなど、ありませんからね……〟

辛《つら》さと申し訳なさが入り交じった表情で言う女性を励《はげ》ますように、クレマンと呼ばれた若者は空《あ》いている方の手を天へと差し上げた。

〝なぁに。神様は私たちを見捨てたりしませんよ。今年こそきっと、土砂降《どしゃぶ》りになります〟

のんきな物言いに、女性が笑う。

〝うふふ……。そうだと、いいですわね〟

〝さて。では、そろそろ。僕も雨乞いの頃には、戻りますので〟

〝ええ。外には魔物が出始めていると聞きます。どうぞ、お気をつけて〟

一礼して町の外へ歩み去るクレマンを、女性は心配げに見送った。そんな姿が薄れ、アルスたちの意識が覚醒《かくせい》する。石像は、光を放たなくなっていた。

「この人の…記憶《きおく》、ってこと、なのか？」

キーファが呟く。三人はおっかなびっくり暗い村を歩き、他の石像も見て回っていった。

どうやらダイアラックは長い干魃《かんばつ》に見舞《みま》われ、雨を待ち望んでいたらしい。どの石像も、雨乞いの儀式が行われる前後の光景を、アルスたちに見せた。

〝この町に神の御加護《ごかご》のあらんことを……〟

〝きっと今年こそは、雨乞いが上手くいくに違いない……〟

〝どうか、この町に雨を与えてくだされ……〟

だが、彼らの望みは、無惨《むざん》に打ち砕《くだ》かれる。

雨乞いの日、空は深い紫の雲に覆《おお》われた。そこから、激しく雨が降る。ひどく濁《にご》った、灰色《はいいろ》の雨が。雨を浴びた町の人たちは、逃げ出すことさえ許されぬ間に、石となっていったのである。

誰もが皆、幸せに生きていこうとしていた。そのために、雨を願っていた。真摯《しんし》に、懸命《けんめい》に、平凡《へいぼん》な生を祈っていた。そこには確かに、人の営《いとな》みがあった。

「あんまりだよね……」

マリベルが、ぽつりと呟く。彼女の前を歩くキーファにも、後ろを歩くアルスにも、暗闇の中で少女がどんな顔をしているかは見えなかった。

全ての石像を確認したのではないか、と思えた頃、石像たちとは別種《べっしゅ》の明かりを発見する。近づいてみるとそれは、風で消されないよう物陰で焚《た》かれた炎のもので、傍らにはあの老人がいた。

「まだ、ここにおられましたか」

彼らの気配を察知《さっち》し、老人が顔を上げる。

「ならば、御覧になってしまわれたことでしょう。私を恨《うら》み、光を放つ、石像たちの姿を……」

その深い深い絶望に言葉もない少年たちの眼前で、老人は一つの石像に顔を向けた。衰《おとろ》えた視力では見えていないのだろうが、そこには手を組み合わせて祈る、美しい女性の石像がある。

ミリーと呼ばれていたその女性もまた、アルスたちに過去の光景を見せていた。彼女は買い出しの旅に出る若者、クレマンを、一心に案じている。クレマンは彼女に言った。この買い出しが済んだら、僕たちの結婚を町のみんなに報告《ほうこく》しよう……と。ミリーは、頬《ほお》を染めうなずいた。

そんな彼女も今や石と化し、美しかった姿を朽《く》ちさせている。

「町の人々は、元の体に戻りたいと、さぞ願ったことでしょう。可能なら、私もそうしたかった……しかし……私はその町の人々の願いを、叶《かな》えてはやれなかったのです……」

白濁《はくだく》した老人の眼から、つ、と涙が流れた。

「いっそ、私自らも石となり、ここで朽ちてしまいたいと……！」

ぐすっ、と泣きそうになったキーファが、鼻を詰まらせる。マリベルは唇を噛《か》み、俯《うつむ》いた。そして、おずおずと、アルスが尋《たず》ねる。

「……あの。あなたの名前は、なんていうんですか？」

「ああ……名を尋ねられるのも、もう何十年かぶりですな」

涙を拭《ぬぐ》い、老人は顔の向きを少年たちの方へ戻した。

「私の名は……クレマン、と言います」

朝を迎《むか》えても、ダイアラックの空の暗さが変わることはない。だから、アルスたちの気分が晴れることもなかった。

町の一角、なんの変哲《へんてつ》もない地面に這《は》いつくばって、アルスが言う。

「なんとか、したいよね」

「ああ。なんとかしたいな」

同じように地面を探りながら、キーファが答えた。手近な壁にもたれかかってマリベルは、天使の涙の瓶《びん》を弄《もてあそ》んでいる。彼女が背を預《あず》ける壁には、うっすらと、なにかが書かれた跡があった。

「……あった！」

やがて、キーファが快哉《かいさい》を叫ぶ。どん、と叩きつけた彼の拳《こぶし》によって、四角い枠線《わくせん》が地面にうっすらと浮かんだ。その端に指をかけて持ち上げると、覆《おお》い被《かぶ》さった土ごと板が剝《は》がれた。

地面に偽装《ぎそう》し隠されていた下り階段が、数十年の時を経《へ》て現《あらわ》れる。

石像たちの一つ、レナという名の少女が見せた過去の光景は、彼女の友人であるヨゼフという少年のものだった。ヨゼフはその中で、マリベルが身を預けていた壁に、なにか書き込んでいる。

村中を探ったアルスたちは、どうやらその書き込みが、ヨゼフの秘密基地《ひみつきち》の目印であることをつきとめた。別な石像の見せた光景で、ダイアラックの地下には古《いにしえ》に戦地であった頃の施設《しせつ》が残されていることも、わかっている。

それを見つけたからどう、というものでもない。ただ、アルスたちは町のために、なにかしたかった。クレマンのために、なにかしてあげたかったのである。

「うわぁ……けっこう恐いな、これ」

下り階段から進んだ地下道の奥には、高所《こうしょ》から垂《た》らされた縄《なわ》があった。アルスが時の経過《けいか》にも負けず残っていた縄を登ると、その先はあの、町の中心にあった大岩である。

いったい、いかなる目的で作られたものなのか。ともあれ大岩の上からは、町が一望《いちぼう》できた。遠くに、たたずむクレマンの姿も確認できる。

遅れて登って来たキーファとマリベルも、感心したようにあたりを見回していた。町を吹《ふ》き渡《わた》る風は相変《あいか》わらず強く、広いとは言えない大岩の上はかなり恐い。

そしてアルスは天使の涙、その瓶《びん》の口を開けた。

「頼む……効《き》いてくれ」

祈るような気持ちで、風に向けて瓶を傾ける。

『天使の涙は、空気に溶《と》けてゆっくり落ちて行くものだとか……』

クレマンは天使の涙を渡してくれた時、そう教えてくれた。彼自身はその意味を生かすことはできなかったが、アルスたちは今こうして大岩の上にいる。闇雲《やみくも》に探った町で大岩の上に至る道を見つけ、こうして辿《たど》り着けたことに、必然があると信じたかった。

風に乗り、天使の涙が舞い散《ま》《ち》る。人々の不幸を嘆《なげ》いた天使が流した涙、との伝説を持つ液体が、輝きながら闇の中に溶けていった。

謎の神殿、台座の間に戻ってすぐ、アルスが嬉《うれ》しそうに言う。

「クレマンさん、すっかり元気になったみたいだったね。なんだか、ほっとしたよ」

「あたしも、あの生意気《なまいき》な子と旅する羽目にならなくて、ほっとしたわよ」

マリベルが、皮肉《ひにく》混《ま》じりに答えた。彼女らしい物言いに、少年は微苦笑する。

ダイアラック上空に撒《ま》かれた天使の涙は、高く、遠くにまで広がっていった。芳《かぐわ》しい香りが周《しゅう》囲《い》を満たし、暗かった空が嘘《うそ》のように晴れ渡る。

だが、町の人たちは元の姿を取り戻すことはなかった。ただ一人を除《のぞ》いて。

その唯一の例外こそ、あのヨゼフだったのである。彼もまた石化《せきか》していたが、秘密基地の中にいたため風に晒《さら》され朽ちることなく、時を過ごしていた。

命を取り戻したヨゼフは最初、突然に現れたアルスたちの話を信じなかったが、町の惨状は冷たい現実を突《つ》きつける。そんな彼と数十年ぶりの再会を果たしたクレマンは、それでも喜んだ。

『この地に人はいなくなりますが、町の命とは、場所を守ることではないでしょう。私とヨゼフが生きていれば、同じように町の命も生き続けるのだと思うのです』

老人は、ヨゼフと共にダイアラックを旅立つらしい。灰色の雨を知らずに生きる者たちに、その恐怖を警告《けいこく》して歩くために。そして、出来ることなら町の人々を元に戻す方法を、探すため。

「町の命とは、場所を守ることではない……か。本当に、そうだよな」

キーファは、感慨深げだった。国を統《す》べる血筋《ちすじ》に生まれた者としては、思う所があるのだろう。けして、皆が幸せになったわけではなかった。ただ、なるようにしか、ならなかっただけである。それでも、ただ一つの小さな奇跡に、クレマンは生気を取り戻した。

悲しい結末も、しかし絶望《ぜつぼう》のみで終わりはしない。希望とはつまり、そういうことなのだろう。

「さあ。今度こそ、城に帰ろうぜ。エンゴウの大陸がどうなったか、確認しないとな」

「ダイアラックの島もね」

「それより、あたしはお風呂《ふろ》に入りたいんだけど？」

口々に語りながら、アルスたちは台座の間を後にした。

尊い命を一つでも救うため、灰色の雨の語り部《かたべ》として、旅することを決めた老人。その人生は意味のあるものなのだと、彼自身が思えることを、祈《いの》りながら。

4

中途《ちゅうと》で帰還《きかん》していることもあって、グランエスタード城下町も久々、という感じはしない。

一旦《いったん》フィッシュベルに戻るべきだったかな、と思いながら町の門をくぐったアルスの眼前《がんぜん》で、前を歩くキーファが立ち止まった。彼の肩越《かたご》しに、城の兵士が駆け寄って来たのが見える。

「キーファ王子っ！」

「ご、ごめんごめん。何日も城を空けちまって」

現状を確認しようと勇《いさ》んで帰って来たものの、血相《けっそう》を変えた兵士の様子に、自分が家出同然で行方を眩《くら》ましていたことを思い出したらしい。

しかし兵士はキーファ、そしてアルスとマリベルに敬礼《けいれい》をしてから、首を振って見せた。

「私も色々、お話は伺《うかが》っております。城にて王様がお待ちかねでして、どうぞお急ぎください」

「え？」

「ともあれ、すぐに玉座《ぎょくざ》の間へ」

戸惑うキーファを引っ張るようにして、兵士は彼らを先導《せんどう》する。城下町の大通りからまっすぐに続く城は、周囲を堀に囲まれているものの、城門に架《か》けられた跳ね橋《はばし》が上がることは滅多《めった》になかった。そこに暮らす者たちの人柄《ひとがら》を示すかのように、石造りの偉容《いよう》にもどこか暖《あたた》かみがある。

城内は基本的に夜間《やかん》を除けば誰であっても出入り自由であり、バーンズ王の玉座の間までの道《みち》筋《すじ》も中途に階段を交《まじ》えつつ、一直線に続いていた。誰にとっても訪《おとず》れ易い国と城であるように、というグラン家の代々の方針《ほうしん》によるものだ。

その玉座の間で当代国王バーンズ・グランは、不肖《ふしょう》の息子とその友人たちを出迎えた。

「キーファよ。そしてアルス、マリベル。よくぞ戻って来た」

長く濃《こ》い髭《ひげ》に覆われた口を開くと、王は張りのある、魅力的《みりょくてき》な声で言う。王冠《おうかん》の下に威厳《いげん》と親和が同居する顔があり、がっしりした体を豪奢《ごうしゃ》な王衣《おうい》に包んでいた。

国民の敬愛《けいあい》と信頼とを一身に受けるに相応《ふさわ》しい、威風堂々《いふうどうどう》たる姿である。

そんな彼に従って、玉座の間には王の片腕たる大臣と選び抜かれた近衛《このえ》の兵《へい》、そして何故《なぜ》か古文書の謎を解いてくれた隠遁《いんとん》の老爺《ろうや》がいた。

「お前たちがわしに隠れ、なにをしていたかは、そこの老人が全て話してくれたぞ」

部屋には他にリーサ姫、更にはボルカノとアミットの両名までいた。二人の子供たちはそれぞれに目を丸くするが、構わずバーンズ王は語り続ける。

「老人の話が全て真実であるなら、この世界にはかつて、たくさんの島があり……お前たちは、なんらかの理由により消えてしまった島々を、世界に戻す冒険をしているのだそうだな」

「おお、それそれ！　親父、あの後、新しい島は現れたのか？」

「父上と呼ばんか」

王は苦々しく応えた。一方でもう堪《た》えられない、といった様子で、老人の方が身を乗り出す。

「つい先ほど、調査団が報告《ほうこく》を持ち帰ったよ。先日に現れた北西の島より遙《はる》か北に新たな島……火山の大陸を発見した、とな」

「エンゴウだ……」

アルスが呟き、キーファとマリベルは軽く手を打ち合わせた。盛り上がる少年たちを制《せい》するように、王が大きく咳払《せきばら》いをする。

「まあ、そういうわけでキーファ。お前のこともその老人の言葉も、信じよう。世界には本当はたくさんの陸地があり、何故かエスタード島だけが世界に残された」

あるいは、この島だけが世界から切り離されたのかもな。そう、老人が補足《ほそく》する。

「そして今、我ら人間の力によって、消えた島を世界に取り戻すことができる。キーファ、お前たちの働きがなければ、このことは永遠にわかることはなかったかも知れん。大活躍《だいかつやく》だったたな」

「へっへぇ……」

誇《ほこ》らしげに、キーファが鼻の下をこすった。しかし、焼《や》け焦《こ》げや切り傷だらけの革《かわ》の鎧《よろい》に身を包んだ息子に対し、その父は俄《にわか》に顔つきを厳《きび》しくする。

「だがな、キーファ。お前が今後も旅を続けること、わしは断《だん》じて認めん！」

「なっ⁉」

「お、王よ！　それでは約束が違うじゃろ！」

キーファの怒りや老人の憤《いきどお》り、アルスの狼狽《うろた》えやマリベルの戸惑《とまど》いも、全てを無視して冷厳《れいげん》と王は言い放った。

「キーファ。たとえなにがあろうと、お前は将来この国の王となる身だ。世界を元に戻す旅より、この国のことだけを考えるのが正道《せいどう》であろう」

絶句するキーファ。そこで、アミットが王に一礼して、娘へ歩《あゆ》み寄《よ》る。

「マリベルも、王様の仰《おっしゃ》るとおりだぞ。お前は女の子なんだ。危険な旅など、わしは許さん」

「パパ！」

非難の言葉を喚《わめ》き散《ち》らす娘を引っ張り、アミットは玉座の間を辞《じ》した。それを見送ってから、ずっと黙《だま》って息子を見つめていたボルカノが、肩をすくめる。

「……アルスよ。オレはむしろ、お前にそんな勇気があったことを、嬉《うれ》しく思うが……まあ、今日の所は帰るぞ。男なら、引き際《ぎわ》も肝心《かんじん》だ」

「父さん」

ぎりぎり歯《は》を食《く》いしばっているキーファを心配そうに見やる、そんな息子の肩を軽く叩《たた》き、ボルカノは退出を促《うなが》した。

王城の露台《バルコニー》を、夕陽が赤く染める。切ない叙情詩《じょじょうし》を曲に乗せる吟遊詩人《ぎんゆうしじん》、それに聞き惚《ほ》れる恋人たち、退屈そうに巡回《じゅんかい》している見張り兵。初夏《しょか》の風が、緩《おだ》やかに吹《ふ》き渡っている。

そんな中で太い腕を欄干《らんかん》に乗せ、ボルカノは夕闇《ゆうやみ》迫る城下町を見下ろした。

「慎重《しんちょう》な男だとばかり思っていたお前が、こんなことをするとは予想外だったな」

「うん……僕も、そう思う」

顔立ちも体つきも、まるで重《かさ》ならない父子である。アルスの柔和《にゅうわ》な面差《おもざ》しは、むしろ母マーレと共通するところが多かった。そのマーレにしてもでっぷりと太った肝《きも》っ玉《たま》母さん、といった風情であり、どちらかと言えば華奢《きゃしゃ》な体格のアルスとは似ても似つかない。

しかし今、少年は薄汚《うすよご》れた上着の下に鱗《うろこ》の鎧《よろい》を着《つ》けて革《かわ》の盾《たて》を背負い、腰には銅《どう》の剣《つるぎ》と聖《せい》なるナイフを帯びている。くぐり抜けてきた数々の激戦が、彼の瞳に確かな強さを宿らせていた。

「まあオレは、バーンズ王やアミットさんのように、頭ごなしの反対はしないが……いずれにしても、人に心配をかけて冒険をするのはあまり感心しないな」

頭の柔らかい所を見せたボルカノであったが、言葉の端々《はしばし》には心配が感じられる。

アルスは、六ヶ月という異常な早産《そうざん》で生まれた子だった。アミット漁から帰って来てその報《しら》せを聞かされたボルカノは、息子が生き長らえることなど出来ないだろう、と覚悟《かくご》をしながら帰宅したものである。しかし父の顔を初めて見た赤子は、平然《へいぜん》とした様で元気に泣き出した。

今では病《やまい》一つ患《わずら》ったこともない彼を、手がかからな過ぎてつまらない、と母が笑うほどだ。

それでも、親として我が子を案じない理由はなかった。振り返って欄干に背を預け、アルスの右腕あたりを見下ろしながら、ボルカノは尋《たず》ねる。

「……で、お前としては、どう思ってるんだ？　今後も、冒険を続けたいのか？」

「うん」

「たとえ一人きりでも行きたいと思うほど、その決意《けつい》は固いのか？」

一人きり、という言葉にアルスは、少し考え込んだ。

不安や不便《ふべん》はもちろんだが、それよりもキーファやマリベルを置いて、一人で旅立ってしまって良いものだろうか……という気遣《きづか》いが彼の中にある。けれど。

「たとえ一人でも、僕は行くよ。一度、始めてしまったことだから」

「そうか……わかった。ならばオレも、お前を引き止《と》めるのは、よそう」

息子の静かな眼差《まなざ》しを見つめて、ボルカノは笑った。

「お前も男だ。自分がどこまでやれるか、試《ため》すのもいいだろう」

男には、そういう時期がある。自分の力と周囲の世界とが未知《みち》であることを許せず、限界《げんかい》などないのだと信じたい気持ちは、誰の中にもあるのだ。

そうやって沸《わ》き立つ気持ちを静める術《すべ》は、二つしかない。諦《あきら》めるか、立ち向かうかだ。

そしてフィッシュベルに生まれ育った男は誰もが皆、その選択を突きつけられる。つまり海を一生眺め続ける者と、いつかそこへ挑んでいく者。

息子が挑み、立ち向かう男であることが、ボルカノには嬉しかった。

「ただし、決して無理をしては駄目《だめ》だぞ。危険だと思ったら逃げることも、一つの勇気だ」

父として釘《くぎ》を刺《さ》すことは、忘れなかったけれど。

ボルカノの言葉にうなずいたアルスは、その後で、露台《バルコニー》に新たな人物が現れたことに気づいた。

あたりで思い思いに過ごす人々が慌てて次々頭を下げるのを、鷹揚《おうよう》に手を振って静める。それは、リーサ姫を伴《ともな》ったバーンズ王であった。

物思いに耽《ひた》っている表情だった王だが、共に軽く頭を下げる父子に気づき、近づいて来る。

「二人とも、今日は足労《そくろう》であったな。良ければ、今宵《こよい》は泊まっていってくれ」

「いやあ、カカアも待ってますからね。オレは帰らせてもらいますさあ」

とても王に対するものとは思えない気さくな口調で答え、ボルカノは息子に目を向ける。

「お前はどうする？　キーファ王子と話したいことも、あるんじゃないか？」

今のキーファにかけるべき言葉が思いつかず、また久しぶりに家でのんびりしたい気持ちもあって、アルスは考え込んだ。

そこへ、父の後ろに控《ひか》えていたリーサが顔を覗《のぞ》かせ、微笑みながら話しかけてくる。

「泊まっていってよ、アルス。そうしてくれると、私も嬉しいな」

彼女はアルスより二つばかり年下で、兄と同じく、少し褪《あ》せた色合いの金髪と水色の瞳の持ち主だ。しかし清楚《せいそ》で可憐《かれん》なその容姿《ようし》といい、国中の者に愛されているおっとりと純真《じゅんしん》な性格といい、他の部分ではまるで似ていない。

「良かったら、旅のお話を聞かせて？」

むしろリーサにそう言われたことで、アルスは泊めてもらうことにした。

「そうだね……今度はいつ、グランエスタード城に来られるのか、わからないし」

その言葉に、バーンズ王は驚《おどろ》いた顔になる。

「アルス。お前は、旅を続けるのか」

「はい、王様」

「お前はそれで良いのか？　ボルカノ」

目の前の一見、頼りない少年が、危険な旅に出るという。それを許した彼の父に、バーンズは意外そうに尋ねた。しかしボルカノは、さも当然、というようにうなずく。

「てめえの道を選んだ息子に、親父がしてやれることなんざ、信じてやることだけでさあ」

「そうか……強いな、お前は」

思いがけず皮肉《ひにく》になってしまったことに気づき、ボルカノは恐縮《きょうしゅく》した。しかし王はそれ以上なにを言うでもなく、ただ静かに、町並みへと視線を泳がせる。

家にも顔を出せよ、と息子に声をかけてボルカノが去っても、バーンズはしばらく動かなかった。なんとはなしに同じ景色《けしき》を眺《なが》めるアルスとリーサを背に、彼は物思いに耽っている。

「王様。やっぱりキーファのこと、許してもらえませんか？」

不意に、アルスが訊いた。ならん、と即答《そくとう》して後、バーンズはゆっくり振り返り苦笑する。

「キーファ王子、だ。いくらアルスでも、礼節《れいせつ》は弁《わきま》えんといかんぞ？」

「僕は『王子』のことじゃなく、ただのキーファ・グランという友達の話を、しているんです」

王の表情が、強張《こわば》った。その鋭い眼差しを、アルスは静かに受け止める。

ざ、と王庭《おうてい》の木々の鳴るのが聞こえた。気まぐれに吹きつけた強い風に、リーサは少し慌てて髪や衣の裾《すそ》を押さえる。

だが、同じように真正面から風を受けながら、アルスはまっすぐ王だけを見つめていた。その眼差しにバーンズは、この少年のことを誤解していたことを悟《さと》らされる。

キーファに振り回されるだけの主体性《しゅたいせい》に乏《とぼ》しい者でないことは、前々からわかっていた。そんな情けない性格では、そもそもキーファ自身に嫌《きら》われる。だからバーンズはアルスのことを、息子と同様に活気に満ちた面を、内に秘《ひ》めた少年なのだと思っていた。

しかし、どうやらそれも間違いだったようだ。向かい風の中で自分を見据《みす》える澄《す》んだ瞳を見て、バーンズは確信する。この少年には、人を惹《ひ》きつけるなにかがある、と。

「……夏が近いとは言え、夜は冷える。風邪《かぜ》など、引かぬようにな」

結局、先ほどの答えを翻《ひるがえ》したりはしないまま、彼は背を向け、歩み去る。その分厚《ぶあつ》い背中は、声をかけられることを拒否する風でもあった。

そろそろ暗くなり始めた露台《バルコニー》で父を見送って、リーサは呟《つぶや》くように言う。

「お父さまとお兄さまって、実はすごく似ていると思うの」

そうして彼女は、アルスに笑いかけた。

「きっと、好きになる人も、同じね」

第6章　孤狼《ころう》目覚める

1

　リーサに見送られ、翌朝アルスは王城を発《た》った。ふてくされてしまったのか、キーファは昨晩《さくばん》から自室に閉《と》じ籠《こも》り、姿を見せていない。仕方なしに単身フィッシュベルに戻り、母の小言を聞きながら昼食を摂ったアルスであったが、家を出た所でマリベルに捕《つか》まった。

「のんきに御飯なんか食べちゃって……まったく。こっちはパパを説得するのに、徹夜《てつや》したっていうのに」

「え？」

　とぼけた反応《はんのう》に、少女は苛々《いらいら》と言葉を重ねる。

「どうせあんたのことだから、一人ででも旅に出よう、とか考えてたでしょ」

「まあ、ね」

「言っとくけど、楽しいことを独り占めしようったって、そうはいかないんだからね！」

　徹夜疲《つか》れの見える顔で、びっ、とマリベルは指を突きつけた。強引にでも、ついてくるつもりらしい。呆《あき》れ顔をしたアルスであったが、やがて困《こま》ったように笑うと、砂浜を歩き出した。

「……ちゃんと、アミットさんは納得したんだろうね？」

マリベルも、その後を追う。

「あったり前でしょ！」

まずは新たな島、おそらくエンゴウ村があるだろう大陸を目指すべく、アルスたちは小帆船《ヨット》を係留《けいりゅう》しておいた入り江に向かった。

「あ、そうそう。キーファのことだけどさ……あいつのことは、まあしょうがないわよ。あれでも一応、王子なんだから」

さばさばした口調でマリベルは言うが、その割にどこか寂《さび》しそうに見える。アルスは、そんな少女の頭に軽く手を置いた。

「心配すること、ないと思うけど」

「どういう意味よ？」

手を振り払い、問い返すマリベル。そんな彼女に、アルスは辿《たど》り着いた先の小帆船《ヨット》を指し示す。

「遅いぞアルス！　マリベル！　さあ、冒険の続きと行こうぜ！」

上半身裸《じょうはんしんはだか》で小帆船《ヨット》上の綱《つな》と格闘《かくとう》していたキーファが、大声で二人を迎《むか》えた。一瞬ぽかん、としたマリベルであったが、すぐに呆《あき》れ声を出す。

「なに言ってんのよ、あんた。お城の方は、どうするつもりなの？」

「はは、実はな。また、兵士連中の目を盗《ぬす》んで、抜け出して来たんだ」

やっぱりね、とアルスは苦笑した。マリベルが現れた時から、なんとなくそんな予感《よかん》はしていたのである。彼女が来るくらいなら、キーファが来ないはずはない、と。

小帆船《ヨット》に乗り込む二人に、キーファは朗《ほが》らかに語る。

「昨日、親父《おやじ》に言ったんだよ。自分の納得《なっとく》がいくまで、オレは何度でも城を抜け出す！　ってな。だから、これでいいんだ」

あんたねえ、とマリベルは額《ひたい》に手をやり、俯《うつむ》いた。あまりの非常識さに頭痛《ずつう》すら感じているようだが、アルスに言わせれば、どっちもどっちである。

「まあ、それでいいのかな。誰がなんて言っても、どうせキーファは行くんだから」

「そういうこと。それじゃ、はりきって行こうぜ！」

逞《たくま》しい上半身を汗で光らせ、キーファは喜色満面《きしょくまんめん》で天を指差した。


小帆船での旅は丸二日に及び、途中で危険な潮の流れに遭遇《そうぐう》したりもしたが、なんとかアルスたちは新たな陸地へと辿《たど》り着いた。

そしてその新大陸は予想どおり、エンゴウの村を含めた土地だったのである。それはつまり、彼らが石版を通じて過去と現在を行き来している証拠《しょうこ》でもあった。ほむら祭りの慣習《かんしゅう》も今は廃《すた》れ、パミラの名を受け継《つ》いだ老女は、平凡な占い師として生計《せいけい》を立てている。

時の流れに一抹《いちまつ》の寂寥感《せきりょうかん》を覚えないでもなかったが、儀式の場としての意義《いぎ》を失った炎の山で新たな石片を見つけたりと、けして無意味ではない訪問《ほうもん》だった。そうしてアルスたちはエスタード島へ戻り、次いでダイアラックを探すことにする。

「まさか、あの部屋に意味があるとは思わなかったね」

帆をマリベルに任《まか》せてアルスは、真新しい海図《かいず》に筆《ふで》でなにやら書き込んだ。

「最初に行った時はただの、お飾りかと思ったもんだがなあ」

舵《かじ》を取るキーファがうなずき、横目にその様子を見やる。潮流《ちょうりゅう》の方向や海底の深浅《しんせん》、暗礁《あんしょう》の位置《い》や起点《きてん》となるエスタード島からの時間など、海図に書き込んでおくべき情報は多い。

基準《きじゅん》として描《えが》かれた地形群は、謎の神殿の祠《ほこら》の間、その床の模様を写したものであった。神殿の中でも最も眼《め》を引かなかった場所であったが、エンゴウの炎の山に現れた旅の扉《とびら》は、この部屋の赤い祠と繋《つな》がっていたのである。そして久しぶりに入ったこの部屋の床には、エスタード島を中心とする地図が描かれていた。ウッドパルナ島、エンゴウの大陸、そして小さな謎の島。おそらく、復活したダイアラックだと思われた。

「ちょ、ちょっとアルス！　まだなのっ？」

帆《ほ》を張る縄に体ごと持って行かれそうになりながら、マリベルが悲鳴《ひめい》を上げる。彼らの船は帆の向きを直接に制御《せいぎょ》して大まかな進行方向を決め、微調整《びちょうせい》を舵《かじ》で行う仕組みだ。風が強い時などは帆を制御する縄にかかる力は大きくなり、非力《ひりき》なマリベルではとても支え切れない。

慌てて海図への書き込みを終え、アルスは少女と再交代した。痺《しび》れかけた手や腕を振り、マリベルは唇《くちびる》を尖《とが》らせる。

「まったく、か弱い乙女に重労働《じゅうろうどう》させるもんじゃないわよ」

か弱い乙女ねぇ、とキーファが首をかしげた。

手慣《てな》れた鞭《むち》さばきで魔物を打ち倒す姿を何度も見ているだけに、とても信じられたものではない。同様の感想を抱きつつ、アルスは手際《てぎわ》よく縄を繰《あやつ》って帆を操作した。

「今度、父さんに頼んで滑車《かっしゃ》かなにかで楽に動かせるようにしてもらうよ……って、なに？」

出し抜けに、アルスの二の腕をマリベルが摑《つか》んだのである。

「ふーん。見かけの割に、けっこう、しっかりしてんのね」

堅《かた》い感触に、少女は感心顔をした。彼女とさして変わらない体つきの少年だが、あれほど苦労した操作《そうさ》を彼は易々《やすやす》とこなしていることからも、それなりに鍛《きた》えられているのがわかる。

旅を続ける内、幼馴染《おさななじ》みがどんどんと成長していく姿に、マリベルは舌《した》を巻《ま》く思いだった。

やがて船は、小さな島へと辿り着く。遠目に見えた時点でもわかっていたのだが、どうやら人里はないようであった。

「やっぱり、ダイアラックの人たちは、元に戻らなかったのかな……」

寂《さび》しげに、上陸したアルスはあたりを眺望《ちょうぼう》する。島はかつて訪れた時と違い、肥沃《ひよく》そうな草原に覆《おお》われ、豊かな森も点在して見えた。にもかかわらず、人が暮らしている気配はない。

「案外、集団で引っ越したのかもね」

「なんにもない島だからなあ」

人が絶えたからこそ豊かになったのかも知れない自然に、キーファは複雑な面もちだ。と、その視線が緑一色の光景の中に浮かぶ、灰色の違和感を捉える。

「あれって、あの大岩じゃないか？」

近づいてみると、正にそれは天使の涙を振りまいた、あの大岩だった。草原の中、それだけが変わらぬ姿でそこに立っている。しかし違和感は、大岩だけではなかった。

「旅の方ですか」

岩の袂《たもと》には老人が一人、佇《たたず》んでいたのである。

「見てくだされ、この岩を。この岩のある町に住むのが、長年の夢じゃった」

杖を手にしてはいるものの、表情や声には生彩《せいさい》があり、矍鑠《かくしゃく》たる様を見せていた。白く長い眉《まゆ》毛《げ》の下で、瞳が無邪気《むじゃき》に輝いている。

「昔、この岩を慕《した》って集まった人々が、ここを中心に町を作ったと伝説にあるのですじゃ」

「伝説？」

「左様《さよう》。わしは、その伝説を再現しようと考えとります」

老人の瞳の輝き、それはアルスたちが旅に向けるものとよく似《に》ていた。夢と希望とに胸を膨らませる時、人はこんな眼をするものだ。

「ほんとに、こんな野っ原が町になったりするのかしらねえ？」

そう言うマリベルに、老人は愉快《ゆかい》そうに笑った。

「町の命とは、場所ではありませんじゃ。人が生きること、それこそが町を形作るのです」

はっとなって、少年たちは顔を見合わせる。

乗り込んだ旅船《りょせん》に頼み込んでこの島に降ろしてもらった、と語る老人に、アルスたちは出身地を尋《たず》ねた。シムと名乗った彼の生まれ育った町は、過疎《かそ》によってなくなってしまったが、かつてはそれなりに繁栄《はんえい》していたのだという。

その町の名は、ダイアラックと言った。

2

完成した緑色の石版によって導かれた世界の空は、またも闇に覆われていた。

「いい加減、この空にも馴染んできたわね」

マリベルがぼやき、だからって安心はできないんだけど、と続ける。

案の定、人里を探してさまよう間にも、何度か魔物に襲《おそ》われた。それらを蹴散《けち》らしながら半日ほど歩き、ようやく町を発見する。

「また、えらく牧歌的《ぼっかてき》な町だなあ」

「こういうの、『牧歌的』って言うの？」

周囲を頑丈《がんじょう》そうな塀《へい》に囲まれた町に入ってすぐ、町中を馬が歩いているのを目撃した。町自体は草木が多く、主要な通りだけを石畳《いしだたみ》で舗装《ほそう》している様子である。馬の他にも犬や猫はともかく、鶏や豚や牛までが放《はな》し飼《が》いにされているようで、人間の姿が極端《きょくたん》に少なかった。

そのためだろうか、町からは人の話し声ではなく動物たちの鳴き声しか聞こえてこず、人間の生活している気配がひどく乏《とぼ》しい。歩きながら町を見て回っていると、そんな数少ない町人が一人、アルスたちに気づいて近づいて来た。小太りな中年の男で、親《した》しみ深げな顔をしている。

「あ、こんにちは」

「……」

男は少年たちの前で立ち止まり、彼らにじっと眼差《まなざ》しを注いだ。

「なんなの？」

怪訝《けげん》そうに問いかけるマリベルに視線を向けはするものの、男はなにも言わない。ただ何度かまばたきをして、人なつっこそうな表情のまま、黙るのみだ。すん、すん、と鼻を鳴らして顔を近づけたりはするが、それ以上なにをするわけでもない。

身なりこそ真《ま》っ当《とう》だが、どこか妙な感じのする男だった。

「言葉がわからないのか？」

キーファが呟《つぶや》いた。正にそうであるかのように、男はなにも話そうとしない。少しすると、結局なにも喋《しゃべ》らぬままに別な方へと歩いて行った。

「なんか……犬みたいな人ね」

眉《まゆ》をひそめながらマリベルが失礼なことを言うが、確かに、そういう雰囲気《ふんいき》は漂《ただよ》わせていたように思える。犬ねえ、とアルスは近くを歩いていた小犬を見やり、手を伸《の》ばした。

「おいおいアルス。動物は放っておいていいから、町の人間から話を聞こうぜ」

「でもこの町って、人がほとんどいないじゃない」

そんな風に話しながらキーファとマリベルが歩き出してしまったので、アルスはその小犬の頭を軽く撫《な》で、二人の後を追う。小犬は、物言いたげな眼差しで、そんな少年を見送った。

最初は動物が多い町だなあ、くらいに思っていたアルスたちであったが、次第に事の異常さに気づき始めた。動物が多い、どころの話ではない。動物だらけなのである。

屋外は言うに及ばず各種の店舗や、意を決して踏み込んだ民家にまで、家畜《かちく》の類《たぐい》が我が物顔で陣取《じんど》っていた。その代わりに動きづらそうな様子で馬小屋を這い回る老人や、四股を床についで喉を鳴らす若い女性などを見ると、確信せざるを得ない。

明らかにそこに働いている、おぞましいものを。

「これってさあ……」

「人間と動物が、入れ替《か》わってる?」

恐々《こわごわ》と口にしかけたマリベルの推測《すいそく》を、アルスが引き継《つ》ぐ。少女は顎《あご》を引くようにして、ためらいがちに、うなずいた。そんな馬鹿な、とは笑い飛ばせない。ダイアラックで彼らは、石版世界ではどんな異常事態が起っていても不思議ではない、ということを思い知らされている。

「クレマンさんみたいに無事な人がいると、いいんだけどな」

ぽつり、と言葉を発したキーファだったが、自分の台詞《せりふ》の意味に気づいて顔をしかめた。

(こんな言い方じゃまるで、他人をただの情報の出所、としか思ってないみたいだな)

町で最も大きな家を探ったが、やはり動物たちと、物言わぬ人間しかいない。それに落胆《らくたん》する心は、町の人々を案じているからなのか、わけのわからない事態に苛立《いらだ》っているからなのか。

家を出て、庭の中に建てられている小屋に向かう間、キーファはずっと考え続けた。

（オレは……なんのために、こうやっているんだろう）

石版を集めて世界を広げるため。己の好奇心を満たすため。それは、ただの身勝手ではないのか。悲劇に見舞《みま》われている人々に対し、物見遊山《ものみゆさん》のような気分で接《せっ》してはいないだろうか。

「キーファ」

小屋の様子を探りながら、突然アルスが呼びかけてきた。

「ん？」

「大切なことは、色んな人たちを助けてるっていう、その結果だと、僕は思うよ」

小屋の戸へ向いた彼の顔は、後ろからは見えない。だがその声は、優しい確信《かくしん》に満ちていた。

「なに言ってんのよ、いきなり」

マリベルが不思議そうに問う。見透《みす》かされてるな、とキーファは苦笑した。それで気持ちが切り替《か》わって、再び町のことだけに意識が集中する。

あっさり開いた戸の向こうは、農作業用の器具《きぐ》や、収穫を一時保存するための空間らしかった。積み上げられた藁《わら》の傍《かたわ》らに乳牛がおり、壁際《かべぎわ》には少年がいる。

だが他の場所で見かけた人間たちと違い、アルスらより三つ四つは年下に見えるその少年は、鎖《くさり》によって壁に繋《つな》がれていた。まだ新しい首輪は明らかに、きつく締まり過《す》ぎである。

「ウッ……グッ……」

喉《のど》を圧迫《あっぱく》され、少年は苦しそうにしていた。三人が歩み寄ると、彼は警戒《けいかい》の表情で見慣《みな》れぬ者たちを睨《にら》む。ぼさぼさの黒髪の下、少し頬《ほお》を痩《こ》けさせた丸顔の中で、金色の瞳《ひとみ》が光っていた。

「ひどいことするわね……って、違うか」

「犬かなにかが、人間の姿になってるのかな？」

想像に基《もと》づく曖昧《あいまい》な推論を口にしつつ、アルスは少年の首輪に手をかける。少年は触れられることを嫌がるように身をよじり、暴《あば》れ出した。だがその度《たび》に首輪は余計《よけい》に締まり、彼は苦しむ。

「おい、暴れるな！」

苛立《いらだ》ったようにキーファが怒鳴るが、少年は手足をばたつかせるのを止めない。小柄《こがら》な体躯《たいく》から繰《く》り出されるものとは言え、かなりの勢《いきお》いで、当たればただでは済《す》まなさそうだった。

「えいくそ。アルス、ちょっと借りるぞ」

業《ごう》を煮《に》やしてキーファは、出し抜けに少年の首輪を摑《つか》む。傍《かたわ》らのアルスが腰帯に差していた鞘《さや》から聖なるナイフを抜き、少年がそれを警戒するよりも早く、首輪を断《た》ち切った。

刃《やいば》の鋭《するど》さもさることながら、少年の肌には傷一つつけない、見事な早業《はやわざ》である。

ぐるる……

いましめから解放された少年はしかし、そのことに感謝する風もなく、低《ひく》い唸《うな》り声を喉《のど》から漏《も》らした。獣《けもの》のような、否《いな》、獣そのものの威嚇《いかく》の表情だ。

「な、なんだよオイ。そう睨《にら》むなって」

短刀《たんとう》をアルスに返しながら、戸惑うキーファ。大柄な彼と比べると、ただでさえ小柄な少年は更に小さく見える。だが、牛より小さいからといって、飢《う》えた野犬《やけん》を安全だと考える愚《おろ》か者はいない。それと同じ、あるいはそれ以上に剣吞《けんのん》な空気を、少年は周囲《しゅうい》に漂《ただよ》わせていた。

「ガウッ！」

「わっ」

鋭《するど》い歯……と言うより牙《きば》を剝《む》き出しに、少年はキーファに躍《おど》りかかった。振り上げた両手を猛《もう》禽《きん》の鉤爪《かぎづめ》のように曲げ、剣呑な素早さで彼の喉笛《のどぶえ》を目指す。

「洒落《しゃれ》にならねえぞっ、お前っ！」

しかし、おそらく少年が目論《もくろ》んだであろうほど、キーファは鈍重《どんじゅう》ではない。素早く身をひねって、繰り出された爪《つめ》を避《さ》ける。

次なる攻撃を一旦《いったん》はそのまま受け流してやろうとするが、それでは勢い余った少年が後ろで見ていたマリベルに向かうと考え、敢《あ》えて身《み》を固《かた》めると甘《あま》んじて受ける。そして。

「ぉおりぁっ！」

密着した体勢から、一気にすくい投げる。小さな体が勢いよく壁《かべ》に叩《たた》きつけられ、くたびれた小屋が、崩《くず》れるかと思うほど揺《ゆ》れた。

「ちょっとキーファ！　やり過ぎよ！」

「あのなあ。コイツ、そんなに甘《あま》くないぜ」

せっかくかばったマリベルに文句を言われ、キーファは憮然《ぶぜん》と言葉を返す。と、そこへ。

「グガッ！」

ほとんど痛手を感じさせない俊敏《しゅんびん》さで、少年の体が跳《は》ね上がった。さすがにこれは予測《よそく》しきれなかったキーファに、必殺《ひっさつ》の一撃《いちげき》を叩《たた》き込もうとする。

しかし少年にしてみればまったく意外なところから、アルスの手が伸びてきた。

さしたる力を込めた風でもないのに、その手が少年の纏《まと》う貫頭衣《かんとうい》の脇《わき》あたりを押さえただけで、彼の猛進《もうしん》は止められてしまう。

「グルッ……!?」

焦《あせ》る少年に押しつけられた手が、金色の柔らかな光を帯びた。回復呪文《ホイミ》の癒《いや》しが、痩《や》せ衰《おとろ》えた少年の体に瞬く間に満ちていく。驚愕《きょうがく》の表情を浮かべる少年に、アルスは微笑みかけた。

「駄目だよ。そんなんじゃ、キーファに勝てない」

「おいおいアルス……」

呆れ顔をするキーファをよそに、自分に流れ込む力が害のあるものでないと悟《さと》ったのか、少年はようやく大人しくなる。

ぺたん、と座り込んだ相手に、アルスはなお癒《いや》しを施《ほどこ》した。

「……?」

少年は、不思議そうである。先程までの険《けん》がすっかり落ち、まさに毒気《どくけ》を抜かれたような顔をしていた。

アルスの肩先《かたさき》から這《は》い出したギガが、ぴょん、と少年の鼻面《はなづら》へ跳躍《ちょうやく》する。ちょろつく小蜥蜴《ことかげ》を、顔を動かさぬまま目で追おうとする少年の顔は、どこか間が抜けて見えた。

そんな少年に、アルスは相変わらず穏やかな声で聞く。

「ねえ。おなか、空《す》かない?」

あーあ、とマリベルが嘆息《たんそく》した。

3

どれくらいの間、繋《つな》がれていたのかは判然《はんぜん》としないが、少年がひどく飢《う》えていたのは確かなようだった。小屋のあった家に戻り、少し申し訳なく思いながらも食糧《しょくりょう》を調達すると、彼は凄《すさ》まじい勢いでそれらを平《たい》らげる。

備蓄《びちく》されていた食材を用い居間の大きな食卓《しょくたく》に並べられたのは、あぶり肉《にく》に葉菜《ようさい》の和《あ》え物に根菜《こんさい》の煮転《にっころ》がし、暖めた薫製《くんせい》や洗っただけの塩漬《しおづ》け魚など。要するに、誰も真っ当な料理が作れなかったのである。

「ガボッ、ガボッ」

それでも一心不乱に、手掴《づ》みで料理を食い散らかしていた少年が、勢い込《こ》み過《す》ぎて噎《む》せる。慌ててアルスが差し出した杯《さかずき》を両手で受け取り、彼は中の水を、一気に飲み干した。そして、にっ、と笑う。

「……人間の姿をした犬かと思ったけど、ちょっと違うみたいね」

マリベルは食事の支度《したく》のためにいつもの頭巾《ずきん》を外し、首筋があらわになるまで髪をかき上げて結《むす》んだ髪型《かみがた》にしていた。少年の食べっぷりを見ているだけで食欲《しょくよく》をなくしてしまい、今はこの家の書斎《しょさい》で見つけた本を読み耽《ふけ》っている。

「だな。手、使ってるし」

こちらは負けじと健啖《けんたん》ぶりを発揮しているキーファが、茹《ゆ》でた腸詰《ちょうづめ》を飲み下《くだ》しながら答えた。

「ガボッ！」

そこで突然、今度は咳《せ》き込んだのではなく、明白な意志《いし》を持って少年が声を発する。

そして、調味料《ちょうみりょう》や肉の脂《あぶら》でべとべとになった両手を、喉《のど》のあたりで動かした。不思議そうに見つめる三対の視線を受けて、少年は手を喉のそばから離したり、また近づけたりする。

「ひょっとして……首輪を外そうと頑張ってる内に、手の使い方を覚えた？」

「ガボ！」

うなずいたりはしなかったが、少年の声は、アルスの問いかけを肯定《こうてい》したように聞こえた。

「おまえ……オレたちの言ってること、わかるのか？」

三人は、顔を見合わせる。どうにも、わからないことが多過ぎた。少年に対し、ある程度は意志や感情を伝達することはできるのだが、具体的なこととなるとさっぱり要領《ようりょう》を得ないのだ。

食事を終えたアルスは、食卓の下に潜《もぐ》り込んだ犬の前に、料理を盛《も》った皿を置く。

食べ始める犬の動作はぎこちなく、苛立《いらだ》たしげに何度も前足を動かしていた。この家の本来の持ち主かも知れない犬の頭を撫《な》でると、嫌そうに頭を振られてしまう。家の奥の寝室には一人の老婆《ろうば》が寝ていたが、うつ伏せに眠る姿は彼女こそが犬なのではないか、と思わせた。

「なんにせよ、なんとかしないとな」

キーファが腕組みをして唸《うな》る。動物たちはともかく、人間の姿をした者たちはまるで魂《たましい》の抜け殻《がら》のような様子で、まともな生活が営めるとは思えなかった。

わかっているのかいないのか、少年は皿についた残り汁《じる》を舐《な》めている。彼に視線を投げてから、マリベルは『ちょっと聞いて』とアルスとキーファの注意を促《うなが》し、読んでいた本を示した。

「これ……多分、この家の誰かが書いたものだと思うんだけどね。昔話なのよ」

余計な尾鰭《おひれ》を要領《ようりょう》よく除《のぞ》いて、マリベルは本の内容を語って聞かせる。

以前、この町は一匹の怖ろしい魔物に襲《おそ》われた。その時、土地の守り神である白い狼《おおかみ》たちが現れ、力を合わせてその魔物に戦いを挑《いど》んだという。しかし魔物の力は強大で、白狼《はくろう》たちは次々と命を落としていった。

やっとのことで白狼たちが魔物を封《ふう》じ込めることに成功した時、生き残ったのはただ一頭、腹に仔《こ》を宿《やど》した雌《めす》のみ。白狼たちの多くの犠牲により、魔物は封じられたのだ……。

「へぇ。かっこいいじゃん。でも、ただの昔話だろ？」

茶を飲みながら、キーファが軽く言う。

「……そのコは、そうは思ってないみたいだけど？」

マリベルの言葉に、アルスとキーファは少年を見やった。彼は初めて会った時と同じように、金色の瞳をぎらつかせ、食いしばった口から牙を覗かせている。

「まさか、本当のことなの？」

「……ガウッ！」

アルスの言葉に対する返答は、今までのどの声よりも低く、強く響いた。そして少年は、勢い良く立ち上がる。

「もし、その魔物が、なにかのきっかけで復活したんだったら……」

「あり得る話だな」

茶の残りを一気に飲み干し、キーファも席を立った。傍らに立てかけておいた剣《けん》を背負う彼を、家の外に向かおうとしていた少年が、驚いた顔で見上げる。

「白い狼たちも、みんなで戦ったんだろ。なのにお前は、一人で行くのか？」

キーファが、頼もしい笑みを見せる。本を閉じたマリベルは、やれやれ、と言いながら結《むす》んでいた髪を解《と》いた。アルスが手早く食卓の上を片づけ、床に置かれた荷物袋を肩から下げる。

「……ガボ……」

少年の顔が歪《ゆが》んだ。申し訳ないと思っているのか、ありがたいと思っているのか。あるいは、危険だから考え直せ、とでも言いたいのかも知れない。

「大丈夫。僕らだって、けっこう強いんだよ？」

「ガ、ブ、ス」

笑いかけるアルスを指差し、少年は一音ずつ絞《しぼ》り出すように発声した。目を丸くするアルスを見つめながら、少年はもう一度、たどたどしく言う。

「ア、ル、ス……あ、り、ガ、ボ」

「おぉ、すげぇじゃねえか！　ちゃんと喋《しゃべ》れてるぞ、おまえ！」

今度は、感心しきりのキーファを指差す少年。

「ギ、イ、バ。キー、ファ」

「そうそう！」

その動作もアルスたちの会話する様子を見ながら覚えたのであろうか、歓声を上げるキーファに、少年はうなずいて見せた。そして、微笑《ほほえ》むマリベルに指先を向ける。

「マ、リ、デ、ブ」

「誰がデブよっ！」

笑顔を一瞬で鬼女《きじょ》のごとく怖《おそ》ろしいものに変え、マリベルは手にしていた頭巾《ずきん》を思い切り少年の頭に叩きつけた。


町から西へ数時間、昔話の本には『神の山』と記されていた場所へ、少年はまっすぐに向かった。高さもさることながら随分《ずいぶん》と急な勾配《こうばい》を持つ岩山を見上げ、マリベルは、げんなりする。

「あれに登るの？　ガボ」

「ガボ」

うなずく少年に、マリベルは盛大《せいだい》な溜息《ためいき》を吐《は》く。一方でアルスは、すっかり打《う》ち解《と》けた様子の二人を見比べ、呆れたように尋《たず》ねた。

「あのさ、マリベル。その名前は、やっぱり……」

「なによ、わかりやすくていいじゃない。ねぇ、ガボ？」

「ガボッ」

その返事が同意らしいことは、ここに来るまでの会話でも読み取れるようになっている。どう言っていいものかわからず、アルスは頭を抱《かか》えた。

「さてと……いったいなにが、待っているやら」

仲間たちの会話をよそに、神の山に視線を走らせ登頂《とうちょう》の道筋を探《さぐ》りつつ、キーファが呟《つぶや》く。

幸《さいわ》いここまでの道のりで魔物に襲《おそ》われることはなかったが、この先もそうである保証は全くなかった。山肌には足場になりそうな場所が見受けられ、本格的な道具がなくとも登山は可能なようだったが、充分に武器が振るえるとは思えない。

魔物の中には空を飛ぶ者もおり、そうした相手に襲われた時に、上手《うま》く対処《たいしょ》できるかどうか。それがまず不安であった。

「ウガッ!?」

慎重《しんちょう》に行こうぜ、と言いかけた瞬間、出し抜けにガボが驚《おどろ》いた声を上げて駆《か》け出す。

慌てて追いかけたその先に、四本足の獣がいた。一見して焦《こ》げ茶色の毛皮を持つ犬かとも思えたが、その姿はただの犬にしては雄々《おお》しく、気高《けだか》いものである。

「狼《おおかみ》、か」

警戒してキーファは剣に手を伸ばしたが、それは無用の心配であったようだ。

一足先に駆けつけていたガボは、無邪気《むじゃき》に笑ってその狼に抱《だ》きつく。狼もまた、我が仔《こ》にそうするように、少年の頬《ほお》を優《やさ》しく舐《な》めた。

「ガウ、ガウ……ウゥオ」

狼に話しかけたガボは、心配そうな顔つきをして、アルスらを振り返る。

「アルス。ボ、グィ」

「ホイミ？」

うなずくガボ。よくよく見れば、彼が気遣《きづか》わしげに首筋に腕を回す狼は、あちこち傷だらけだった。息も荒く、苦しそうである。おっかなびっくり狼に近づき、アルスは回復呪文《ホイミ》を使った。

瞬く間にすっかり傷が癒《い》えた狼は感謝の意を示すように、かざしていた少年の手をぺろり、と舐める。

「ひゃっ」

くすぐったさに思わず手を引っ込めるアルスに、ガボが笑った。それから彼はアルスの袖《そで》を引き、山の一点を指差す。ちょっと見には、なんの変哲もない、ただの岩肌だった。

きょとん、とするアルスらを先導《せんどう》するように、ガボは指さしたあたりに向かって走り出す。仕方なくアルスたちも後を追うが、狼と共に身軽に跳び進む彼についていくのがまず困難《こんなん》で、喚《わめ》くマリベルを宥《なだ》め賺《すか》して進ませるのも大変だった。

そうやって辿《たど》り着いた岩肌の一角、ちょうど物陰になったあたりに、深く刻まれた亀裂《きれつ》を発見する。どうやら、奥は広くなっているらしい。

「この奥か？」

「ガボ」

狼とガボは、緊張《きんちょう》した面持《おもも》ちで鼻を蠢《うごめ》かした。キーファも真似《まね》をしてみるが、湿《しめ》った空気が鼻の奥に漂《ただよ》うだけだ。当たり前か、と苦笑して、洞窟《どうくつ》に踏《ふ》み込む。

「変なの。外より明るいのね」

人一人なんとか通れるくらいの狭《せま》い亀裂はすぐに終わり、洞窟はだしぬけに広い通路《つうろ》となった。灰白色《かいはくしょく》の岩肌は、あちこちの隙間《すきま》から差し込む微弱《びじゃく》な光を乱反射《らんはんしゃ》させ、何倍にも増幅《ぞうふく》しているようだ。全体的にじっとりと湿っており、あちこちに水溜《みずた》まりが出来ている。

慣《な》れた様子でガボと狼は洞窟を歩き出し、アルスたちもその後を追った。周囲を警戒《けいかい》しつつも、確信を持った足取《あしど》りで進む少年。その後ろ姿は、隣《となり》を行く狼《おおかみ》と重なって見えた。

4

時折襲《おそ》いかかってくる魔物《まもの》を撃退しながら、起伏《きふく》の激しい洞窟をガボの先導《せんどう》で抜けた先は、山の中腹だった。そこから山肌に沿った岨道《そわみち》を登って大きく回り込んだ先に、林立《りんりつ》する太く大きな柱に守られるように、新たな洞窟が口を開けている。

入口の横には巨大な一枚岩《いちまいいわ》が、開かれた扉のようにそそり立っていた。

「この中？」

「ガボッ！」

アルスの問いにガボは短く答え、狼は姿勢を低くして唸《うな》り声を上げる。ここまでの戦いで彼らもそれなりに消耗《しょうもう》してはいたが、目的地を前に、昂《たかぶ》りを抑《おさ》えきれない様子だった。

「『魔封じの洞窟』ってわけね……」

マリベルが独白する。昔話にあった、かつて魔物が白狼《はくろう》たちに封じられた洞《ほら》の名だ。

踏み込んだ広い空間は、かつては清浄《せいじょう》な水が流れていたのかも知れない。しかし今や腐臭《ふしゅう》を発する毒々しい泥溜《どろだ》まりが床面の半ばを覆《おお》っており、明らかに周囲よりも重い空気に満ちていた。

そんな空間の最奥《さいおう》に、急斜面で更に上層へと繋《つな》がる穴が穿《うが》たれている。

穴を介《かい》して登った場所は、下の空間よりやや狭《せま》い広間であった。あたりには動物のものとも魔物のものともつかない骨が散乱《さんらん》し、見たこともないような巨大な棺《ひつぎ》が中央に安置《あんち》されている。石造りの棺は、聖なる十字が刻まれた蓋《ふた》を既に開かせており、もぬけの殻となっていた。

ここには最早、神の山という名に相応《ふさわ》しい空気は、一片《いっぺん》たりとも感じられない。鼻をつくのは、以前にも嗅《か》いだことのある生臭《なまぐさ》い冷気——瘴気《しょうき》。

「ぐはははは！　また新たな客の、お出ましか」

その瘴気の源《みなもと》は、棺の縁に腰掛《こしか》けた男だった。でっぷりと太った巨体《きょたい》を道化《どうけ》じみた衣《ころも》で包み、紫色の肌と角《つの》、蝙蝠《こうもり》に似《に》た羽《はね》を持っている。体型こそ人間のものに近いが、明らかに魔の血統《けっとう》を有する存在。魔人《まじん》、という単語がアルスの脳裏《のうり》に浮かんだ。

「ここの様子を見に来るとは、貴様《きさま》らもあの、白いチビの仲間に違いなかろう？」

にやにやと嫌《いや》らしい笑いをたるんだ顔に浮かべ、道化の魔人は幾《いく》つも手にした小さな球を投げ上げては受け止めている。よく見れば、魔人が御手玉《おてだま》するものは、生き物の目玉であった。

その金色の瞳は、ガボと共通《きょうつう》するもの。まさか、とアルスが道化の魔人を見やると、魔人は肯定するかのように笑みを深くする。

「白いチビ、ってのがなんなのか知らないけどな。気分悪いぜ、くそったれ！」

キーファが剣《けん》を構《かま》え、吠《ほ》えた。

「くそったれ⁉ そいつはオレ様をこんな所に封印した、にっくき白い狼たちよ！ こんな薄汚い穴ぐらに長い間、封じ込めおって……！」

腰掛けた棺《ひつぎ》から立ち上がり、余裕《よゆう》ぶっていた顔に怒気《どき》を露《あらわ》にして、道化の魔人も怒鳴る。

「全ての白い狼を斃《たお》さねば、腹の虫が収《おさ》まらん！ あのチビが、最後の一匹のはずだ。つまらん隠《かく》し立てをすると、ただでは済《す》まさんぞ！」

その巨体が唐突《とうとつ》に、まぶしい光を放った。まともにそれを見てしまい、眩《くら》んだ視界《しかい》に、魔人の哄笑《こうしょう》が響く。

「奴らが守ろうとしたあの町は、既にこのオレ様が、変わり果てた姿にしてくれた。後は、あのチビよ。この間は取り逃がしたが、今度こそぶち殺してくれるわ！」

「ガウウウッ！」

高い咆哮《ほうこう》を上げ、ガボが道化の魔人に跳《と》びかかった。まだ目を眩ませながら、アルスらも続《つづ》く。

「アルス、一気にいくぞ！」

「ああっ」

鱗《うろこ》の盾を掲《かか》げながら、アルスは聖なるナイフを振《ふ》りかざした。魔人がガボの攻撃を避けた隙《すき》を突き、斬《き》りつける。腕を浅く裂《さ》かれ、ひるんだ所へ、キーファが切り込んだ。

「食らえっ」

ごっ、と銅《どう》の剣《つるぎ》が炎《ほのお》に包まれる。エンゴウでも見せた、火炎斬《かえんぎ》りだ。道化服の腹をかすめた刃《は》先《さき》から炎が舞い上がり、丸い体を一瞬、包む。

「ふんっ、この程度か」

御手玉を止めぬまま、魔人は身を震わせて炎を振り払った。器用そうには見えない手で投げ上げ受け止められる眼球《がんきゅう》が、一斉《いっせい》に光を放つ。まるで意志のあるもののように、眼球は次々とアルスにぶつかった。一つ一つが鉄球《てっきゅう》並みの堅《かた》さを持って、彼を打ち据《す》える。

そして道化の魔人は、自由になった腕を振り上げた。ごっ、と風が渦巻《うずま》き、盾では庇《かば》い切れない真空《しんくう》の渦《うず》がキーファを切り裂《さ》く。

「ぐははは！　一気にくるのではなかったのか？」

「なに、あいつ！　人を小馬鹿にしたような顔してるわね！」

マリベルが両手を構え、呪文《じゅもん》を放つべく集中する。肉体から頑強《がんきょう》さを奪《うば》うはずの魔法はしかし、なんの効果《こうか》も示すことはなかった。

「ぐはは、馬鹿め！　この場所で呪文が発動するわけがなかろう！」

「なっ……!?」

傷を癒《いや》すべくかざされたアルスの手も、回復呪文《ホイミ》の光を放つことはない。

だがキーファの火炎斬りや、道化の魔人の技は効果を現《あらわ》した。どうやら魔人の言う『呪文』とは精神の集中を必要とするものを指し、この洞窟ではそれらが封じ込められるらしい。

「ちっ……こいつはやばいぜ」

頬《ほお》の傷から流れる血を拭《ぬぐ》い、キーファが舌打《したう》ちをした。まだ先ほどのまぶしい光の影響《えいきょう》で、魔人の姿は曖昧《あいまい》にしか捉《とら》えられない。呪文の援護《えんご》が当てにならないという状態では、視力が回復するまで無事《ぶじ》でいられるとは到底《とうてい》、思えなかった。

それがわかっているのか、手元に戻ってきた眼球《がんきゅう》を弄《もてあそ》びながら、道化の魔人が勝《か》ち誇《ほこ》る。

「さあ、本番はこれからだ。お前たちも皆、動物に姿を変えてやるわ！」

「ガァッ!!」

カッ、と魔人の目が光った瞬間、ガボが跳《と》びかかった。隙《すき》を突いての攻撃にも魔人は反応《はんのう》するが、まるで事前に打ち合わせていたかのように絶妙の間合いで、狼がその足下に噛《か》みつく。

徒手空拳《としゅくうけん》の少年を無力と侮《あなど》ったか、魔人は狼の方に意識を集中した。しかしガボは牙《きば》を剝《む》き出しにすると、相手の喉笛《のどぶえ》に噛みついたのである。

「ぐあっち！　この小僧め、なにをする！」

小さな体が吹っ飛ばされた。ガボは何度か岩の床《ゆか》を跳ね転がり、慌てて駆《か》け寄ったマリベルの眼前に倒れる。道化の魔人は青黒い血の流れる喉元《のどもと》を押さえ、険《けわ》しい顔つきをした。

「そんなことで、このオレ様を……ぐっ⁉」

御手玉をされていた眼球が、全て魔人の足下に落ちる。

「か…身体が、し…痺《しび》れる⁉　言うことを聞かん……」

ふらつく魔人の、腰が砕《くだ》けた。再び棺《ひつぎ》の縁に腰掛ける姿勢となるが、明らかに自分の意志で行った動作ではない。

「こ、こんな真似《まね》が、出来るのは、白い狼だけのはず。くっ……」

機《き》を逃《のが》さず斬《き》りかかろうとしたアルスとキーファだったが、魔人のその言葉に動きを止めた。

油断《ゆだん》しないように背後《はいご》を見やると、マリベルと狼《おおかみ》に支えられながら、ガボはよろめきつつ起き上がろうとしている。

その火のような激情《げきじょう》をたたえる金色の瞳に、道化の魔人は見覚えがあった。

「ぬっ!? まさか、この小僧は！」

「そうか……伝説の白い狼が、町の人や動物たちと一緒に、こいつの魔法で姿を」

キーファが、魔人とガボとを見比べる。

「ぐははは！ こいつは、お笑いだ」

痺《しび》れ切ってほとんど動かない肥満体《ひまんたい》を揺らし、魔人が哄笑《こうしょう》した。

「自分でしでかした事に気づかぬとは、オレ様も間抜けなことよ……貴様は、白い狼。おそらくあの時、斃《たお》し損《そこ》ねたチビに違いあるまい」

そして顔を憤怒《ふんぬ》に歪《ゆが》め、震える腕を持ち上げる。開かれた手が、ガボに向けられた。

「き……貴様だけは……貴様だけは、許すものか！」

「させないっ！」

そこに不気味な青い光が宿るのを見て、アルスは聖《せい》なるナイフで斬《き》りつける。刃《やいば》は避《よ》けようともしない道化の魔人の肩を深々と切り裂《さ》いたが、それだけで魔人を止めることもできなかった。

「このっ！」

すかさず、キーファも剣《けん》を振るう。上段から振り下ろされた銅《どう》の剣《つるぎ》が、伸ばされた道化の魔人の腕を半ばから断《た》ち切った。だが、それよりも一瞬、早く。

己を庇《かば》おうとしたマリベルを突き飛ばすガボに、放たれた青い光が命中した。光に打ち据《す》えられた少年は、ビクン、と硬直《こうちょく》して仰向《あおむ》けに転がる。

「ガボっ！　ちょっと、ねぇ、しっかりして！」

慌てて少女と狼がガボに取りすがるのを、魔人は満足げに眺《なが》めやった。その全身を迸《ほとばし》る鮮血《せんけつ》に青黒く染《そ》めながら、震える声で言い放つ。

「この先ずっと、そのままの醜《みにく》い姿で暮らすがいい……ぐはっ……は……！」

がふっ！　と大量の血を吐き出しながら、道化の魔人はゆっくりと、棺《ひつぎ》の中へ倒れていった。

その棺の中の片隅に、青みがかった石片があることに、アルスは気づく。隠し置かれていたそれを拾い上げはしたものの、今はガボの方が気がかりだった。少年はきつく目を閉じ苦悶《くもん》の表情を浮かべていたが、アルスとキーファが近寄る頃には、頭を振って呻《うめ》きながら身を起こす。

「お前のおかげで助《たす》かったぜ、ガボ」

「大丈夫？」

「ああ。オイラ、平気だぞ」

ガボを中心にして、しゃがみ込んでいたアルスたちは、口を閉ざし互いに顔を見合わせた。

マリベルが声を発した少年たちの顔を順番に見比べていき、アルスからキーファ、そしてガボへと視線を送る。

「ん？　みんな、どうしたんだ？」

不思議そうに問いかけて、それからガボは愕然《がくぜん》と自分の口に手を当てた。

「オ……オイラ、どうしたんだ？　急に喋《しゃべ》れるようになったぞ!?」

「ガボ、あんた、ペラペラ喋ってるわよ。なにがどうなったの、いったい？」

戸惑うマリベルの傍《かたわ》らで、キーファが首をひねる。

「……ひょっとすると、今の青い光のせいじゃないのか？」

「さっきまでより人間に近づいた、ってことなのかな」

アルスの言葉は憶測《おくそく》に過ぎないが、正しいもののように思えた。

「じゃあ、もうあの不思議な力は……使えないのかな？」

少女の言葉に、ガボは傍らの狼を見やる。クゥーン、と心配するような狼の声を聞いても、彼にはその内容がわからなかった。

魔人が、最期《さいご》の力で放った呪《のろ》いだ。ただ人間にしただけでなく、ガボが見せた神秘《しんぴ》の力を失わせるものでもあったのだろう。ある意味で、伝説の白狼はこの瞬間、滅び去ったのである。

「くそっ、あの世であいつが笑ってるのが、聞こえてきそうだぜ」

腹立たしげに、キーファが棺の方を睨《にら》んだ。しかしガボは、いきなり立ち上がる。

「オイラ、これがいいぞ！　すっごく、嬉しいぞ！　これでアルスたちと、ちゃんと話が出来るようになったんだもんな！」

そして少年は笑い、狼に抱きつき、アルスらの周《まわ》りを跳《と》び回った。そうやって無邪気な様子ではしゃぐ姿は、どこにでもいる子供に見える。

「わーい！　しゃべれる、しゃべれるー！　ひゃっほー！」

「ガボ……あんたって実は、お喋り……だったの？」

マリベルの呆《あき》れ声も、今の彼には届《とど》かないようだった。まあいいか、と少女は苦笑する。

「おい！」

と、棺の方を見ていたキーファが、出し抜けに声を上げた。何事かと彼の視線を追うと、そこに、幾つもの金色の輝きが浮かんでいる。

それは、道化の魔人が手にしていた眼球だった。魔人の死によって解放されたそれが、今また光を発しながら浮き上がり……そして、ガボに向かって殺到《さっとう》する。

「!?」

避《よ》ける必要はなかった。アルスを打ち据《す》えた時のように激突《げきとつ》するのではなく、眼球たちはガボの周囲を、じゃれつくように回っている。

「みんな……！」

感極《かんきわ》まって叫んだ少年の声を契機《けいき》に、全ての眼球が一斉《いっせい》に光となって弾《はじ》けた。さあっ、と清らかな光輝《こうき》があたりを包む。

やがて名残惜しげに光輝が消え去っても、広間は先ほどより、はっきりと明るさを増していた。

岩肌の隙間《すきま》から差し込む外からの光が、白い帯《おび》を幾重《いくえ》にも重ねたように空気を染めている。

気がつけば、空は晴れ渡っていた。

第7章　命の担《にな》い手

1

町は明るい日差しに包まれ、麗《うら》らかな春を満喫《まんきつ》していた。

「あはは、やったじゃなぁい！」

「よしよし。みんな動物の姿から人間の姿に、ちゃんと戻っているぜ！」

広場に置かれた椅子でくつろぐ老人、蝶《ちょう》を追いかけ走る子供、道ばたで挨拶《あいさつ》を交《か》わす女性たち。

当たり前の町の光景が、そこに広がっていた。

「がんばったかいがあったぞ！」

微笑むアルスの隣《となり》で、ガボが跳《と》びはねる。彼の傍らには、あの狼の姿はなかった。

ガボが神の山を離れ、アルスたちと共《とも》に行くことを決めたからである。中からは絶対に開けられないはずの封印の岩戸を開けて、魔物を解き放った存在を追うために。

それはひょっとすると、マチルダや炎の巨像がちらりと口にした、謎めいた相手と同じなのかも知れなかった。

その昔、道化の魔人との戦いで生き残った、ただ一匹の白狼。それこそがガボの母親であった。しかし彼を生んですぐ、母狼はその時の戦いの傷が元で死んでしまう。そこで、まだ目も開かない仔狼《こおおかみ》を、あの雌《めす》の狼が親代わりとなって育てたのだ。

時が過ぎ、やがて白狼《はくろう》たちに封印《ふういん》されていたはずの魔人が蘇《よみがえ》る。ただ一頭の生き残りであったガボは、オルフィーという名のこの町へ向かった魔人を追い、立ち向かった。だが魔人が傷を残し弱り果てていたとは言え、ガボもまた、まだ未熟な存在に過ぎなかったのである。

結果として返り討ちに遭《あ》い、オルフィーの者に拾《ひろ》われ助けられた。しかしそこで魔人の力により、人間と動物の姿が入れ替わってしまったのである。

ガボの話はわかりづらく、断片的《だんぺんてき》であったが、要約《ようやく》すればそういうことらしかった。

伝説の白狼たちほどでなくとも、ガボを育てた狼もまた、神の山を守る宿命を持っている。寂《さび》しく誇《ほこ》らしげに『息子』を見送る『彼女』に別れを告げ、アルスたちは神の山を降りた。

「なあなあ、アルス！　オイラ、お礼を言いたい人がいるんだ。行っていいかな？」

そう言うガボにつき合い、訪《おとず》れた先は、彼が繋《つな》がれていた小屋である。小屋の中では農夫姿の男が一人、ぼんやりした顔でなにやら作業をしていた。

「おっちゃん！」

そこへ、ガボが飛び込む。仰天《ぎょうてん》した男を、ガボは嬉《うれ》しそうに見上げた。

「な……なんだい、坊《ぼう》や？」

「ありがとな！」

「へ？」

にっ、と満面《まんめん》の笑みを見せて、ガボは駆《か》け去る。茫然《ぼうぜん》とそれを見送った男は、同じように少年の唐突な行動に呆《あき》れていた、アルスたちに気づいた。

「お客さんかい？　町長さんなら、母屋の方にいると思うけど……」

ガボを助けた時に小屋の中にいた乳牛、呑気《のんき》なその姿を思い出し、マリベルはいかにも鈍重《どんじゅう》そうな男を見て忍び笑いを漏《も》らす。男に気づかれる前にそんな少女を背後に隠し、アルスはなにか誤魔化《ごまか》しの言葉を口にしようとした。だがそこで、壁から下がった鎖《くさり》に気づく。

「いったい、どこに行っちまったんだろうなあ」

少年の視線を追って鎖に目をやった男は、寂《さび》しげに息《いき》を吐《は》いた。

「いやね。何日か前に、町の外で大怪我《けが》をした、白い狼を見つけたんだよ。この納屋《なや》に繋《つな》いで看《かん》病《びょう》してやってたんだが、いつの間にか逃げちまってさ」

逃がしたのは自分たちだ、と言うわけにもいかず、アルスとキーファは微妙《びみょう》な顔で視線を交《か》わす。

「怪我はすっかり治っていると思うけど、町の外は危険だから、心配だよ」

「……大丈夫ですよ、きっと」

「ああ。元気にやってるぜ」

妙に確信に満ちた断言に、男は少し気が休まったようだ。そうだな、とうなずく。

彼との会話からもわかったことだが、動物の姿と化していた数日間のことを、オルフィーの住人たちは覚えていないようだった。

犬と化していた子供はつい臭《にお》いを嗅《か》ごうとする自分を訝《いぶか》しみ、猫《ねこ》と化していた婦人《ふじん》は手を使わないで皿の食事を摂《と》ろうとすることに悩《なや》んでいたが、じきにそうした影響も消えていくだろう。

無断で食糧《しょくりょう》を食《く》い散らかしたことを謝《あやま》ろう、と訪《おとず》れた町長宅で全てを打ち明けた彼らは、逆に町を救ったことでいたく感謝された。

少年たちが嘘《うそ》を言っているわけではないことを、町長はその長い人生経験で察したのだろうか。犬の姿をしていた時にアルスに食事を貰《もら》ったことを、ぼんやりとでも覚えていたのかも知れない。

「いずれにせよ、この町は二度も白狼たちに救われたのです。これより未来永劫《みらいえいごう》、動物たちへの感謝を忘れぬよう、言い伝えていきますよ」

事態の解決に貢献《こうけん》した昔話の本を記したのも、この町長である。彼は穏やかな目で照れ入るガボを見つめ、そう断言した。


旅の扉《とびら》を用いて再び台座の間に戻ると、初めての体験にガボが興奮《こうふん》した叫《さけ》びを上げた。

「すっげーぞ！　こんなもんもあるんだなあ」

「あんたも『すっげーこんなもん』の一つなんだって、わかってる？」

その神秘の力を失ってしまったとは言え、元は伝説の白狼だった少年である。確かに、そうそうお目にかかれるものでもないだろう。

「まあ、心強い仲間が一人、増えたってわけだね」

石版に目をやりながら、アルスが言う。神の山からの帰り道にも魔物と戦ったが、ガボはその俊敏《しゅんびん》さや力強さで、アルスらに引けを取らない戦いぶりを見せた。白狼《はくろう》としての力は失ったのかも知れないが、彼が戦力として当てになる存在であることは確かである。

「いいこと。この先、本当になにが起こるかわからないんだから、ちゃあんとあたしを守るのよ」

マリベルが偉《えら》ぶって言った。ガボは、素直にうなずく。

「わかってるぞ。オイラが、みんなを守ってやるさ」

「はは、よろしく頼むぜ」

ぽん、とキーファが手を置いたガボの黒髪は、生まれてから一度も洗っていないため、べとついていた。革手袋《かわてぶくろ》をしているキーファは気にしなかったが、マリベルが思い切り嫌がる。

そこで彼らがフィッシュベルに戻ってすぐ、ガボは少女によって、強制的に風呂に入れられた。嫌がるかとも思われたが、人間に近くなったせいか、それなりに楽しそうに入っている。悲鳴を上げたのは、大量の垢《あか》で汚れきった風呂桶《おけ》を洗う羽目《はめ》になった、マリベルの家の女中の方だ。

そうやってフィッシュベルにて一泊した翌日、新たに現れたはずのオルフィーを目指すべく、アルスらは波止場《はとば》に向かった。アミットの許可《きょか》を得て、小帆船《ヨット》を停泊《ていはく》させてもらっているのだ。

「げ」

忙しそうに働く漁師《りょうし》たちの中にグランエスタード城の兵士を発見し、キーファが顔を引きつらせた。しかし兵士は、彼を連れ戻すためにそこにいたわけではない。

「こんにちは、お兄さま。久しぶりね」

城にいる時より幾分《いくぶん》か動き易《やす》そうな格好のリーサが、にっこり笑いかけた。どういうことかと問いかけると、伝言《でんごん》だと言う。コホン、と可愛《かわい》らしく咳払《せきばら》いをし、彼女は胸を反《そ》らした。

「『キーファよ。わしもあれから色々と考えたのだが、お前も、もう子供ではない。今後、城から出ることだけは、自由としよう。だが、もう一度言うが、危険な旅をすることまでは、わしは許しておらんからな。それがわかったら、どこなりと好きな所へ行くがいい』……ですって」

最初は警戒半分《けいかいはんぶん》で聞いていたキーファだったが、妹の下手《へた》な物真似《ものまね》による語りを聞く内、その表情がおかしそうなものに変わる。

「……ホントに、親父も素直じゃないな」

「バーンズ王。きっとホントは、キーファの旅を許してるのよね。でも、王様だから、素直《すなお》にそう言えないのね」

マリベルの感想に、以前に城で交《か》わした王との会話を思い出しつつ、アルスもうなずいた。

「ねえ、お兄さま。お父様がお兄さまの旅を許さなかったこと、私はこう思うの」

柔らかく、リーサが言う。

「もちろん、お兄さまがこの国の王子ということも、関係なくはないでしょうけど……それ以上に父親として、お兄さまを危険に晒《さら》したくなかったんじゃないかな……って」

バーンズは王だ。彼は国を守《まも》り導《みちび》く立場にあり、そうやって人生を歩んで来た。バーンズにとって生とは、守り固めることであり、安定と平穏《へいおん》こそが彼の信条《しんじょう》なのである。

それは、大地のような心。大地なくして人は生きられず、それ故《ゆえ》に皆はバーンズを信頼する。

「だから、お兄さま。私は、旅をやめてほしいとまでは言わないけど……そういうお父様の気持ちも、ちゃんとわかってあげてほしいの」

「オレだって、わかってないワケじゃないんだけどな」

どう言えば良いものかわからず、キーファは頬《ほお》を掻《か》く。

「だけど今のオレにとっちゃ、やっぱりこの旅は、何物《なにもの》にも代《か》えられないほど大切なんだよ」

バーンズが大地《だいち》なら、キーファは炎《ほのお》。激しく燃《も》え上がり、その熱で周囲を巻き込んでいくのだ。グランエスタード城の者たちは皆、彼のことを困《こま》ったように語る。だが、そうやって噂《うわさ》をする彼らの顔はいつも、楽しそうに笑っていた。

「……お兄さま、忘れないでね。どんなに遠くに行っても、お兄さまの帰る場所は……」

「わかってるさ。オレは、キーファ・グランだぜ？」

小帆船《ヨット》に乗り込みながら快活《かいかつ》に笑う兄に、なるべく不安を出さないよう気をつけながら、リーサも微笑《ほほえ》み返す。そして彼女は既《すで》に出航《しゅっこう》の準備を始めていたアルスと、手伝いもせず船縁《ふなべり》に腰掛《こしか》け林檎《りんご》を頬張《ほおば》っていたマリベル、揺《ゆ》れる船にはしゃぐガボに目を向けた。

「アルス、マリベル。あと、えっと……」

「ガボだぞ！」

「ガボ。みんな、お兄さまを、よろしくね」

そう言ってリーサは、手を振るキーファが見えなくなるまで、祈るように見送り続けた。

2

時を経《へ》たオルフィーは、石版世界で町長が語っていたとおり、動物たちに感謝を捧《ささ》げる町となっていた。動物の気持ちを知るため、と称《しょう》して町人全員が精巧《せいこう》な動物の着ぐるみを着込む感謝祭の風習は、さすがにどうかと思われたが。

神の山はすっかり静穏《せいおん》な気配《けはい》に包まれ、魔物の影を見ることもなかった。ガボを育てた狼の子孫たちがどうしているのかは定かではなかったが、その様子だけでも安堵《あんど》できるものがある。

彼らは数枚の石片の入手に成功し、他にも買い物などを済ませ、謎の神殿へ赴いた。そして新たな石版を完成させ、次なる世界へ飛ぶ。

そこで彼らを待ち受けていたものは、魔物と呼ぶにはあまりに奇妙な『物体』との激しく悲しい戦いだった。


「なんなんだ、こいつは⁉」

キーファが狼狽《ろうばい》しながら、相手の振るう鉄《てつ》の斧《おの》を必死に避《よ》けた。折角《せっかく》バンガーに貰《もら》った鱗《うろこ》の盾《たて》だが、その斧を受け止めては、腕《うで》ごと叩《たた》き切られかねない。

お返しとばかりに銅《どう》の剣《つるぎ》を突き出すが、鈍《にぶ》い刃先《はさき》は相手の硬《かた》い体にあっさり弾《はじ》かれた。

「ガルッ！」

唸《うな》りながら跳《と》びかかったガボは、頭にターバンを巻《ま》いて皮の腰巻《こしま》きを身につけ、魔封《まふう》じの洞窟《どうくつ》で手に入れた武器《ぶき》をくわえている。

武器は短い棒《ぼう》の左右に直角《ちょっかく》に三日月型の石《いし》を取り付けたもので、口にくわえると、ちょうど飛び出した牙《きば》のように石が突き出た。小さな物だが石の部分は意外に硬質《こうしつ》で鋭《するど》く、ガボのように元々四肢《しし》を駆使《くし》した移動に慣《な》れた者《もの》には、ちょうどよい武器だと言える。

しかし相手は、鉄の塊《かたまり》かと思える魔物であった。石の牙《きば》は敵の表皮を浅く傷つけるに留《とど》まり、さしたる損害《そんがい》を与えたとは見受けられない。

「もう！　なんで⁉　なんで、あたしの魔法が効《き》かないのよぉ！」

マリベルが喚《わめ》き散らすが、守備力減退《しゅびりょくげんたい》の呪文《じゅもん》が効果《こうか》を発揮《はっき》した様子はなかった。打撃部分が棘《とげ》だらけの鉄球《てっきゅう》になった槌《つち》で狙《ねら》われ、少女は悲鳴を上げながら後退する。

船上で邪魔になるから、と銅《どう》の剣《つるぎ》をフィッシュベルの自室に置いて来たことを、アルスは今更《いまさら》ながらに後悔した。手にしている聖なるナイフの方が鋭さも威力《いりょく》も上なのだが、左右それぞれの手に握られた大きな武器をかいくぐって接近《せっきん》するのは、相当の度胸《どきょう》が要《い》る。

相手は、見たこともないような形の甲冑《かっちゅう》が、着用者もないまま動いているような魔物だ。キーファより一回り大きく、甲冑の隙間《すきま》から覗《のぞ》くのも筒状《つつじょう》になった金属であり、円筒形の兜《かぶと》の中央に赤く単眼《たんがん》が光る。背中に大きな箱を背負っており、そこから伸びた管《くだ》が体の各所に繋《つな》がっていた。

それは、これまで目にしたどの魔物とも、異質《いしつ》な存在に見えた。

魔物と言えど、生き物であることに変わりはないはずである。しかし新たな石版に導かれた世界で、いきなり襲いかかってきたその魔物は、無機的《むきてき》な外見にも直線的《ちょくせんてき》な動作にも生命《せいめい》を感じさせなかった。

「メツボウ……セヨ……メツボウ……セヨ……」

ひたすら呟き続けている声も、ただ音を連続して流しているだけのようで、意志を持って発せられているとは思えない。確かな事が一つだけあるとすれば、疲《つか》れることを知らずに激しく振り回される武器《ぶき》が、アルスたちを追いつめていることだった。

「くそっ。アルス、ガボ！　ちょっとの間でいいから、保《も》たせてくれっ」

業《ごう》を煮《に》やして盾を放り捨て、キーファは剣を両手で構えると、大きく息を吸い込んだ。静かに気力を充満《じゅうまん》させる彼を背に、少年二人が敵に立ち向かう。マリベルも魔法を諦《あきら》め、茨《いばら》の鞭《むち》を抜いた。

しかしそこへ、動く甲冑が無茶苦茶に両手の武器を振り回す。

「うあっ！」

「ぎゃ！」

まずアルスが、次いでガボが、それぞれ武器に打ち据《す》えられた。二人とも既《すんで》の事《こと》で致命傷《ちめいしょう》は免《まぬが》れたが、下手《へた》をすれば即死《そくし》しかねない強烈な攻撃。それは気力を集中し、ろくに周《まわ》りを見ていないキーファにも迫《せま》った。だが彼とて、ただ無意味に動かなかったわけではない。

「おおっ!!」

吠《ほ》えながら、キーファは貯《た》めた気合いを一気に吐《は》き出した。攻撃を受けながらも、普段より遥《はる》かに速く遥かに重い一撃を、敵に浴《あ》びせる。

鈍《にぶ》いはずの刃《やいば》が鋭い軌跡《きせき》を斜めに描き、受け止めようと持ち上げられた鉄槌《てっつい》の柄《つか》を切り落とし、動く甲冑の首筋に潜《もぐ》り込んだ。並々ならぬ気合いの込もった斬撃《ざんげき》は、絶妙の角度で相手を引き裂《さ》き切る。放ったキーファ自身が思わずニヤリ、と笑うほどの、会心《かいしん》の一撃だった。

それから彼は、目を丸くする。銅の剣が、刀身《とうしん》の三分の二ほどを消滅《しょうめつ》させていた。先ほどの凄《すさ》まじい衝撃《しょうげき》で、折《お》れ飛《と》んでしまったようだ。にも拘らず。

ギ……ギィ……

錆《さ》びついたような音と共に、動く甲冑が身悶《みもだ》えする。愕然《がくぜん》となってキーファが見上げる先で、傷口から細かな火花《ひばな》を散らしながら、動く甲冑はゆっくり斧《おの》を振り上げた。虚脱《きょだつ》したようにキーファはそれを見つめ、動けない。アルスもガボも、先ほどの負傷《ふしょう》のせいで、起き上がれなかった。

そんな彼らの背後から、唐突《とうとつ》に細長い影《かげ》が伸びる。蛇のように躍る影は動く甲冑の頭部を強《した》たかに打ち据《す》え、その巨体を倒してしまった。

重い音を立てて地に沈み、甲冑は、今度こそ、動かなくなる。ようやく息を吐《は》き、ゆっくりと振り返った先には、鞭《むち》を引き戻したマリベルがいた。

「結局、私がいないと駄目なのね」

少女は胸を反らせて、しかしホッとしたように、言い放つ。

どこまで上がったのか、折れ飛んだ銅の剣の破片《はへん》が、回転しつつ落下して地面に突《つ》き刺《さ》さった。

動く甲冑が使っていた鉄《てつ》の斧《おの》を肩に担《かつ》ぎ歩くキーファにアルスは、山賊《さんぞく》みたい、と笑う。しかし厚い刃《やいば》を持つ片刃《かたば》の斧《おの》は、折れて使い物にならなくなった銅の剣を補《おぎな》って余《あま》りある、強力な代物《しろもの》である。再び動く甲冑に襲《おそ》われても、今度はその装甲《そうこう》の上から強引に叩《たた》き斬《き》れるはずだった。

「しかし……結局あいつ、なんだったんだ？」

「すごい魔物だったぞ！」

アルスの回復呪文《ホイミ》で負傷を癒《いや》した彼らは、そんなことを喋《しゃべ》りながら、この新たな石版世界を彷徨《さまよ》い歩いている。この世界では冬が近いのか、明るく晴れ渡っているものの、大気は乾いていて冷たかった。そんな空気にきな臭いものが漂っていることを、ひしひしと感じる。

険《けわ》しい岩山が連なった山脈を右手に見つつ、四人は平原が開けている東の方へと歩き続けた。

そうする内にやがて、山並みの切れ間に、人工《じんこう》のものと思われる建造物《けんぞうぶつ》を発見する。

「砦《とりで》、かな」

アルスが最初に言った台詞《せりふ》は、実際にそこに近づいて見ると、正しかったのかどうか判断に迷うものだった。確かに石造りの高い城壁《じょうへき》が、山脈の終端《しゅうたん》に追加されたようにそそり立っている。

だが二階建ての家を連ねた程度の厚《あつ》みと高さを持つ壁も、東と南の二方向のみで、後は北西側におまけのように頑丈《がんじょう》そうな建物が建てられているくらい。要するに平原に面した側《がわ》のみを守っており、それ以外は、ごく普通の町並みが広がっているばかりだ。

兵士と思われる者が何人か石垣《いしがき》の上を歩いており、非常に周囲の見通しが良いため、あたりを通行しようとすれば彼らに発見されることは免《まぬが》れないだろう。そういう意味では見張り塔《とう》としての機能は備《そな》えているわけだが、要塞《ようさい》、とは言い難《がた》い町であった。

アルスたちにしてみれば、別段《べつだん》やましいところもないので、素直《すなお》に町へと歩み寄って行く。町の北側にはろくな守りもなく、『フォーリッシュ』との看板《かんばん》がかけられた門を素直にくぐった。

「むむっ！　なんだ、お前たちはっ!?」

その頃には城壁の上にいた見張り兵の一人が、駆《か》けつけて来ている。近くに寄って来ると、彼がアルスたちとそう年の変わらない、いっそ少年と言って良いほどの年齢《ねんれい》であることがわかった。

少年兵士の投げかけた言葉にアルスたちは戸惑う。

「た、探検家《たんけんか》ってところか？　なあアルス」

「でも、なにか当てがあって冒険してる、ってわけじゃ……」

「オイラはガボだぞ！」

「うーん、あたし今回はパス」

四者四様の答えに、少年兵は露骨《ろこつ》に胡散臭《うさんくさ》げな顔をする。

「怪しいヤツらだ……まあ、おぬしらは人間のようだ。おおかた、旅の者であろうな」

鎖帷子《くさりかたびら》に鉄製の兜《かぶと》と盾《たて》、同じく鉄の槍《やり》という、物々しい出立《いでた》ちだ。グランエスタード城の兵士も格好は似たようなものだが、目の前の少年兵は、装備が皮膚の一部のように馴染んでいた。

「悪いことは言わん、早々にこの地を離れるが良かろう」

無理に鯱《しゃちほこ》張って軍人らしい口調を作り、少年兵はアルスらに顎《あご》で町の外を示す。

「え？　どういうことですか？」

問い返すアルスに少年兵は、憎々しげに歯ぎしりをして見せた。

「この町は今、あの忌々《いまいま》しい、絡繰《からくり》の兵どもに襲われているのだ」

「からくり？」

「うむ。外で会わなかったか？　機械《きかい》の力で永遠《えいえん》に動き続ける、心なき殺戮者《さつりくしゃ》どもよ」

キカイ？　と、アルスたちはまた首をかしげる。基本的知識すらない様子の彼らに、少年兵は困《こま》り顔になった。無理に作っていた武骨《ぶこつ》な表情が消えると、年相応《としそうおう》の幼さを残した素顔が現れる。

「あら？　あなた、そうやって普通にしてた方が、素敵《すてき》ね」

「なっ」

からかうような視線をマリベルに向けられ、少年兵の顔が瞬時《しゅんじ》に赤く染まった。そこへ、塀の上から彼の同僚《どうりょう》らしい別な兵士の声が飛んでくる。

「アッシュ！　どうした⁉」

アッシュ、と呼ばれた少年兵は、話題を変える契機《けいき》が出来たことに胸を撫《な》で下ろした。なんでもない、と大声で返事をしてから、アルスらに向き直る。

「まあ、詳しいことは町の者にでも聞け。おれは任務《にんむ》があるのでな」

そう言って一同を睥睨《へいげい》し、最後に上目遣いでマリベルの驕慢《きょうまん》そうな笑顔を見てから、石垣の上へと駆け戻って行った。キーファが、呆れたように少女を見やる。

「……あんまり、からかうなよ」

「あら、素直に思ったことを口にしただけよ？」

髪を後ろに流しながら、マリベルは平然と答えた。ガボが、アルスの袖《そで》を引く。

「なあなあ、アルス。あいつ、なんで顔、赤かったんだ？　ビョーキか？」

どう答えたものか、彼は苦笑しつつ、少年兵アッシュに同情した。

3

あたりも憚《はばか》らずに泣き喚《わめ》きながら、その男の子は小さな手で柄《つか》が半ばから折れた槍《やり》を振り回し、絡繰兵《からくりへい》の死体……残骸《ざんがい》を、無茶苦茶に打ち据《す》えていた。

「こいつが、こいつが父ちゃんをっ！」

薄暗《うすぐら》い倉庫の片隅に置かれていた絡繰兵は、腕がもげ胸部《きょうぶ》も半ば砕《くだ》けている。その傷を作り出した兵士は、代償として命を失った。それが、男の子の父親だという。

「あんまり哀《あわ》れなんでね。出来れば、止めたいんだが……」

そう言って、倉庫の管理を行っている兵士は嘆息《たんそく》した。フォーリッシュの町が絡繰兵の軍団に襲撃《しゅうげき》された先日来、男の子は毎日のようにこの倉庫にやって来ては、疲れ果てて動けなくなるまで絡繰兵の残骸に怒りをぶつけているらしい。

「可哀想に……」

キーファが拳《こぶし》を握りしめる。

町の人々に話を聞きフォーリッシュ、そしてこの町を治めるフォロッド国を襲《おそ》っている危機《きき》の正体を、アルスたちは知った。

ある時、唐突に現れた絡繰の兵隊が、この地に侵攻《しんこう》を開始したのである。真っ先に隣国へ繋《つな》がる橋が落《お》とされ、山国であるため船を持たないこの国から、余所《よそ》へ救援《きゅうえん》を願う術《すべ》は絶たれた。孤《こ》立無援《りつむえん》の戦いが開始され、もう数ヶ月になるという。

「……所詮《しょせん》、絡繰仕掛《からくりじか》けね。人の心の痛みなんて、わからないんだわ」

冷たい怒りを込めて、マリベルが言う。

この国を訪れた時に襲って来た動く甲冑こそが、正に問題となっている絡繰兵だった。

アルスたちの知識の基《もと》となっているエスタード島の技術力では、絡繰などと言っても撥条仕掛《ばねじか》けの人形や木組みの巻揚《まきあ》げ機《き》くらいしか想像できなかったが、フォロッド国においてもそれは変わらないらしい。絡繰兵は、明らかに何百年、何千年という時代を超《こ》えた兵器《へいき》だった。

城壁の外には、幾つもの絡繰兵の残骸《ざんがい》が転がっている。だがフォロッドの王城から遣《つか》わされ、この町の守護の任に当たっている兵士たちは、それに倍する数が犠牲《ぎせい》になったという。

「私たちの教会が、こんな武骨《ぶこつ》な建物に変わってしまいました。でも、これも、町の人たちを守るため……神も、お許しくださるでしょう」

寂《さび》しげに語る修道女《しゅうどうじょ》の案内で、アルスらは石垣上《いしがき》に築《きず》かれた教会から、城壁内部へと通された。

町の南西部を守るこの壁は、元々はただの長屋であったという。それを急増《きゅうぞう》で石造りに改造《かいぞう》して、防壁《ぼうへき》としたのだ。外側に扉をつけては格好の的となるため、教会内に設けられた階段だけが、防壁内に出入りできる唯一の手段だった。

「……以上で作戦会議を終える！　なにか質問はあるか？」

その階段を降りる途中から、そんな声が聞こえてくる。降り切って見ればそこは広間になっており、その一角に大きな机が置かれ、数名の兵士が着席《ちゃくせき》していた。

「はっ！　ありません、兵士長どのっ！」

「うむ……良いか。くれぐれも、早まったことをするんじゃないぞ」

兵士長、と呼ばれた男が立ち上がる。他の兵士と同じように鎖帷子《くさりかたびら》に鉄《てつ》の兜《かぶと》と盾《たて》を装備し、腰には長剣を帯びていた。そろそろ中年にさしかかろうか、という年齢と思われ、彫《ほ》りの深いなかなか魅力的な顔立ちをしている。しかしその顔には、疲労《ひろう》が色濃《いろこ》く滲《にじ》んで見えた。

「では、私は城へ戻るとしよう」

「はっ！　お気をつけて、お帰りください！」

兵士たちも一斉《いっせい》に立ち上がり、揃《そろ》って敬礼をする。彼らにも兵士長と同種の疲れが見受けられたが、動作は機敏《きびん》で声にもまだ張りがあった。彼らに見送られて外への階段に向かった兵士長は、場を譲《ゆず》ったアルスたちに会釈《えしゃく》しかけ、それから不審げな顔をする。

「うむ？　おまえたちは、何者だ？」

またか、とキーファが言葉に詰まった。だが彼が答えあぐねる間に、兵士長は少年たちの武装《ぶそう》を見て、勝手に納得《なっとく》したようである。

「町が雇《やと》った傭兵《ようへい》か。命のない絡繰《からくり》などに、無駄に一生をくれてやる必要はない。連れのためにも、無理はするなよ？」

ガボやマリベルに穏《おだ》やかに微笑みかけると、兵士長は手を振り階段の向こうへ消えた。

「……今、あたしたち完《かん》っ璧《ぺき》に、キーファの子分かなんかと思われたわね」

絡繰兵から奪《うば》った鉄《てつ》の斧《おの》を下げているキーファを除けば、ただの子供の集団に見えなくもない一行である。アルスだけならともかく、小柄《こがら》なマリベルやガボは彼女の言うとおり、ただの足手《あしで》まといとしか思われなくとも無理はなかった。

そんなマリベルの不満など構わず、兵士長が去った後も兵士たちは、大声で議論を続けている。

「くそっ！　敵のアジトがわかったってのに、手も足も出せないってのか!?」

気になってなんとなく耳をそばだてると、どうやら敵の本拠地を突き止めたものの、とても対《たい》処《しょ》できないほどの絡繰兵に埋め尽くされていた……ということらしい。

石版世界を自分たちの時代に復活させるためには、その世界から闇の力を排除《はいじょ》しなければならない。フォロッド国においてそれは、疑う余地《よち》もなく絡繰兵の襲撃《しゅうげき》だろう。

「やっぱり……例によって、『あの方』とか『かの方』とか呼ばれてる人のせいなのかな？」

広間の隅《すみ》に寄って、アルスは小声で仲間に尋《たず》ねた。

「多分な。今回はまた、えらく直接的な気もするけど」

「そいつが、オルフィーの魔物を外に出したヤツなんだな？」

「そうと決まったわけじゃないけど……まあ、そんな趣味《しゅみ》の悪いヤツが二人も三人もいるか、っていうと、ねえ」

もし自分たちの推測《すいそく》が真実であるのなら、放っておくわけにはいかない。失われた世界を取り戻すことを置いておいても、それはマチルダの仇《かたき》であり、直接的にではないにせよ白狼《はくろう》たちが滅ぶ要因《よういん》となった相手だ。エンゴウは危《あや》うく火の海に沈むところだったし、あるいはダイアラックに降った灰色の雨にも関係しているのかも知れない。

不気味なその存在は、行く先々で悲劇《ひげき》と破壊《はかい》をもたらしているのだ。その力は強大かも知れないが、自分たちでは止められないまでも、目的なり行方なりを探《さぐ》りたかった。

だが、それとは別に、今までの件がなかったとしても、アルスたちの中にフォーリッシュを守りたい……という気持ちが芽生《めば》え始めてもいる。

好い町だった。

皆が不安と絶望に押し潰《つぶ》されそうになりながら、それでも、ひたむきに生きようとしている。理《り》不尽《ふじん》な暴力《ぼうりょく》に決して屈《くっ》すまいと、今まで武器を触《さわ》ったこともないような人たちまでが、戦うことを決意していた。多少なりとも戦える自分たちが、それを見過《みす》ごして良い訳がない。

「じゃあ、いっちょ、絡繰どもをぶっ潰《つぶ》すとするか！」

キーファの提案に、全員がうなずいた。と、階段の上から布《ぬの》切《き》れ満載《まんさい》の籐籠《とうかご》が現れる。ふらふらと階段を降りるのをよくよく見れば、小さな女の子が一所懸命に運んでいるところだった。

その危《あぶ》なっかしい動きに不安を覚え、アルスは思わず駆《か》け寄ると、籐籠を支える。一瞬びっくりした女の子だったが、籠の陰《かげ》から顔を出し、にっこり笑いかけてきた。

しかしキーファが籠を取り上げ運んでやろうとすると、頬《ほお》を膨《ふく》らませる。

「おせんたくは、わたしの、おしごとなの！」

「あ、ごめん」

よろしい、という感じで女の子がまた、笑った。そこへ、声がかかる。

「あら……先ほどの」

振り返ると、上階の教会にいた修道女だった。彼女もまた、洗濯物の籠《かご》を抱えている。

「シスターも洗濯《せんたく》ですか？」

「ええ。本当は、私も戦うことができれば良いのですが……」

アルスの問いかけに沈んだ顔つきになった、まだ年若い修道女はしかし、すぐ表情を改めた。

「でも、お洗濯だって、必要な仕事ですものね」

「そうそう。不潔《ふけつ》にしてちゃ、戦う前にやる気がなくなるってもんよね」

「そうかあ？　オイラ平気だぞ」

にこにこ笑って修道女に同意する表情を変えぬままマリベルは、ガボの後頭部を結構《けっこう》な勢いで叩《たた》く。いてぇ、と少年がターバンの巻かれた頭を抱えた。和やかに、修道女はガボに笑いかける。

「汚れは、人の心を荒《すさ》ませます。私は、それに戦いを挑《いど》んでいるんですよ」

そう言う彼女を、ガボはわかったようなわからないような、曖昧《あいまい》な顔で見上げた。少し考え込んで、それから尋《たず》ねる。

「強いのか？　ヨゴレって」

「場合によりますね」

「そうか。ねえちゃん、すごいんだな」

わかってないでしょあんた、とマリベルが突っ込んだ。

「おせんたく、おせんたくっ」

歌うような節回《ふしまわ》しで言いながら、女の子はアルスらの協力の下、洗濯物を広間の隣の水場へと運ぶ。籠を下ろしてもらってから、彼女は元気に頭を下げた。

「おにいちゃんたち、ありがとう！」

「ありがとうございました」

修道女もその傍らで、綺麗《きれい》に微笑んで見せる。

「洗濯、頑張ってね」

マリベルの言葉に、女の子は大きくうなずいた。誰もが自分の役目を果たそうとしている中で、彼女たちも、自分なりに出来ることをやろうとしている。

この町を、滅ぼさせるわけにはいかなかった。

4

フォロッド城は居住や象徴《しょうちょう》としてではなく、飽《あ》くまで敵を防《ふせ》ぐために作られたと見える。その広場で、大音声《だいおんじょう》に制止《せいし》がかかった。

「勝負あり！　そこまでです！」

「へへぇん。ちょろいもんよ」

鞭《むち》を引き戻しながら、マリベルが嘯《うそぶ》く。彼女を庇《かば》って傷を負ったアルスは、それを自分で治しながらなにか言いかけ……結局は、黙って肩をすくめた。

「ぬぬう……おまえたちの腕、しかと見届けた！」

がっくり膝《ひざ》を地面に落としながら、フォロッド城の兵士は唸《うな》る。

「その腕ならば、絡繰どもとも互角に渡り合えるだろう。是非《ぜひ》とも、力を貸してくれ！」

力を貸したい、とフォーリッシュで申し出たアルスたちは、フォロッド城で傭兵《ようへい》になることを勧《すす》められた。それに従って城に赴《おもむ》いたはよいものの、子供混じりの一行は実力と本人たちの安全を危ぶまれ、腕試《うでだめ》しをさせられたのである。

試合の相手は強かったが、アルスたちとて伊達《だて》にここまで、激戦をくぐり抜けてきてはいない。見学していた者たちが思わず唸《うな》るほどの戦いを見せ、自らの実力で信頼を勝ち取った。

「本来なら、旅の者の力を借りるなど、王家の恥《はじ》と言われても仕方ないことだが……」

目通りを許されたフォロッド王は、武張《ぶば》った城の主に相応《ふさわ》しい、頑健《がんけん》そうな体軀《たいく》の大男である。王権を現す立派な外衣《がいい》を羽織《はお》ってはいるものの、その下には実戦的《じっせんてき》な鉄の鎧《よろい》を着込んでいた。

「王として、どのような手段を使おうとも、この国を守らねばならぬ。そなたたちの力、借り受けさせてもらうぞ」

「はい、陛下」

一同を代表して、キーファが答える。さすがに王侯の出だけあって、言葉少なに礼儀《れいぎ》を示す姿は堂《どう》に入っていた。多くを語るとボロが出るだけかも知れないが。

そして彼らは謁見《えっけん》の間を辞《じ》し、兵士の詰所《つめしょ》に向かった。彼らを先導《せんどう》するのは、フォーリッシュで見かけた兵士長である。トラッド、と名乗った彼は感心しきりの風情《ふぜい》だ。

「正直、おまえたちを外見だけで判断し、侮《あなど》っていた。まさか、ヘインズを打ち負かすほどの実力者とは思いも寄らなかったぞ」

「四対一でしたから……」

「謙遜《けんそん》するな。数のみで戦に勝てるなら、我が国はここまで苦戦しておらんよ」

ヘインズというのは彼らの腕試しを行った兵士で、トラッドを除《のぞ》いて唯一、一対一で絡繰兵と渡り合える古強者《ふるつわもの》なのだと後に聞かされた。

ともあれ、彼らが傭兵となったのは確かな事実である。バーンズやアミットが聞いたら、卒倒《そっとう》するかも知れなかった。

「傭兵なんて呼び方、このあたしには似合わないけど、我慢《がまん》してあげるわよ」

そう言うマリベルは、何故か少し楽しそうである。いかにも男っぽく荒々《あらあら》しい名称が、箱入りで育てられて来た彼女には、新鮮に感じられたのかも知れない。

しかし、トラッドに導かれて兵士詰所に入った途端、その顔は『不機嫌《ふきげん》』の三文字に支配された。広いとは言えない部屋にひしめく兵士、兵士、兵士……交わされる会話も粗野《そや》だったり下品《げひん》だったりで、女性の姿も全く見えない。

そのあたりに適当《てきとう》に座ってくれ、と言い置いて、トラッドは部屋の奥へ歩いて行った。

「適当って……」

不安げに周囲を見回すと、確かに皆、文字どおり適当に立ったり座ったりしている。しかし石の床は靴から落ちた泥《どろ》や吐《は》いた唾《つば》などで汚れ、そこここに置かれた椅子も床の上よりはまし、という程度だ。マリベルは別に潔癖性《けっぺきしょう》ではなかったが、さすがにここで座る気にはなれなかった。

「お嬢《じょう》ちゃんみてえのが傭兵とはね。世も末だあな」

仕方なしに壁際に四人して並んでいると、禿《は》げ上がった頭に熊のような髭《ひげ》のむさくるしい男が、わざわざ近寄ってきて少女に顔を近づける。

「べ、べつにアンタには、関係ないじゃない！」

そう言って顔を逸《そ》らす、いかにも少女らしい様子に、熊男は分厚い唇を歪《ゆが》めた。

「関係あるね。足手まといのせいで、こっちの身まで危うくなるのはゴメンだからな」

「なっ……！」

「では、これより作戦会議を始めたいと思う！」

マリベルがなにか言うより早く、トラッドの声が詰所《つめしょ》の全員の注意を引く。気勢《きせい》を削《そ》がれた少女に、熊男はニヤリ、と野卑《やひ》な笑みを見せた。

「オレの名前はギャックだ。文句があるなら、いつでも相手になるぜ」

それっきり、ギャックは部屋の奥へ顔を向けて振り返ろうとしない。

「なんなのよ、この熊は！」

「しーっ、マリベル。会議が始まってるんだから」

腰の鞭さえ取り出しそうな勢《いきお》いのマリベルを、アルスは慌《あわ》てて止めた。

「なによアルス！　あんた、あたしと会議とどっちが大事だってのよ？」

「そこ！　痴話喧嘩《ちわげんか》は、外でやるように！」

トラッドの言葉に、詰所を爆笑が包む。キーファまで笑ってるのを見て、マリベルはすっかりふてくされ、黙り込んだ。その間もトラッドの説明は続き、フォーリッシュの苦境《くきょう》が伝えられる。兵士たちの疲労《ひろう》が厳《きび》しいこと、武器や食糧《しょくりょう》の消耗《しょうもう》のこと、絡繰兵団の戦力に減退が見られないこと。聞けば聞くほど、打つ手なしのように思えた。

「そこで、作戦が必要だ！　諸君《しょくん》らになにか良い考えはないか!?」

詰所内がざわつく。様々な意見が出るが、まずもって戦力が絶対的に不足しており、それが発想の足枷《あしかせ》となっているようだ。正攻法《せいこうほう》で挑《いど》んでも玉砕《ぎょくさい》が目に見えているから搦《から》め手《て》で、と言われても絡繰兵にはこれといった弱点がない上、相手が絡繰では心理戦《しんりせん》や兵糧攻《ひょうろうぜ》めも意味はない。フォーリッシュの広間で行われた議論と同じだった。結局は、堂々巡《どうどうめぐ》りとなってしまう。

「連中が生き物ではなく、作り物だってところにつけ込めればいいんだけど……好物をばら撒いて注意を引く……無理か」

親指を顎《あご》に当て、キーファも考え込んでいた。マリベルはまだ怒ったままである。

「会議なんかしてないで、とにかくやっつけに行った方がいいんじゃない？」

「みんな、むずかしいカオしてるなあ。どうしたんだ？」

ガボが、そんな二人を見上げて、戸惑ったように聞いた。なんでもないよ、とアルスが答えるが、彼も悩み顔である。

一向に進展しない状況に苛立《いらだ》ち、トラッドが口を開きかけた瞬間、兵士の一人が手を挙げた。

「兵士長殿」

「なんだ」

「その……ゼボットさんに、協力を頼んでみては、いかがでしょう？」

ざわ、と詰所の空気が揺れる。アルスらにも、その名前は聞き覚えがあった。フォロッド城より更に西、人里離れた小屋に隠遁《いんとん》している絡繰技師《からくりぎし》である、と聞いている。町でも城でも、彼の手になる掃除《そうじ》の機械《きかい》を見かけた。汚れを見つけては勝手に拭《ふ》き取る絡繰らしいのだが、アルスたちにはその原理《げんり》や仕組《しく》みは、まるでわからない。

「なるほど。その人なら、絡繰兵をなんとかできるかも知れないな」

キーファはうなずくが、兵士たちが動揺したのは、その提案《ていあん》が意外だったからではなかった。

「ふん……あんな偏屈《へんくつ》、なんの役にも立たんよ」

素《そ》っ気《け》ない、というより苛立ったような口調で、トラッドがそう言う。新参者《しんざんもの》のアルスたちにはわからないなにかが、彼の口調には潜《ひそ》んでいた。

「なるほどね」

「ん？」

マリベルが、小声で仲間たちに囁《ささや》きかける。

「ゼボットって人は、この国で……ううん、この世界でただ一人の絡繰技師なのよ？　だったら真っ先に絡繰兵団のことを相談してもいいはずじゃない」

「まあ、なあ」

「つまりトラッドさんの言うようによっぽどの偏屈か、じゃなかったら役立たずなのか……単に、トラッドさんがその人のことを嫌ってるのか」

仮にも兵士長たる者が、好き嫌いで国の大事を判断するとは思えないので、おそらく偏屈か無《む》能《のう》のどちらかだろう。そんな推理を少女は披露《ひろう》した。わかってないだろうに、ガボが感心する。

結局その答えは割合すぐに、自分たち自身で確認する羽目になった。


「……帰ってくれ。城や町の人間がどうなろうと、ぼくの知ったことじゃない」

なるほど、偏屈だ。

アルスはそう思い、目の前で自作の絡繰に熱中する青年を、それとなく観察する。技術《ぎじゅつしゃ》者や学《がく》者《しゃ》といった人種に共通する、いかにも理屈っぽそうな雰囲気を漂《ただよ》わせていた。神経質そうな表情さえ置いておくなら、まあ二枚目と言って差《さ》し支《つか》えないが、惜しいかな頭髪が薄い。

「おまえたちと話すことなど、なにもない。ぼくの邪魔をするな」

血色の悪い顔にかすかな怒気《どき》を浮かべ、ゼボットは、アルスらを睨《にら》んだ。

フォロッド城での作戦会議は、あの後すぐに終了した。一度は否定されたゼボットを頼《たよ》る案が盛り上がった所で、トラッドが唐突《とうとつ》に議題を打ち切ってしまったのである。仕方なしに解散《かいさん》する一同の中からアルスたちに声をかけたのは、腕試しの時の相手、ヘインズだった。

彼に頼まれ、城内で一泊した後、ゼボットに絡繰兵団への対応に協力してくれるよう使わされたのだが……マリベルが推測《すいそく》したとおり、ゼボットは偏《かたよ》りねじけた性質の持ち主のようである。

フォロッド城から西へ歩くこと数時間、獣と魔物しか住んでいないだろう森の中に、彼の研究所はあった。木造の小屋を材質《ざいしつ》不明《ふめい》の金属板で補強《ほきょう》した不思議な小屋で、入ってみると製法も用途も不明ながらくたが所狭《ところせま》しと置かれている。

そんな中でゼボットは一人、絡繰の制作に耽溺《たんでき》する生活を送っているのだ。

彼は先ほどから、おかしな人形のようなものに神経を集中している。人間よりやや小さいくらいの大きさで、金属で出来た体を持つ人形だ。

それは絡繰兵を思わせたが、まだ組立の途中のようで、ぴくりとも動かない。

「おいっ、エリーに勝手に触《さわ》るんじゃないっ！」

なにげなくアルスが指を伸ばした瞬間《しゅんかん》、ゼボットはそれまでの静かな言動が嘘《うそ》のように激しく、彼を突き飛ばした。その急変《きゅうへん》ぶりと、絡繰に女性の名をつける感性に、一同は驚《おどろ》かされる。

「……ぼくとしては、戦いしか知らぬ絡繰兵に、同情しているくらいだ。真に悪と言える存在が彼らではない、ということが、人間たちにはわからんのさ」

「おっちゃんだって、ニンゲンだろ？」

ガボが、不思議そうに聞く。

「そうさ。まったく残念なことにな。……さっさと城へ帰って、トラッドのヤツに言っておけ。二度と人など寄越《よこ》すな……とな」

「べつに、トラッドさんの命令じゃ……」

「ゼボット！」

アルスの声が、途中で遮《さえぎ》られた。驚いて振り返る少年たちを乱暴に押しのけ、息も絶《た》え絶《だ》え、といった様子のトラッドが部屋の中へ踏《ふ》み込む。

「もうここへは来るまい、とあの時、誓《ちか》ったがな……今は、それどころではなくなった。なにがなんでも、協力してもらうぞ」

「ちょっと、なんなのよ？」

不満の声を上げるマリベルを、トラッドはゆっくり、振り返った。彼の顔には疲労《ひろう》と後悔《こうかい》、そして敗北感《はいぼくかん》が満ちている。

詰所《つめしょ》での別れからの数時間で、一気に十歳は老け込んでしまったかのように見えた。そんなトラッドは少年たちとゼボット、双方《そうほう》に聞かせるように、重々しく言い放つ。

「ついにフォーリッシュの町の守りが、崩《くず》れてしまった。次は、城が襲《おそ》われるだろう」

ゼボットの肩がかすかに震え、アルスたちは、愕然《がくぜん》と立ち尽くした。

第8章　黎明《れいめい》の勇士《ゆうし》たち

1

好《よ》い町だった。

好い町だったのだ。

今は、もう、ない。

崩れた石畳《いしだたみ》や剝がれた防壁《ぼうへき》、砕けた木材などが相《あい》まって、夕暮れの大気に舞い散り混ざっていた。そのためフォーリッシュの町全体が、黄色っぽい靄《もや》に沈《しず》んでいるように見える。

アオォ……ン！

切なげに、ガボの遠吠《とおぼ》えが響き渡った。それはまるで、弔《とむら》いの鐘《かね》のようだ。本来その役を担うべき教会が半壊しているだけに、そんな印象は余計に強い。

「ああ、私の祈りは神には届かなかった……」

そんな教会の奥で、神父は嘆《なげ》いていた。鎮魂《ちんこん》の祈りを待つ棺桶《かんおけ》が幾つも並んでいるが、彼は職《しょく》務《む》を全《まっと》うできる状態とは見えない。

「すまない……」

そんな神父を補佐《ほさ》すべき、あの年若い修道女もまた、棺桶の住人となっていた。そのことを聞かされたアルスらは、棺桶の蓋を開け信じ難い現実を確認しようとするが、震える声で制止される。見ない方がいい、と。それがどういう意味かを再確認する気には、とてもなれなかった。

アオォ……ッン!!

一人、教会の屋根に登り、ガボは喉《のど》も裂《さ》けよとばかりに吠《ほ》えた。その激しい声は、威厳《いげん》ある響きを持って、びりびりと空気を震わせる。

綺麗《きれい》に笑う、女性だった。できることをしよう、と素直に状況に立ち向かう強さを持っていた。

絡繰兵に向かって飛び出して行った男の子を追い、そして生きて帰っては来なかったのだという。

男の子、と聞かされてアルスらは、はっと顔を見合わせた。嫌な予感を覚えながら、倉庫へ駆けつける。今のフォーリッシュのあちこちで見られるのと同じように、既に停止した絡繰兵が、片隅に身を横たえていた。以前に目にした時と、変わらない。

違うのは、それを打《う》ち据《す》える人物だった。

「こいつがっ。こいつが、おにいちゃんをっ！」

それは、修道女と洗濯《せんたく》をしていた女の子。

「おにいちゃんをかえせっ。おとうさんをかえせっ。シスターをかえせっ。バカァ！」

洗濯は自分の仕事だ、と誇《ほこ》らしげに笑った女の子だ。

「バカァ……！」

泣きながらそうやって、怒りと憎しみを絡繰兵にぶつける女の子を見ている内、キーファは己《おのれ》の中でなにかが変わるのを感じる。彼は出し抜けに、女の子が何度も振るう棒《ぼう》を掴《つか》んだ。かける言葉もなく、うつむいていたアルスとマリベルが、不審《ふしん》げに見つめる。その先で女の子の棒を取り上げたキーファは、無言のままにそれを、渾身《こんしん》の力を込めて叩きつけた。

彼の内なる怒りを顕《あらわ》すように炎を上げた棒が、鉄塊《てっかい》を瞬時に打ち砕《くだ》く。

「……仇《かたき》は、オレたちが必ず、とってやる。だから」

燃え上がった棒も、彼の手の中で消滅《しょうめつ》してしまっていた。

「だから君は、こんなものに縛《しば》られてちゃいけない」

亡くした者を悼《いた》むことと、悲哀《ひあい》に縛《しば》られることは、同一ではない。遺《のこ》された者が死者にしてやれることなど、多分なにもないのだ。ただ生きること、速《すみ》やかに日常へ帰って行くことだけが、餞《はなむけ》となり得る。早くに母を亡くしているキーファには、それがよくわかっていた。

涙に濡《ぬ》れた目で、茫然《ぼうぜん》とキーファを見上げていた女の子はやがて、決意を込めてうなずく。

アルスたちがトラッドの報《しら》せを受け、フォーリッシュに駆《か》けつけた時には、全てが終わってしまっていた。町はとうとう絡繰兵団の前に陥落《かんらく》し最早《もはや》、フォロッド城への侵攻《しんこう》を止める術《すべ》はない。

フォーリッシュを守るためにわざわざ傭兵《ようへい》にまでなったというのに、結局、間に合わなかったわけだ。だからと言って、自分たちをゼボットの所へ向かわせたヘインズを恨《うら》むことは筋違《すじちが》いである。別に、ヘインズに責任があるわけではない。

実際、疲労の極《きわ》みにあった中で、フォーリッシュの守護兵たちはよくやっていた。命がけで戦い、勝てないと判断した後は身を挺《てい》して民間人の避難《ひなん》を助けている。民間人にも犠牲は出たが、それより遥《はる》かに兵士の犠牲は多かったのだ。

「おいっ、目を開けろ！　死んじまっちゃ駄目だ！」

防壁内は、ほとんどの人間がフォロッド城への避難を終えたため、静まり返っていた。そんな中、広間の奥の部屋で大声が聞こえてくる。

「お前とおれで、兵士長の座を取り合うって約束したろ！　お前が死んじまったら……」

アルスたちが歩み寄って見ると、見覚えのある兵士だった。彼は、寝台の上に横たわる同僚《どうりょう》に、からかうような笑みを浮かべて見せる。

「お前が死んじまったら、おれが簡単に兵士長になっちまうぜ？　それじゃ面白くないだろ？」

笑みは、涙で歪《ゆが》んでいた。

「そうだろ、おい？　返事しろって、おいっ！」

寝台からは、なんの反応も返って来ない。もはやそれは、ただの屍《しかばね》だった。マリベルが今にも泣き出しそうな、小さく掠れた声で言う。

「ライバルが減って……良かったじゃない……」

兵士に、見覚えがあるはずだった。彼はこの町に来て初めて出会った少年兵、アッシュの同僚だったのである。そして、寝台に横たわるのは。

まるで眠っているように目を閉じ、幼さの残る表情を晒《さら》していると、最初に会った時に彼がいかに無理をしていたかがよくわかる。そうしていなければならないほど、この町は苦しい状況にあって……だからこそ少年は、兵士となったのだ。そして兵士のまま、死んだのである。

アッシュの安らかな死に顔をそれ以上、見ていられず、マリベルは少年兵に背を向けた。

「わしはもう充分じゃが、他の者たちはまだまだ、やりたいことも、あったじゃろうにのう」

広間の片隅《かたすみ》でなにをするでもなく立ち尽くしていた老人が、ぽつん、と呟《つぶや》く。

「この町も、もうおしまいか……」

アルスは、否定したかった。

だが今は駄目だ。彼らは間に合わなかった。なにを言ったとしても今は、ただの言葉でしかない。必要なのは、証明すること。今度こそ、守って見せると。

好い町だった。好い人々だった。

守りたかったが、守れなかった。

たくさんの悔《くや》しさと少しの怒り、静かな決意が、アルスの中を満たしていく。


夜のフォロッド城は、痛いほどの緊張感《きんちょうかん》に包まれていた。

フォーリッシュは、既《すで》に陥《おち》ている。町に残った人々はもう、我が物顔で通り過ぎる絡繰兵を、恐々と見送ることしかできないだろう。

フォロッド王は城の地下、王族が緊急避難《きんきゅうひなん》するための地下室を開放し、そこにフォーリッシュからの避難民を受け入れた。そして、広場に全ての兵士と傭兵《ようへい》たちを集める。

城中で焚《た》かれた篝火《かがりび》に、赤々と照らし上げられた兵たち。だがその中に、トラッド兵士長の姿はなかった。彼はゼボットの協力をなんとしても取り付けるべく、後事《こうじ》をヘインズ他の部下たちに任せ、まだ彼の研究所に残っていた。

あいつは逃げたのさ、と傭兵の誰かが言ったが、兵士たちにその言葉を信じる者はいない。それが王も同様であるのかは判然《はんぜん》としなかったが、彼は外衣《がいい》を脱ぎ捨て剣を帯びた姿で、広場に面した露台《バルコニー》に姿を現した。そして、居並ぶ者たちに檄《げき》を飛ばす。

「皆の者！　ついにこの城にまで、絡繰どもの魔の手が伸びようとしている！」

王の傍《かたわ》らには彼の娘、つまりはフォロッドの王女であるマリー姫がおり、その優美《ゆうび》な容姿《ようし》に似合わぬ戦《いくさ》装束《しょうぞく》に身を包んでいた。

アルスらも戦いに備え、支給された装備に着替え終わったばかりだ。アルスとキーファは防具を鎖帷子《くさりかたびら》と鉄《てつ》の盾《たて》に換え、アルスは更に鉄兜《てつかぶと》と鉄《てつ》の槍《やり》も借り受けた。

マリベルはさすがにそうした重《じゅう》装備《そうび》を着けることはできなかったが、軽い合金を用いた小型の盾《たて》を持ち、前頭部全てを覆うような形の髪飾《かみかざ》りを着けている。盾は合板の都合で子猫の顔のような意匠になっており、髪飾りは美しい細工が施された銀製《ぎんせい》のものだ。

このあたり、実用一辺倒なものにしないのは、彼女なりのこだわりだろう。そんな中で唯一ガボだけは、体格に合う装備《そうび》も見つからず、この世界を訪れた時の格好のままだ。

露台の上で、王の演説は続く。

「我らの力が及ばず、フォーリッシュは陥《お》ちた。絡繰どもが意気に燃えるかどうかなど知ったことでないが、その勢いは止まることを知らぬ様子である、との報告《ほうこく》を受けている」

彼の抜いた鋼《はがね》の剣《つるぎ》が、篝火《かがりび》の明かりを受けて燦然《さんぜん》と輝いた。

その剣先が指し示すのは北東のフォーリッシュ、そして更に先にある、絡繰兵団の本拠地《ほんきょち》だ。

「しかし！　必ずや、返り討ちにしてくれようぞ！」

「おおおおお！」

満場から、鬨《とき》の声が上がった。共に吠《ほ》えるキーファやガボを横目に、マリベルはアルスから、盾《たて》の使い方を簡単《かんたん》に教わっている。兵たちがそれぞれの持ち場へ一斉《いっせい》に散っていく、そんな中で、ギャックと名乗った熊男《くまおとこ》が近づいて来た。

「相変わらず、お遊戯《ゆうぎ》かい？」

分厚い筋肉が革鎧《かわよろい》を押し上げるほどで、普通の物の倍はありそうな、ごつい棍棒《こんぼう》を担《かつ》いでいる。マリベルは目を細めて大男を見上げ、冷たく微笑んで見せた。

「震えてるわよ？　武者震《むしゃぶる》いには、見えないけど？」

「……っ！」

最初に会った時の、きかん気そうな少女を想定して、熊男はからかいの言葉を投げたのだろう。返ってきた痛烈《つうれつ》な皮肉に、ギャックはぽかん、とした表情になった。

しかしやがて、彼は野太い笑い声を上げる。

「絡繰どもは強く、数多い。誰だって震える。……ま、お互い生き延《の》びようぜ」

そう言って背を向けた熊男は、別な傭兵にも声をかけ、豪快《ごうかい》な笑い声を響かせていた。彼は彼なりに、仲間たちの緊張《きんちょう》をほぐそうとしているのかも知れない。

「オレも初めて剣を持った時は、身体が震えたさ」

キーファが穏《おだ》やかに言って隣のアルスを見やり、フフ、と笑った。

「アルスだって、結構ブルってたぜ」

「……そうだったね」

「へえー。キーファやアルスたちでも、こわいって思ったりするのか？」

それぞれ斧《おの》と槍《やり》を携《たずさ》えた重武装の二人に、ガボは意外《いがい》そうに聞く。出会いの遅かった彼にして見れば、二人は一端《いっぱし》の戦士に思えた。

「怖いよ。いつでもね。僕たちは、絶対に負けられないんだから」

アルスは、静かな表情でうなずく。

彼らの戦いには、いつでも大勢の人々の生命《せいめい》や希望《きぼう》が懸《か》かっていた。自分たちだけでなく、出会った全ての人の命を脅《おびや》かす敵《てき》と、戦ってきたのである。

「どうしようもなく怖いけど……だから、戦えるんだ」

今回も、そうだ。アルスたち、そしてフォロッド城に集った全ての戦士たちの肩に、この国の未来そのものが乗っている。

やがて、敵の襲来《しゅうらい》を伝える声が上がった。

2

夜が、明けようとしていた。黎明《れいめい》に差しかかろうとする頃の深い闇《やみ》が、あたりを覆《おお》っている。あれほど目映《まばゆ》くフォロッド城を照らしていた篝火《かがりび》も、半ばは戦闘の混乱の中で消え、残ったものも勢いを減《げん》じていた。兵たちも多くが傷つき倒れ、疲れた体をそこここに転がしている。

「じき、朝が来る。そうしたら、いよいよ最後の襲撃《しゅうげき》かな」

壁に背を預けて座り込んだキーファは、干した李《すもも》の実を囓《かじ》りながら、白い息を吐きつつ呟《つぶや》いた。

彼の頭上、露台《バルコニー》の壁の上でアルスは、ぼろぼろになった鉄の槍《やり》と兜《かぶと》を抱え込むように胡座《あぐら》をかいている。この寒さだ、詰所に置いてきた荷物袋の中で、ギガは動こうともしていないだろう。

「そうだね」

夜明け前の凍《こお》りつくような風が、彼らの体を震わせた。先ほどまでは焼けた鉄を突っ込まれたかのように火照っていた体も、今は重い疲労感《ひろうかん》で冷え切っている。

「トラッドさん、なかなか来ないな。やっぱり、ゼボットさんの説得に、手こずってるのかな」

「……そうだね」

「くそったれめ。あいつら、まだ動いてやがるのか」

干し李を食べ終わったキーファが、立ち上がってアルスの見張るものを目にし、憎々《にくにく》しげに唸《うな》った。彼らの視線は王城の広場に向いており、そこには動かなくなった絡繰兵や人間たちに混ざって、何体もの影が不気味に蠢《うごめ》いている。

時折その単眼《たんがん》が瞬きを発したり、笛《ふえ》を吹いたような音が響くのは、彼らの会話なのだろうか。

城を舞台にした夜戦は激化《げきか》の一途《いっと》を辿り、ほんの数刻で血の臭いと、絡繰兵たちを動かしている油の臭いを城外に撒《ま》き散《ち》らした。アルスらも奮戦《ふんせん》したが敵の増援《ぞうえん》はきりがなく、敵がいったん攻撃の手を緩《ゆる》めた頃には全員、精も根も尽き果てた有様となっている。

足下でガボと二人、折り重なって眠るマリベルのあられもない姿に、キーファは顔をしかめた。

「おい、マリベル」

「寝かせといてあげなよ。どうせ朝には、嫌でも起きなきゃいけないんだ」

魔法の使用は、気力を消耗《しょうもう》する。仲間を守るために火球呪文《メラ》や、『ルカニ』と言うらしい守備力減退の呪文を連発していた少女は、すっかり疲労困憊《ひろうこんぱい》していた。

かく言うアルスもまた、回復呪文《ホイミ》や『スカラ』と呼ばれる守備力増強の呪文を何度も使っており、ぼろぼろの精神状態である。

なにしろ魔法の使い手は、数が少ない。マリベルやアルスの使える呪文はごく初歩的なものに過ぎないそうだが、それでさえ兵士の中で使うことが出来るのは、ヘインズとトラッドくらいだという。キーファの火炎斬りのような魔法剣《まほうけん》も、同様だ。

「……どうですか？」

しとやかな声が、少年たちの背後からかかった。振り返って見ると、マリー姫が供《とも》もつけずにそこに立っている。

慌てて立ち上がろうとする自分よりも年下と見える二人の少年を、彼女は手を挙《あ》げて留《とど》めた。

「気を使わないでください。今は同じく国を守ろうとしている者同士、遠慮《えんりょ》は無用です」

纏《まと》っているのは、全体的な形はすっきり瀟洒《しょうしゃ》にまとまっているものの、あちこちに強度を増す工夫がされた貴族《きぞく》の服《ふく》。腰には、蛾《が》の形をした柄《つか》が特徴的《とくちょうてき》な小刀《こがたな》。優美な容姿に似合わぬ戦《いくさ》装束《しょうぞく》に身を包んだ姫は、二人にもう一度、問いかけた。

「どうですか？　敵の様子は」

「ま、小康状態《しょうこうじょうたい》ってところですかね」

気を使うな、と言われたのをいいことに遠慮なく、ざっくばらんな口調でキーファが報告する。

暗闇の中を蠢《うごめ》く絡繰兵の群れに姫は、そら怖ろしげな視線を向けた。

「……あの絡繰兵たちには、心というものはないのでしょうか」

アルスが、頭を振る。自ら考え、行動しているように見えても、絡繰兵に心があるとは思えなかった。あるとするなら、それはきっと人とはまるでかけ離れた、異質なものだろう。

「たとえば、花を見て美しいと思う心。きらめく流れのように、澄んでいく心。……私たちにとって、心のない者ほど怖ろしい敵はいないと思うのです」

そうだろうか。

アルスは疑問に思う。兄の死に呪われたマチルダ、人の絶望を快楽だと言い切った炎の巨像、白狼への憎悪で町を滅ぼそうとした道化の魔人……皆、その心の闇ゆえに、悲劇を振り撒いた。

「ゼボットさんが言ってたっけ。真の悪は彼らじゃない、って」

己《おのれ》の言葉を否定するアルスに、怒るわけでもなく、マリーは微笑む。寂しげに。

「ゼボット様を御存知なんですか。……そうですね、あの方ならきっと、そう仰《おっしゃ》るでしょうね」

「どっちにしても、連中をどうにかしなきゃならない、ってのは確かですね」

彼女の口調になにかがあるのを感じつつ、キーファは現実的なことを口にした。彼らの眼下で、闇の中に幾つも点《とも》った赤い光点が、明滅《めいめつ》を激しくしている。

どうやら、再攻撃が近そうな気配だった。


七体目の敵を突き倒したあたりで、アルスは斃《たお》した敵の数を数えるのをやめた。きりがないだけでなく、数を重ねるほど虚《むな》しくなるだけだからだ。

最早、疲労は限界にまで達し、槍《やり》を握る手にも力が籠《こも》らなかった。仲間たちの姿も戦闘の混乱の中に消え、背後で必死に鞭《むち》を振るうマリベルと離れないようにするのが、精一杯である。

白々と明けかけた王城前の広場で、戦闘は続いていた。

「こいつらを全部、斃さないといけないの？　そんなの、無理よぉ……」

汗に流血に敵の油と、見る影もなく汚れてしまったマリベルが、初めて弱音《よわね》を吐《は》く。そこへ、また新たな絡繰兵が襲ってきた。勢い良く振り下ろされた敵の鉄槌《てっつい》を、アルスのかざした盾が、なんとか受け止める。鉄同士が激しく打ち合わされ、銅鑼《どら》のような音がした。

痺《しび》れる左腕を引く動作に合わせて、右手を突き出す。鈍《にぶ》った穂先《ほさき》ではあるが、なんとか相手の兜《かぶと》の隙間《すきま》に潜《もぐ》り込んだ。

「シカイアッカ　シカイアッカ　ソナーモード　ヘンコウ」

呪文のような言葉を吐きつつ、絡繰兵は視力の減退《げんたい》などまるで感じさせない正確さで斧《おの》を振るう。今度は、盾も間に合わない。

「ぐっ」

刃《やいば》が腕に潜り込む瞬間、アルスは咄嗟《とっさ》に横へ跳躍《ちょうやく》した。それでも斬りつけられた腕に激痛《げきつう》が走るが、そうしていなければ鎧《よろい》が頑丈《がんじょう》になっているとは言え、体ごと切断《せつだん》されていたかも知れない。

「やだっ、ちょっとアルス！　しっかりしてよ！」

血が吹き出さないよう傷口を押さえつけた手に、アルスは精神を集中した。だが、もはや消耗は限界に達し、そこに回復の魔力は注《そそ》がれない。

「駄目か……」

「そんな、アルス」

泣き出しそうに歪《ゆが》んだマリベルの顔に、いきなり鮮血が浴びせられた。それは槍《やり》を突き出したアルスの腕からしぶいたもので、そうしたのは少女の背後に先ほどの絡繰兵が迫っていたからだ。

「マリベル。ぼーっとしない」

妙に平坦《へいたん》な声で、少年が言う。

「う、うん。ごめん……ご、ごめ……」

少女の声が、哀《あわ》れなほど震《ふる》えた。アルスの腕から流れる血は止めどなく、彼の顔からはどんどん血の気が失せていく。止血だけでも、と上衣《うわぎ》の裾《そで》を引き裂いてあり合わせの包帯《ほうたい》を作り、傷口に巻きつけようとして……少女は、不意に表情《ひょうじょう》を改めた。

「マリベル？」

目を細め、少女は意識を集中する。目の前の頼りない幼馴染みが死んでしまったりしないよう、必死に祈った。そうする内に彼女がかざした、たおやかな手に、金色の光が宿った。

「あ……あはは！　やった！　やった！　あたしにも使えたっ！」

見る見る、アルスの傷が塞《ふさ》がっていく。紛《まぎ》れもない回復呪文《ホイミ》であった。手を叩いてはしゃいだマリベルだったが、そのままアルスの胸に倒れ込む。

「ど、な、マリベル？」

「勘違《かんちが》いしないでよ。今あんたに倒れられたら…あたしが困る、から、な…の……」

声を切れ切れにさせたマリベルだったが、少年の胸に手を当てて、なんとか再び顔を起こした。気力が尽き、意識を持って行かれかけたらしい。

憂鬱《ゆううつ》そうに息を吐き、マリベルは口の端から頬にかけてべっとりついた、アルスの血を拭《ぬぐ》った。

「とにかく、少しでも戦わないと……？」

ふ、と影が差す。まさかまだ絡繰兵が、と思って振り返ったマリベルだったが、先ほどの相手は動きを止めていた。影の元は、その隣《となり》である。

「よーぉ。こんなとこで、逢《あ》い引きかよぉ」

掠《かす》れがちな、低い声。その声の主は、動きを止めた絡繰兵にもたれかかる、熊《くま》のような男であった。ついさっきここに来たばかりだというのに、彼の足下は既に、血溜《ちだ》まりと化している。声もなく見つめる二人の視線の先で、ギャックはそのまま倒れた。

彼の背には絡繰兵の斧《おの》が突き刺さったままになっており、血溜まりは見る間に広がっていく。

「見ろ。足手まといのせいで、こっちの身まで危《あや》うく……」

転倒したギャックに押されたせいか、絡繰兵も、ゆっくり横倒しになった。それが地に沈む大きな音のせいで、熊男の台詞《せりふ》を最後まで聞き取ることはできない。代わりに少し遅れて、ぼたり、と棍棒《こんぼう》が落ちる音がする。それは、絡繰兵の側頭部から転がった物だった。

「ギャック。死んだの？」

返事は、ない。

「止《とど》めを、刺《さ》し損《そこ》ねてたんだ……」

アルスが、茫然と呟いた。失血で意識が飛びかけていた彼と、彼の回復に意識を集中していたマリベルは気づかなかったが、絡繰兵は動きを止めていなかったのである。

「あ、アルス！　あんた、なに外してるのよ！」

目を見開いて、マリベルが怒鳴《どな》った。

「なに、外してるのよ……！」

その目から、大粒《おおつぶ》の涙がこぼれる。

戦いは、まだ終わる気配を見せていなかった。

3

互いに支え合うようにアルスとマリベルが再び大扉の前に戻って来ると、そこにも二体の絡繰兵の姿があった。城内へ通じる最終防衛線の周囲は敵の攻撃も苛烈《かれつ》だったらしく、死屍累々《ししるいるい》の惨《むご》たらしい有様となっている。そんな中で正に今、二人の兵士が止めを刺されようとしていた。

決死の表情で駆け出そうとする二人だが、それより先に飛び出す影がある。

「コラーッ！　おまえらーっ！」

体中が傷だらけだというのに駆け寄り様、くわえた石の牙で、ガボは絡繰兵の片方に痛烈《つうれつ》な一撃を浴びせた。そのまま敵の胸板を蹴り少年が跳躍すると、そうして出来た空間に新たな影が飛び込む。

「余所様《よそ》の庭で、好き勝手やってんじゃねえぞ！」

キーファの鉄の斧が炎を帯び、姿勢を崩していた絡繰兵の体を、飴《あめ》のように引き裂いた。彼の、鉄の盾がくくりつけられた左腕の方は、だらりと下がっている。どうやら骨折でもしているらしい。キーファも、着地したガボも、満身創痍《まんしんそうい》の様子だった。

もう一体の絡繰兵が、目の前の瀕死《ひんし》の兵士を無視し、二人へ向き直る。そこへ、アルスたちも駆けつけた。キーファが不敵《ふてき》に笑いかけ、自分の折れた左腕を示す。

「よぉ、無事だったか。ホイミしてくれホイミ」

「残念、品切れ中よ」

「ちぇっ。仕方ねえ、こいつ斃《たお》してから、ヘインズさんに治してもらうか……行くぞっ！」

鉄の槍《やり》が突き込まれ、石の牙《きば》が引き裂いた。茨《いばら》の鞭《むち》が打ち据《す》え、鉄の斧が断《た》ち割る。大扉前における最後の絡繰兵が、派手な音と共に倒れた。

「大丈夫？」

荒い息を吐きながら、倒れていた兵士にアルスが呼びかける。

先ほどの渾身《こんしん》の一撃《いちげき》で最早、握力《あくりょく》はほとんどなくなっていた。だが、兵士は呼びかけに答えず、前方、つまりはアルスの背後の方を指差す。振り返ったアルスの顔に、絶望が浮かんだ。

「くそっ、新手《あらて》かよっ」

キーファが呻《うめ》く。既に動ける兵士のいなくなった広場を、十数体の絡繰兵が悠然《ゆうぜん》と進んで来た。

「ど、どうしようアルス」

かすかに怯《おび》えさえ見せるガボに、アルスは迷う。他の兵士たちが現れる気配はなく、フォロッド王やマリー姫も、どこへ行ったのかわからない。

死力を尽くしてきた。それでも、どうにもならないのだ。父の言葉が、アルスの脳裏《のうり》に浮かぶ。

『ただし、決して無理をしては駄目だぞ。危険だと思ったら逃げることも、一つの勇気だ』

もう、無理や危険どころの話ではなかった。逃げて確実に逃げ切れる、というものでもないが、少なくとも大扉の前で立ち向かうよりは目があるだろう。

自分たちの肩には、フォロッド国の未来がかかっている。だが、元々は縁《えん》も縁《ゆかり》もない国の未来だ。自分だけならともかく、仲間までも危険に晒《さら》す謂《いわ》れはない。

震える手を、持ち上げた。じん、と痺《しび》れていて、槍を握るのもおぼつかない。

「逃げ……」

呟いたアルスの言葉に、仲間たちは驚いた顔を向ける。だが三人も、自分たちの限界を把握《はあく》していた。ここはいったん退き、後の再起《さいき》に賭《か》けるという考えもあるだろう。死にさえしなければ、後の幸運を掴む機会も生まれてくる。だが。

「……ないっ！」

重い盾を放り捨て、兜も脱いだ。そしてアルスは、両手で槍を構える。

「逃げない！　もう嫌なんだ、人が死ぬのは！」

たった一日で、本当に多くの人が死んだ。好い町と好い人々を、守れなかった。今もまだ見えない所では、戦い、斃れていく兵士がいるかも知れない。

軽過ぎだ。命は、そんなに軽くて良いはずがない。こんなに悲しくて、良いはずがない。

「みんなは……」

「こりゃ、ちょっと厳しいぜっ」

逃げてくれ。そう言うより先に斧を持ち上げ、キーファが一歩、進み出た。ぐるぐるぐる……と唸《うな》りながら、ガボが姿勢を低くする。鞭《むち》を鳴らし、マリベルは幼馴染みを一瞥《いちべつ》した。

「……くるわよ」

怒っているようにも見える少女は、もう視線を絡繰兵にだけ据《す》えている。アルスも、意識を敵へと集中させた。

ところが。

「!? なんだ、この音っ？」

ガボが、唐突《とうとつ》に耳を押さえた。少し遅れて、アルスたちも気づく。

ひどく低い、奇妙な音が周囲に響き渡っていた。人間の耳にはかすかな唸《うな》りとしか聞こえないのだが、ガボは顔をしかめて嫌そうにしている。そして、絡繰兵たちは。

「うわー、うるさいぞー！　こいつらも、この音キライなのか？」

ガボが眉をひそめて見つめる先で、絡繰兵たちは出鱈目《でたらめ》な動きを繰り返していた。ただその場で足踏《あしぶ》みを繰り返したり、仲間同士で戦い始めたり、まるで統制《とうせい》が取れていない。

「壊《こわ》れたのか……？」

一つ確実なのは、絡繰兵たちが人間に対し、なにもしようとしていないことだ。狂気《きょうき》に囚《とら》われたというよりも、狂った命令を与えられて困惑《こんわく》している、という風情である。

「……絡繰兵は何者かに特別な音で操《あやつ》られている、とわかったんでね。ちょっとこいつを使ってその音をいじってみたんだが、どうやら上手くいったようだ」

淡々《たんたん》と、冷静な声が届く。城の兵たちが命懸けで守った道を悠々《ゆうゆう》、ゼボットが歩いて来ていた。その後ろに、まるで従者のごとく付き従う絡繰兵がいる。周囲に響き渡る低い唸《うな》りは、武器も持たないその絡繰兵から発されていた。茫然と、キーファがその絡繰兵を指差す。

「ゼボットさん……そいつは？」

「ああ。紹介しよう、エリーだよ」

表情一つ変えず、ゼボットは傍《かたわ》らに立った絡繰兵の表面を撫《な》でさすった。

「ボウガイオン　ハッシンチュウ　シュツリョク　ハチジュッぱーせんと」

無機的な声が、絡繰兵たちを狂わせる唸りに混じる。

「トラッドに絡繰兵を一つ捕《つか》まえさせてね。色々解析《かいせき》した結果、こいつを……エリーを、ぼくのものにすることができたんだ」

「エリーって……それって、あなたが研究所で作ってた人形じゃなかったの？」

「ふん。あんなものは、ただのガラクタだ。こいつこそ、ぼくのエリーさ」

聞けば、トラッドは絡繰兵を無傷で捕らえるために負傷したので、研究所に置いて来たのだと言う。よくよく見ると、ゼボットの切れ長な目の周《まわ》りには、濃い隈《くま》が浮かんでいた。おそらく徹《てつ》夜《や》で作業を済《す》ませ、ここまでやって来たのだろう。

それでも、もう少し早く来てくれていれば、と思ってしまう。

同士討ちを始めた敵を最初は茫然と見ていた兵士たちであったが、今が好機と絡繰兵たちに襲いかかり始めた。それを一瞥《いちべつ》し、ゼボットは舌打《したう》ち混じりに呟《つぶや》く。

「ちっ。馬鹿兵士どもめ、壊《こわ》し過ぎるなよ。どうやらまた、たくさんの仲間が作れそうだからな」

途中から彼の口調は、エリーと呼ぶ絡繰兵に向けられたものに変わった。大人しくその場で命令の音を発し続けるエリーを、うそ寒そうにキーファは見上げる。

「なあ。こいつは暴れ出したりしないよな」

「こいつの思考回路《しこうかいろ》から、破壊《はかい》の言葉を全て取り除いた。もう、エリーは人を襲《おそ》うことはない。自由になったんだ」

そんなゼボットの説明も、アルスの耳には半分も届かなかった。ようやく訪れた安堵《あんど》の時間に全身の力が抜け、気が遠くなる。

苦い後悔《こうかい》が、暗くなる意識の片隅《かたすみ》をかすめた。


アルスが目を開けると、すぐ前にマリベルの寝顔があった。驚いてしばらく固まっていたが、

「ん……」

と可愛い呻きが聞こえたので、慌てて跳《は》ね起きる。上半身だけ起こして見回すと、見覚えのない部屋の、大きな寝台の上だった。鎧《よろい》や靴《くつ》などを脱がされただけで、寝かされたらしい。

一方のマリベルは、すとんとした寝間着姿《ねまきすがた》で、くるまった掛布は半分ばかり寝台の向こうへ落ちていた。どうやら風呂も済ませたようで、先日来の汚れは全く見受けられない。

「起きたか、アルス」

部屋の隅の椅子に座って、本を読んでいたキーファが、友人の目覚めに気づいて顔を上げた。彼も着替えを済ませており、それはマリー姫も着用していた貴族の服だ。男性用のそれは、より戦闘用という印象が強い。

「ああ、これか？　マリーさんに貰《もら》ったんだよ。オレの鎧《よろい》、ボロボロになっちまったんでな」

キーファの説明によると、裏地が鎖帷子《くさりかたびら》になっており、防具としても有用なのだという。

「そうだ！　結局、どうなったの？　絡繰兵は？　トラッドさんは？　キーファの腕は？」

「待て待て、順番に話すから。……ああ、腕はこのとおり、ヘインズさんに治してもらった」

そう言って左腕を大きく回して見せ、それからキーファは語り始める。

城に来襲した絡繰兵団は、ゼボットが改造《かいぞう》した絡繰兵エリーによって、完全に無力化《むりょくか》された。

問題は、今までの鬱憤《うっぷん》を晴らすかのように攻撃を行った兵士たちのせいで、同じように改造して使用できる絡繰兵が皆無《かいむ》になってしまったくらいらしい。

その兵士たちは半分近くが激戦の中で斃《たお》れ、フォロッド王も重体に陥《おちい》り、トラッドも動かせる状態ではなかった。しかし生きてさえいれば、回復呪文《ホイミ》で如何様《いかよう》にもできる。

「王もトラッドさんも、今はぴんしゃんしてるよ」

なにはともあれゼボットによって、絡繰兵に対する切り札が手に入った。トラッドはこれを好機と、絡繰兵団の本拠地に乗り込む腹《はら》づもりらしい。

「とは言えエリーの調整《ちょうせい》やら、城の修理の見積もりやら、色々あるからな。行動は一晩明けてから、ということになったのさ」

「明日？」

「いや、今日だ。おまえ丸一日、寝てたんだぜ？」

グラナリ語録《ごろく》、と箔押《はくお》しがされた本を閉じ、立ち上がったキーファがその本を椅子の上に置いた。そうして回り込んだ寝台の向こうから、ガボをつまみ上げる。眠る三人にまとめ掛けられた大きな掛布の内、アルスの分を奪《うば》った犯人だった。

少年をマリベルの横に寝かせ、これで今日三度目だよ、とキーファが笑う。

「絡繰兵の拠点《きょてん》に潜り込むにせよ、入れ違いに敵が来るかも知れない。だから潜入作戦は最小限度の人数で……ってことになった。つまりはゼボットさんとトラッドさん、それにオレたちさ」

ぼんやりした顔つきのアルスに、彼は大丈夫かよ、と苦笑した。

「絡繰兵の動きさえ止まってくれれば、拠点に入り込むのも楽だろう。そして、親玉をやっつける。腕が鳴るよな、アルス！」

じんわりアルスの胸に湧いて来たのは、フォーリッシュでの静かな決意。眠る前の、苦い後悔《こうかい》。

「……約束、したもんね」

「ああ。仇《かたき》はとってやらないとな」

小気味良い音を立て、キーファは掌《てのひら》に拳《こぶし》をぶつける。

「無理よ！」

それに合わせるかのように、マリベルが声を上げた。ぎょっとなって少女を見ると彼女は目を閉じたまま、むにゃむにゃ、となにか言っている。

「……なぜならゼボットさんは若禿《わかは》げなんですもん……」

少年二人が耳をマリベルの口元に近づけると、そんな寝言が聞こえてきた。

4

夜も明け切らぬ朝の内に、一行は城を出た。中途でフォーリッシュに立ち寄って軽く食事を済ませ、更に東へと進む。

「絡繰兵はいったい誰がどうやって作ったのか、知ってるか？」

紛らわしさをなくすため橙《だいだい》と金色《きんいろ》を基調《きちょう》とした色に塗《ぬ》り直されたエリー、その腕に乗って楽をしているゼボットが、徒歩で進む一同に問いかける。

「わかんねえぞ！」

「おまえにわかるものか。まあ、こいつはとても人間なんかに作れる代物《しろもの》じゃない。おそらく、魔の力を持つ者が、作ったんだろうな」

何故《なぜ》か自慢《じまん》げにゼボットは笑い、しかしすぐまた冷淡《れいたん》な表情を浮かべると、大袈裟《おおげさ》に嘆息《たんそく》した。

「だからこそ全てを壊し、人を襲《おそ》う……そんな命令が、下されていたんだ。本当に哀れで可哀想《かわいそう》なのは、こいつらさ。この国の人間たちじゃない」

彼のそういった物言いに慣れているのか、一同の先頭を行くトラッドはなにも言わない。しかし、マリベルはそうもいかなかった。

「絡繰兵が魔物の仲間なんて、とっくにわかっていることじゃない。あいつらのせいで、何人も人が苦しんでいるのよ。可哀想なんかじゃないわ！」

「ふん……。人間はどうせ、いつか死ぬ。いま死んでも、いつ死んでも同じさ」

どこまでも冷静に言う彼の口調は、人間を不完全な絡繰、とでも考えているように聞こえる。

底冷えした声で、マリベルは吐《は》き捨《す》てた。

「そんなに人間が嫌いなら、いっそ自分を絡繰にしちゃえばいいんだわ」

「それが出来たなら、最初から苦労はしない」

まるで、実際に試そうとしたことがあるかのような回答である。さすがに呆れ果て、少女もそれ以上の言葉を費《つい》やすことの虚《むな》しさを悟《さと》った。

そもそもキーファなど、最初から会話に加わる様子すら見せていない。彼は仲間たちほど長くは寝ておらず、既《すで》に似たような議論を経験済《けいけんず》みだったからだ。

小難しい話をそれでも理解しようと努力しながら、ガボは首をひねる。

「おっちゃんの話がホントなら、もしかしたら、からくり兵っていいヤツかも知れないぞ。アルスはそう思わないか？　オイラだけなのかな？」

問われたアルスは、困ったような顔で昼下がりの空を見上げた。そろそろ、本拠地も近い。

「そうだなあ……ねえ、ガボ。キーファのあの斧は、元々は絡繰兵のものだよね？」

「おうっ」

唐突に自分の武器を喩《たと》えに出され、キーファは興味深げにアルスの次の言葉を待った。

「ひょっとしたら、絡繰兵の手にあった時のあの斧は、ひどいことに使われたかも知れない。じゃあ、悪いのは、斧かな？」

ガボを除いた仲間たちが彼を見る。ゼボットだけは口の端に嫌味《いやみ》な笑みを浮かべ、肝心《かんじん》のガボは、きょとんとした顔をした。

「なに言ってるんだ。悪いのは、そんなひどいことに斧を使った、からくり兵だぞ」

「そういうことさ。絡繰兵は所詮《しょせん》、ただの道具なんだ。良いも悪いもないって、僕は思うよ」

無論、人の心がそう簡単に、割り切れるはずはない。だが割り切れないからこそ、時に一途な想いを生むこともあるのだ。全てを理詰《りづ》めで割り切っては、それこそ絡繰兵と変わらない。

やっぱりアルスはすげえなあ、とガボは、わかっているのかいないのか微妙な返事をした。


何百体、何千体という絡繰兵がひしめき合う台地に穿《うが》たれた穴。その内部はわけのわからない装置で埋め尽くされ、奇妙な明かりで照らされた、石と鉄の住居だった。

絡繰兵が行き来するためか通路も部屋も広く、また生活感に乏《とぼ》しくて全体的に油臭い。とどのつまりそこは、機械工場《きかいこうじょう》であるのだが、そんなことはアルスたちにわかるはずもなかった。

「貴様たち、どうやって此処《ここ》へやって来たのだぁ？」

重要なのは、その最深部《さいしんぶ》において、驚いた声を上げる一人の男だ。

「まさか、あれだけの数のマシン兵たちを、全て斃《たお》したというのかぁ？」

妙な抑揚《よくよう》の大声で言って、男は棘《とげ》つき鉄球《てっきゅう》に繋《つな》いだ鎖《くさり》を、振り回す。鉄仮面《てっかめん》の左右から覗《のぞ》く耳は長く尖り、頑丈そうな法衣《ほうい》から覗く肌は、緑色《みどりいろ》をしていた。

「その、まさかよ」

「ぐぐぅ……魔界で最強のマシンマスターと呼ばれた、この儂の兵団が、こんな小僧どもに蹴散らされるとはぁ！」

平然と放たれたマリベルの嘘を、マシンマスターと名乗った男は信じたようである。真実は、エリーが例の妨害音《ぼうがいおん》を最大出力で放射《ほうしゃ》し、絡繰兵たちを軒並《のきな》み狂わせているお陰《かげ》だ。

エリーを操作するゼボットと彼を護衛《ごえい》するトラッドを残し、アルスたちは悠々《ゆうゆう》進入し、余裕を持ってマシンマスターの待ち受ける広間にまで辿り着いた。通路を除いた壁という壁は機械で埋め尽くされ、天井には幾つもの鉄塊《てっかい》が鎖《くさり》で下げられている。

床は中央部と周辺部を除いて掘り下げられ、そこには透明《とうめい》な水が満たされていた。

「……お前が、絡繰兵を操っているのか？」

アルスの静かな問いに、マシンマスターは誇《ほこ》らしげに胸を反らせる。

「そうとも、魔王様より預かったマシン兵団で、人間を恐怖のどん底に叩き落とすためになぁ！」

「そうか……」

少年たちの静かな怒りに気づかず、胴間声《どうまごえ》で語り続けるマシンマスター。

「この地の人間のごとく無力な生き物、儂のマシン兵団の戦力を計るにはいささか物足りぬものであったが、貴様らのような強者がいるなら話は別だぁ！　かくなる上は……」

聞き苦しい自慢《じまん》の語りを、アルスはそれ以上、耳にしようとしなかった。唐突に鉄の槍を、肩に担ぐようにして振りかぶると、勢いをつけて投げつける。

風を切って飛翔した鉄の槍は、咄嗟に身構えようとしたマシンマスターの胸を瞬時《しゅんじ》に貫《つらぬ》いた。

「なっ⁉」

槍の勢いに押されて倒れかかる所へ、斧を構えたキーファと石の牙をくわえたガボが突進する。

素早い集中から解き放たれたマリベルの減退呪文《ルカニ》が効果を現した瞬間、二人の攻撃が左右から
マシンマスターを斬《き》り裂《さ》いた。

「ま……まさかぁっ……！」

愕然《がくぜん》とした声と共に、マシンマスターは呆気なく倒れる。その胸に刺さった鉄の槍を無造作に
引き抜き、キーファが冷たい一瞥をくれた。

「ありがとよ、油断してくれて」

「くっ……くくくっ……よもやこんな形で、儂の計画が失敗するとはぁっ……」

キーファから鉄の槍《やり》を受け取り、アルスが止めを刺すべくそれを振り上げる。今回ばかりは、
相手に情け容赦《ようしゃ》をかける気は一切なかった。

だが、血の泡を吹きながら、マシンマスターは歯を剥き出して笑う。

「こうなれば、もうどうにでもなれ。この大陸ごと消し飛ぼうと、儂の知ったことではないわぁ」

ガラガラガラガラ……

鎖が回転する音が、頭上から響いてきた。見れば、天井から下がった鉄塊《てっかい》の中で、最も巨大な
物がゆっくりと降下して来ている。堀を満たす水も、びりびり震えた。

「来たれぇ、最強のマシン兵よぉ！ 死機兵《デスマシーン》よぉ！ 魔王様の命令など知ったことかぁ！ 人間
どもなど、全て滅びてしまうが良いわぁっ！ わはははははあっ‼」

半ばで鎖《くさり》が外れ、やにわに鉄塊が落下する。飛び離れたアルスたちの眼前で、轟音《ごうおん》と共に鉄塊が着地した。それは両手に剣を構えた絡繰兵で、通常の絡繰兵の倍以上の大きさを持っている。胴体は牙《きば》を剥《む》き出す魔物の顔をしており、両肩と両膝そして頭には丸い突起《とっき》がついていた。

轟《ごう》、と魔物の顔が吠える。死機兵は、押し潰《つぶ》したマシンマスターの死体を踏《ふ》みにじりながら、ゆっくりと前進した。

「うわっ、すっげえこわい顔してっぞ、このからくり兵！」

ガボの仰天声《ぎょうてんごえ》を聞きながら、一同は武器を構える。

出し抜けに、死機兵が脚を動かさぬまま接近してきた。どうやら足の裏に車輪《しゃりん》でもついているらしい。標的となったアルスがの槍に刺されるのも構わず、死機兵は両手の剣を鋭く振るった。

「くっ⁉」

盾一つではさばき切れず、血の線を引きながらアルスが吹っ飛ばされる。堀に落ちそうになる所を、慌てて踏ん張って堪《た》えた。

今の重装備で水の中に落ちたら、いくら泳ぎが得意でも浮かび上がる自信はない。

「こ、こいつは、ちょっと今までの絡繰兵とは違いそうね……」

声を震わせながら、マリベルが鞭を構えた。

怒りに任せての不意討ちでマシンマスターを斃せたので、誰も消耗はしていない。しかし彼女の言うとおり、死機兵は他の絡繰兵とは、格が違うように見えた。

「くそっ、こんな隠し玉がいやがったとはな……いけそうか？　アルス⁉」

「なんとかね」

魔法で傷を癒しながら、少年が答える。まるでそれを否定してのけるように、がしゃん！　と音を立てて死機兵が変形した。

ぎょっとする一同の目前で死機兵の手足が折れて頭部が背後に曲がり、胴体の魔物の顔だけが前面を向いた形状に変わる。魔物の口が大きく開いて、そこから轟然《ごうぜん》と火の息が吐き出された。

「うあっ」

熱風が吹き抜け、体力がごっそり奪われる。

アルス、マリベルがそれぞれの魔法に集中し出す一方で、キーファとガボはそれぞれの武器で打ちかかった。だが、再び変形し元の姿に戻った死機兵は、彼らの攻撃を易々と受け止める。それどころか左右の腕を別々に振るい、二人に斬りかかってきた。

「いってぇえっ！」

なんとか盾で受け止めたキーファと違い、ガボは胸を深く切り裂かれてしまう。そこへ、アルスの防護呪文《スカラ》とマリベルの回復呪文《ホイミ》が次々に飛んだ。

「ガボ、下がれっ」

「なんでだ⁉　オイラ大丈夫だぞっ」

「下がんなさい、ガボ！　そいつは、あんたの手に負える相手じゃないわ！」

いくら素早く力が強いと言っても、ガボの場合とにかく装備が貧弱《ひんじゃく》過《す》ぎる。隙《すき》を突いて攻撃することこそ彼の本分であり、前線に立つのは装備のしっかりしたアルスやキーファの役目だった。

悔《くや》しさに唇を噛《か》もうとして、くわえた石の牙に邪魔《じゃま》される。既に多くの戦いを経《へ》て、その牙はぼろぼろだ。

出立を前に鉄の斧を持って行け、盾も装備して行け、と言われていたのだがガボは固辞《こじ》した。四つ足を駆使して跳び回り、牙《きば》で撃《う》つ。狼《おおかみ》としてのその戦い方を捨てることは、彼にとって矜持《きょうじ》を捨てることに等しかった。幼くとも、人間の姿であっても、内なる狼を否定したくない。

誇りを捨てるくらいなら、命を捨てる。それこそが狼の誉《ほま》れ。だが、己が無力で仲間を守れないことは、狼にとって最大の恥《はじ》なのだ。矛盾する気持ちに、ガボは悩んだ。

「ガボ？」

死機兵の猛攻《もうこう》をアルスと二人で防いでいたキーファは、背後の少年が突然に動きを止めたことに気づく。一応マリベルを守るような位置に立ちはしているものの、その顔は放心したようにあらぬ方を向いていた。

（放心？）

違う。彼のその表情に、キーファは見覚えがあった。

アルスやマリベルも、かつて同じような表情を浮かべたことがある。自分の裡《うら》の深い所と会話をしているような、遥《はる》か遠く深い場所を覗き込む表情。心の声に、耳を澄《す》ましているのだ。

オォ……ン

遠く、咆哮《ほうこう》が響いた。唐突《とうとつ》にガボの周りを、幾つもの金色の光が巡《めぐ》る。一対ずつのそれらが眼となって輝き、そこから白く半透明な影が現れた。

まるで気圧《けお》されたように、死機兵が動きを止める。好機であったが、アルスらもまた、茫然《ぼうぜん》とガボとその周囲の影を見つめていた。

何体もの白い狼が、金色の眼を輝かせて彼を取り巻く。ガボもまた、同じ色の瞳を閃《ひらめ》かした。

「……かみつけっ！」

そう言う彼が睨《にら》む先、死機兵に向かって、白狼たちが次々に突進して行った。たとえ剣で斬られても姿を揺らめかすだけで、命令どおりに噛《か》みついては消えていく。

「アルス、キーファ！　いまだぞっ！」

はっ、となって二人は死機兵に向き直った。あれほど強固《きょうこ》だった敵の体に、揺らぎのようなものが見える。

アルスが槍《やり》を突き出し、魔物の顔の一方の眼を潰《つぶ》した。キーファが、全身に気合いを込める。

マリベルが減退呪文《ルカニ》を放った。再び白狼たちが現れて一斉に跳《と》びかかり、よってたかって死機兵の腕を噛《か》みちぎる。アルスの再度の攻撃が、魔物の顔のもう一方の眼も潰した。そして。

「おぉおぉおっ！」

ため込んだ気合いを爆発させ、キーファが火炎斬りを放った。袈裟懸《けさが》けに、魔物の顔が灼《や》き裂かれる。

二本の剣が転がり、マシンマスターの残した鉄球《てっきゅう》にぶつかった。

「ダメージこんとろーる　フノウ。　キノウ　テイシ……」

無機質《むきしつ》な声。そして、死機兵の体に走った傷から光が漏《も》れ出し、全身が震え出した。

「やばいっ！　飛び込めっ！」

敵の末期《まつご》を見つめていた一同は、キーファの声で我に返り、慌てて武器や盾を放り捨てて次々に堀《ほり》の水に飛び込む。

沈んでいく体のずっと上の方で、凄《すさ》まじい爆音《ばくおん》がした。


しん、と静まり返った広間に、水音が三つ。

「ふぇえ、めちゃくちゃになってるぞ！」

吹き荒れた爆風《ばくふう》の凄《すさ》まじさを物語るように、広間はひどい有様となっていた。天井と壁はあらかた吹き飛び、無数にあった機械たちも瓦礫《がいき》と区別がつかない。巻き添《ぞ》えを食ったらしい絡繰兵が、幾つも転がっていた。

「……まあ、なんとかカタがついたわね」

ずぶ濡《ぬ》れの体を床の上に引き上げて、マリベルは息《いき》を吐《は》く。アッシュやギャック、その他、死んでしまった様々な人々を思い出した。

「おっちゃんたち、大丈夫かな？」

犬かきで堀《ほり》を泳ぎ切ったガボが、少し心配そうに頭上を見上げる。爆発は上層部にも及び、かすかに空さえ覗《のぞ》いていた。

「ゼボットさんだけじゃ不安だけど、トラッドさんがついてるからな。まあ、大丈夫だろ」

そう言って床に立ち上がったキーファは、垂れ下がった髪を撫で上げる。まるでその言葉を証《しょう》明《めい》するように、トラッドの呼び声が聞こえてきた。走って来る彼の後ろには、エリーを従《したが》えたゼボットもいる。彼は広間の惨状《さんじょう》を見るなり、目を剥《む》いて瓦礫の山に向かった。

呆れ顔でそんなゼボットを見やってから、トラッドは頼もしげに三人を見やる。

「先ほどの爆発を見て、もしやと思ったが……いや、さすがだ！　こうも見事に敵の親玉を斃《たお》してしまうとは、なんという強さよ」

いやあ、と照れ入るキーファに、あたりを見回したトラッドは尋ねた。

「して、アルスは？」

沈黙が、三人の間に広がる。一行の中で最も泳ぎの上手いアルスの心配など、誰もしていなかった。だが、今の彼は四人の中で最も、重装備《じゅうそうび》に身を包んでいる。

彼らは大慌てで、再び堀の水に飛び込んでいった。

第9章　永遠のエリー

1

まだ半分、水死人のような顔で、アルスは荒い呼吸を繰り返した。

「傷ついた幼馴染みを優しく回復してあげるあたしって、まるで女神《めがみ》のようだと思わない？」

誤魔化《ごまか》しの笑みを浮かべながら、マリベルは回復呪文《ホイミ》を使う。仲間の治療《ちりょう》を優先していたため傷だらけだった彼の体が、ゆっくり癒《いや》されていった。

「まさかこんなことで、潜水《せんすい》の記録更新に挑戦する羽目《はめ》になるなんて、思わなかったよ」

自分自身に呆《あき》れているアルスが、ようやく静まり出した息の中で答える。せめて兜《かぶと》を脱《ぬ》ぐなり堀の縁《ふち》を摑《つか》むなりしていれば良かったものを、普段フィッシュベルで海遊びをするような勢いで遠くまで跳《と》んでしまったことが、溺《おぼ》れかかった要因だった。

「……まあ、ともかく礼を言うぞ。これでこの国から、絡繰兵の恐怖は消え去ったのだ」

長く辛《つら》い戦いの終わりを感じ、トラッドは万感《ばんかん》の思いを込めて言う。ガボが、明るく叫んだ。

「ウガー！　オイラたち勝ったぞー！」

うむ、とトラッドがうなずく。それから彼は、瓦礫《がれき》か絡繰兵《からくり》の残骸《ざんがい》かもわからない物を調べているゼボットを呼んだ。面倒そうに戻って来た彼は、自分がいたあたりを見やり、肩をすくめる。

「修理用《しゅうりよう》の道具だけ。あの絡繰兵たちは、ここで作られていたわけではないようだ」

「やっぱり、この世界で作られたモノじゃないってこと？」

不審げなマリベルの問いに、ゼボットは事もなげにうなずいた。

少年たちは、顔を見合わせる。脳裏《のうり》に浮かぶのは、先ほど斃《たお》したマシンマスターの言葉だ。

「魔王《まおう》……か」

禍々《まがまが》しい響きを持つ名を呟き、アルスは唇を噛《か》む。確認できなかったが、それこそが様々な世界に闇を落としている存在の名であろう。

そんな少年たちの様子に眉《まゆ》をひそめつつ、ゼボットが、淡々としたまま続ける。

「おまえたち、強いんだな。人間がそこまで強くなれるなんて、知らなかったよ」

直接に戦いを見ていたわけではないが、爆発の規模や残骸の様子から、彼には敵の強さが類推《るいすい》できたのだろうか。平坦なゼボットの口調からは、窺《うかが》い知れない。

「もっとも、ぼくには真似《まね》できそうもないし、する気もないがね」

まるで規格外《きかくがい》の製品を語るように、そんな台詞を続けられてはもう、アルスたちは苦笑する他なかった。馴染んでしまえば彼の偏屈《へんくつ》ぶりも、それほど鼻につくものではない。ゼボットがいなければ今回の勝利がなかったのは、確かなのだ。

咳払《せきばら》いをして、トラッドは一同を見回した。

「さあ。この喜びを皆に伝えるため、城へ戻るとしよう」

「はい！」

アルスがうなずき、一行はその場を後にする。

「やれやれ。ほんとに長い戦いだったわね」

濡れた髪をかき上げ、マリベルがぼやいた。


フォロッド城は、大いなる喜びに包まれていた。皆が弾《はじ》けんばかりの笑顔で口々にアルスらを褒《ほ》め称《たた》え、王は感極《かんきわ》まった様子で一同と、全ての国民に平和を宣言する。

失ったものを取り戻すことはできない、その切なさを噛《か》みしめながらも、今だけは久しく訪れなかった平和に酔《よ》いしれたかった。そのために人々は、必死に戦って、生き抜いてきたのだから。

飲み、食い、歌い、踊る。そんな宴《うたげ》の騒動の中、アルスたちは黙って城を去ろうとするゼボットとエリーに気づいた。それを追った、マリー姫の姿も。

「そうですか。この絡繰兵に、姉様《ねえさま》の名を……」

城外の木立を抜ける二人と一体に追いついた彼らだったが、どうにも声をかけづらい二人の雰《ふん》囲気《いき》に、趣味が悪いと思いつつ手近な木の陰に潜む。

「いいんだぞ、笑っても。おまえが笑っても、ぼくは気にしない」

鈍色《にびいろ》の空の下、夕暮れ時の木立を行きながら、王族を『おまえ』呼ばわりするゼボット。その口調も表情も、平素《へいそ》と変わらなかった。

「いいえ。……姉様のこと、まだ許していただけないのですね」

一方のマリーは今はもう戦装束《いくさしょうぞく》を脱《ぬ》ぎ、優雅《ゆうが》な礼服《れいふく》に身を包んでいる。上品な彼女の美貌《びぼう》に似合った、落ち着いた色合いの装《よそお》い。しかしその二の腕部分には死者を悼《いた》むことを現す黒布《くろぬの》が止められており、彼女の表情も寂しげである。

「あれは、事故だったのですよ？　姉様だって、あなたを置いて一人で行くなんて……」

「わかっているさ。でも、ぼくはエリーを許せない」

およそ初めて、ゼボットが表情を動かすのをアルスたちは目撃《もくげき》した。

「ぼくを置いて逝《い》ってしまうなんて、許せるわけが、ない」

それは怒りと悲しみ、そして愛おしさの綯《な》い混《ま》ぜになった、悔《く》やみの表情。

「だから、絡繰人形で自分を慰《なぐさ》めているのですね？」

冷たい、まるで侮蔑《ぶべつ》するような声で、マリーが聞く。だが彼女の表情にはゼボットと同じものが、より強く現れていた。今にも泣き出しそうなほどに。

「そうさ！　彼女は死なない。永遠にだ」

表情を一転させて、ゼボットは笑って見せる。張りつけたような、空虚な笑みだった。

「……まずいもの、見ちまったな」

気づかれないように小声で、キーファが囁《ささや》きかけてくる。

宴《うたげ》の中、強くもない酒を呷《あお》って酔っ払ったヘインズが、聞いてもいないのにエリーのことを教えてくれた。絡繰兵ではなく、フォロッド王の娘でありマリーの姉である女性のことを。

よく笑う、男勝《おとこまさ》りの明るい女性だった。兵士の家系に生まれながら学問に惹《ひ》かれ、周囲から疎《そ》外《がい》されていたゼボットにも、気さくに声をかけていたという。時に親しく手紙を交わしている様子も目撃されており、某《なにがし》かの交流があったのは確かなようだ。

しかし、ある日のこと。当時は一兵卒《いっぺいそつ》だったトラッド他の侍従と共に狩りに出たエリーは、そこで死んだ。目の前に飛び出した兎《うさぎ》に驚いた馬に、振り落とされたのだ。ゼボットはそれから心を塞《ふさ》ぎ、怪しげな研究に没頭するようになったのである。兄であるトラッドの声も、もはや届かなかった。

「よくある話よ。世の中の恋愛話《れんあいばなし》は八割が悲劇《ひげき》、って相場《そうば》が決まってるんだから」

そう囁《ささや》き返すマリベルの顔つきは、台詞《せりふ》に反して切なげだ。

闇の力の侵攻により、大勢の人々が死んだ。それに比べればエリー姫の死はただ不幸な偶然《ぐうぜん》によるもので、ゼボットの悲嘆《ひたん》もたった一人だけのものだ。

けれど、愛する者を亡くした痛みに、多寡《たか》は関係ない。運命はいつも無惨《むざん》に人の絆《きずな》を断ち切り、時は常にその事実を押し流してしまう。誰が悪かったわけでもない。ただ、不幸だっただけ。

「もう行くぞ、エリー。それでは姫様、ごきげんよう」

そっけない口調で言って、ゼボットはマリーに背を向けた。彼女の姉の名をつけられた絡繰兵が、空を見上げて手をかざしている。

「ユキ……シロイ　ユキ。キレイ……」

いつしか、雪が舞《ま》い落ち始めていた。

翌日、城を発ったアルスたちは、銀色に化粧《けしょう》をしたフォーリッシュへ赴《おもむ》いた。まだあちこちに絡繰兵の残骸《ざんがい》や瓦礫《がれき》が転がっている様子だったが、それらも皆、雪に覆い隠されている。まるで、町の人々にしばし悲劇を忘れさせるかのように。

「おう、あんたたちか」

見覚えのある兵士、少年兵アッシュの同僚だった男が、軽く手を挙げる。もう昼前だというのに町は静まり返っており、彼くらいしか人の姿は見えなかった。

こんな寒い中で庭を駆け回るのは犬とガボくらいね、とマリベルがぼやく。

「お陰さんで昨日からこっち、絡繰どもは見かけないよ。どうやら本当に、手柄《てがら》はあんたたちにとられちまったみたいだな」

寒そうに手をこすり合わせながら、兵士は穏やかに笑った。

「だけどおれは、諦めないぜ。兵士長になる、ってアッシュとの約束は、必ず果たして見せるさ」

「トラッドさんを追い抜くのは、なかなか大変なんじゃない？」

からかうように聞くマリベルに彼は、そうなんだよなあ、とぼやく。そんな彼に手を振って防壁の入口である教会へ赴《おもむ》くと、朝の祈りをしていた神父が顔を上げた。

幾分か血色の良さを取り戻した彼は、これから合同葬儀《ごうどうそうぎ》です、と寂《さび》しげに語る。

「ねえちゃんや町の人たち、ゆっくり眠《ねむ》れるといいな」

ガボがそう言うと、神父はうなずいた。

「あなたがたのおかげです。きっと安らかに眠れることでしょう」

それから彼らが降りていった広間では、昨日の内に避難先《ひなんさき》のフォロッド城から戻った人々が、気怠《けだる》げな動作で支度《したく》をしている。

ここ数日の疲れと悲しみとが、彼らから活力を奪《うば》っている様子だった。

「この国の未来は、いったいどうなって行くんだろうな……」

心配げに、キーファが呟《つぶや》く。兵士の一人に勧められ、彼らはここで昼食を摂《と》っていくことにした。賄《まかな》いの婦人に暖かい食事を貰《もら》い、盆を抱えて食卓に着くと、相席《あいせき》の女の子が顔を上げる。

「お、誰かと思ったら」

「あ！　ありがとうね。からくりたちを、やっつけてくれて」

食べながら喋《しゃべ》ったものだから、口に含んだものをこぼしてしまった。呆《あき》れ顔《かお》で拭《ふ》いてあげたマリベルに礼を言って、女の子は食事に戻る。

「たくさん食べて、おにいちゃんのぶんも、おっきくなるんだ！」

そうか、とキーファが優《やさ》しくうなずいた。やがて食事を終えた女の子は、席を立って盆を持つ。

「お父さんもおにいちゃんもシスターも死んじゃったけど、わたしはだいじょうぶ。だって、わたしまで死んじゃったら、みんなかなしむものね」

少し大人びた口調でそう言う、決意を秘めた女の子の瞳は、きらきらと輝いていた。悲劇《ひげき》を優《やさ》しく覆《おお》い隠した、新雪《しんせつ》のように。

2

謎の神殿、本当に久しぶりに戻った気がする台座の間で、マリベルはフォロッド城で貰《もら》った報《ほう》奨《しょうきん》金の袋を軽く振って見せた。

「これっぽっちだなんて、命かけて戦った割には安いわよねえ」

「でも、ありがたいぜ。金はいくらあっても困らないからな」

庶民離《しょみんばな》れした金銭感覚《きんせんかんかく》で語るマリベルと、王子というより傭兵《ようへい》の方が板についていたキーファの会話に、アルスはそっと嘆息《たんそく》する。

「二千ゴールドは、『ぽっち』じゃないと思う」

「そうなのか？」

ああ、ここにもいたか金銭感覚のないのが。

アルスはガボに聞かれ、そんなことを思った。お嬢様に王子に野生児……という仲間たちを見るにつけ、つくづく自分は庶民《しょみん》だよなあ、などと考える。

そもそも傭兵として受け取った正式な賃金《ちんきん》の他に、支給された武具《ぶぐ》はそのまま貰えたし、マリベルなど王家に伝わる短剣《たんけん》まで手渡されているのだ。それは、毒蛾《どくが》のナイフと呼ばれる永久《えいきゅう》に尽きない麻痺毒《まひどく》が刃《やいば》に仕込まれた一品で、決戦の晩にマリー姫が帯びていたものでもあった。

それら全てを合わせて考えれば、報酬《ほうしゅう》の総額は現金の三、四倍くらいに達している。質素《しっそ》に暮らすなら一年は保つだろう、と思われた。

アルスは少女に、とりあえず無難なことだけ言っておくことにする。

「まあ、働くっていうのは、そういうことだよ」

そして彼らは台座の間を出て、まず祠《ほこら》の間で、新大陸が加わり変化した世界地図《せかいちず》を確認した。

そこにあるはずのフォロッド国を目指し、出発する。

冬のフォロッドから戻って来た初夏のフィッシュベルは、暑かった。喜んだのはずっと荷物袋に潜《もぐ》り込んでいたギガくらいで、人間たちは皆、慣《な》れるまでげんなりとしてしまっている。

航海《こうかい》は、数日に及《およ》んだ。

途中マリベルが夏風邪《なつかぜ》で寝込む、などということもあったが、なんとか新大陸に辿り着く。

上陸地点から近かったために先に訪れた、久しぶりのフォロッド城は、相変わらず武張《ぶば》った威容《いよう》を保っていた。ただ、初夏の日差しの下で城の空気は、落ち着いて穏《おだ》やかなものになっている。

「ここであたしたちが傭兵やってたなんて、なんか嘘《うそ》みたいね」

銀の髪飾りを鳴らすように小首を傾げ、すっかり健康を取り戻したマリベルが微笑む。

夥《おびただ》しい量の血と油を吸い込んだはずの広場も、婦人たちがお喋りに興《きょう》じ吟遊詩人《ぎんゆうしじん》が日銭《ひぜに》を求めて歌を唄う、和《なご》やかな空間となっていた。その片隅で動く物を見つけ、キーファが目を丸くする。

「これは……」

作動音と共に油臭い排気《はいき》を出しながら進む、それは石版世界でも見た掃除《そうじ》の絡繰《からくり》だった。細かな部分は以前に見た物と違ったが、正しくゼボットの手になるあの機械である。

よくよく見回すと、彼らは城のあちこちで見受けられた。城の雰囲気が良いことに、この掃除機も一役買っているのだろう。

「相変わらずウィンウィン言ってるわね」

マリベルが、おかしそうに言う。あれほど憎《にく》んだ絡繰だが、兵器としてではなくこうして平和な目的で動いているのを見ると、この国が健《すこ》やかに時を過ごしていた証明のように思えた。

そうやって彼らがのんびりと城外を見回っていると、唐突《とうとつ》に背後から声をかけられる。

「おまえたちは旅の者だな？」

振り返って見ると声の主は武装した中年の男で、鎖帷子《くさりかたびら》の上に紋章《もんしょう》入りの外衣《がいい》を羽織《はお》っていた。紋章は城門に掲げられた旗と同じものであり、どうやら城の兵士らしい。

彫《ほ》りの深い、なかなか魅力的《みりょくてき》な顔立ちで、どこかトラッドの面影《おもかげ》を残した男だった。

「はい、そうです」

素直にアルスは答えたが、『何者だ』と聞かれたら、また悩んでいたかも知れない。

「ならば聞くがよい。この大陸の西の外れは、昔より定められた禁断《きんだん》の地《ち》。いかなる者も立ち入ることは許されておらぬから、そのつもりでな」

アルスたちは、顔を見合わせた。それは、ゼボットの研究所があるあたりのはずだ。

「行くなと言われれば行きたくなるのが人情だが、決して行ってはならぬぞ。良いな？」

「そうなのか？　人間ってややこしいな」

ガボが、変な所で首をかしげる。少年の物言いに違和感を覚えつつも、自分の職務《しょくむ》は果たしたと思ったのか、兵士は立ち去った。キーファが腕組みをする。

「ふむ。なんらかの理由でこの世界では、ゼボットさんの所を立入禁止にしたようだな」

「なんか、あるわね。あそこに人を近づかせないわけが。……まあ、『禁断の地』なんて言われるとフラフラ行っちゃう王子とその子分がいたりしたら、逆効果《ぎゃくこうか》だろうけど」

ぐ、とアルスが息を詰まらせ、キーファが咳払《せきばら》いをした。

「んっ、じゃあ、まあまずは、ここの王様に目通り願うかなっ！」

「そうだね、そうしよう」

乾いた笑い声を上げながら歩き出す、少年二人。その背をニヤニヤ笑って見送ってから、マリベルは悠々《ゆうゆう》と後を追った。一人わかってないガボが、不思議そうにそんな三人を見比べる。

「オイラ、だいぶ人間らしくなったつもりだけど、まだわかんないことが多いな」

（だからきっと、アルスたちとの旅は楽しいんだろうけど）

二本の足で、ガボもアルスたちに続いた。


フォロッド城の玉座《ぎょくざ》の間は、記憶にある頃とあまり変わらない様子で、英雄として王の賞賛を受けたことを思い出させた。ただ、当然ながら今のこの部屋の主《あるじ》は、別人となっている。

「旅の者か。我がフォロッド城へよくぞ来た」

現王フォロッド七世は豪快《ごうかい》な笑い声の似合う、若く爽《さわ》やかな青年だった。キーファを七、八年ほど老けさせて髪を整えさせるとこんな感じかも知れない、などとアルスは思う。

甘い顔立ちはキーファとは似たものではなかったが、王城の奥にいるより日差しの下で狩りでもしていた方が似合いそうな雰囲気は、確かに共通していた。

「今、我が国は他の如何《いか》なる国にも先駆《さきが》け、未来を見つめた研究をしておる」

立《た》ち居《い》振《ふ》る舞《ま》いも堂々としており、言動は自信満々の体である。

城の内外で聞いた所に拠《よ》れば、以前からフォロッド国では絡繰の研究を奨励《しょうれい》し、現王《げんおう》になってからもそれは活発に行われていた。最近になって王城の地下倉庫《ちかそうこ》から発見され、解析《かいせき》され、量産された掃除機械《そうじきかい》が良い例である。

異能《いのう》の天才ゼボットの手による作品を発見したからであろうか、絡繰研究は加速化し、様々な絡繰が考案されては試作《しさく》されていた。そのどれもが平和的利用を前提としたものであり、戦への応用が全く考えられていないことに、王の人柄《ひとがら》が偲《しの》ばれる。

そして王は次なる段階として、人型の絡繰を作り出そうとしているらしい。もっとも、これは難航《なんこう》している模様《もよう》だったが。

「そなたたちが国に帰ったなら、伝えるが良い。我が国を見習い同じ道を共に歩むなら、明るい未来は約束される、とな！」

王は朗《ほが》らかに言い、わっはっはっ！　と笑う。

マリベルが密かに、顔をしかめていた。彼女の嫌いな系統《けいとう》の男性だったからだろう。

『なんか夕陽に向かって走って行きそう』

というのが、後に聞いた彼女の感想である。

本来ならそこで謁見《えっけん》は終わるはずだったが、王の傍《かたわ》らに控える大臣がそう告げようとしたまさにその時、息急き切って一人の兵士が玉座の間に駆《か》け込んできた。

「は…はあ、はあ……。お…王様に、申し上げます！」

息も絶《た》え絶《だ》えな様子のその兵士に、フォロッド王は乱入の無礼を咎《とが》めることなく苦笑する。

「そう焦《あせ》らずとも、息を整えてから話すが良い」

「はっ！　あ、ありがたき、お言葉。しかしまずは、御報告《ごほうこく》を…！　ついに見つけましてございます！　古《いしにえ》の、絡繰兵《からくりへい》を！」

最敬礼《さいけいれい》の後、兵士は一気に語り上げた。その言葉に王だけでなく居並《いなら》ぶ臣下たち、そして兵士に場を譲《ゆず》っていたアルスたちにも衝撃《しょうげき》が走る。

「なんと！　それは、真《まこと》か!?」

玉座から思わず腰を浮かし、王が尋《たず》ねた。その碧眼《へきがん》にキーファと似た輝きが宿るのを見て、アルスは胸騒《むなさわ》ぎを覚える。

「はっ！　間違いございませぬ。西の外れに！」

「やはり禁断の地というのは、そのような意味を持っていたのだな……これは面白くなって来た！　よし！　兵を表に揃えよ、直ちに出発するぞ！」

もう一度、最敬礼をして兵士は退出した。自分も出発の準備をするために玉座を離れかけ、王は存在を失念《しつねん》しかけていたアルスたちの方に目をやる。

「すまぬな、旅の者。大事な用件で出発せねばならぬ。旅の話など、聞きもしたかったが……まあ、我が国でゆっくりして行くがよい。では、またな！」

引き連れ歩く従臣《じゅうしん》たちに細かな指示を出しながら、フォロッド王は玉座の間を早々に出て行った。まるで風のような素早さで、アルスたちが声をかける暇《ひま》もない。

「……キーファ」

「……うん？」

僅《わず》かに警備《けいび》の兵と給仕《きゅうじ》の者のみを残し、人気《ひとけ》の絶《た》えた部屋で、マリベルが呆れたように言う。

「……人の話を聞く大人になろうね」

「……うん」

それはマリベルもじゃないかなあ、とは、アルスは賢明《けんめい》にも言わなかった。


以前よりも深くなった感のある森の中、以前と変わらぬ位置に、ゼボットの研究所はあった。

一度しか来たことはなかったが、なにしろ数日前の話である。迷わず辿り着いた時には、先行したはずのフォロッド王の一行は、まだ到着《とうちゃく》していなかった。

どれほどの時が経ったというのだろうか、しかし研究所の外観《がいかん》はほとんど変わらぬ佇《たたず》まいであり、一部は最近になって補修《ほしゅう》された跡がある。

「誰かがいるのは、間違いないわけか……」

あたりを見回すアルスの横で、ガボが低い鼻を動かす。

「なんか、懐《なつ》かしい臭《にお》いがするぞ」

そうは言うものの具体的になにか、ということは彼にもわからず、アルスたちは恐々と研究所の方へ歩み寄って行った。

『誰も行ってはならん。誰も邪魔《じゃま》してはならんのです。たとえどんな理由があろうとも！』

必死に語る老人の様子を思い出す。その口調はどこまでも真剣《しんけん》で、禁断の地とされているこの場所に対する緊張を呼び起こす。

老人は、アルマンと名乗った。かつては王城の兵士長《へいしちょう》を務《つと》め、今でこそ息子にその職を譲り渡した隠居《いんきょ》の身だが、王の幼少時には教育役も務めていたのだという。実際、城の兵士たちが彼に見せる態度は、敬意《けいい》に満ちたものだった。

禁断の地への出発の準備を終えた王たちに、その報《ほう》を聞いて慌てて駆けつけたアルマンは食ってかかっている。追いついたアルスたちは彼の剣幕の激しさに驚いたが、フォロッド王にしてみれば幼い頃から慣《な》れっこなものらしく、相手にもせずに出発してしまった。

『なんとか国王を止めてくだされ。この老い先が短い年寄りの願いを聞いてくだされ！』

老人の足では国王一行に追いつけない、とアルマンは訴えている。通りすがりのアルスたちを頼りにしなければならないほど、切羽詰まっていたのだろう。

「中の様子も、あまり変わらないな」

鍵《かぎ》のかかっていない研究所の扉を開け、中に踏み込んだキーファは部屋の中を見回した。記憶にある研究所に変化がなければ、右がゼボットの研究室で左が居間のはずだ。

最初に覗き込んだ研究室は、様々な物品がどれもぼろぼろになっていることを除けば、石版世界で見たものとほとんど変わらなかった。そして、居間では。

「ぜぼっと　キョウモ　ウゴカナイ……ナニモ　シャベラナイ」

無機質な声が、絡繰の作動音に混ざって響く。

「すーぷ　サメタ。　ツクリナオシ……」

部屋の隅に置かれた寝台には、古びた服を纏《まと》った骸骨《がいこつ》が寝かされていた。そして別な一角に、塗装《とそう》が半ば剥《は》げ落ち金属の地肌を晒《さら》した、絡繰《からくり》の巨人《きょじん》。

深皿《ふかざら》を手にしたエリーは、悄然《しょうぜん》と独《ひと》り言《ごと》を続《つづ》けていた。

「コノすーぷ　ノメバ　ぜぼっと　ゲンキニ　ナル……」

3

ゼボットの死に様がどんな風であったのか、皮も肉も乾き切り骨だけが残った姿からは、想像できなかった。

ただ、古びているが洗濯《せんたく》はされている着衣《ちゃくい》や行き届いた部屋の掃除《そうじ》、きちんと補修《ほしゅう》された部屋などエリーが行っている家事の数々を見ると……少なくとも、悪い死に方ではなかったのではないか、と思わされる。

「驚いたな。エリーはあれからずっと、動いていたってのか……」

「信じられない……あれから、どれだけの時間が経ったと思うの？」

キーファが目を丸くし、マリベルは首を振った。

「今でもエリーは、ゼボットさんの世話を……」

エリーの行っている家事、その全てはゼボットが教えたことのはずである。偏屈《へんくつ》で冷淡《れいたん》なあの男が、ここまでのことをエリーに覚えさせるのに、どれほどの熱意《ねつい》を払ったことだろうか。

しかし彼は、『死』を彼女に教えなかったようだ。エリーは今も、ゼボットの死に気づかぬまま亡骸《なきがら》に話しかけ、丹誠《たんせい》込めた料理を作り続けている。

「エリーは年とらないのか？」

「うん」

ガボの質問に、アルスはそっとうなずいた。

それは、永遠の牢獄《ろうごく》に思える。自らの存在意義を疑うこともなく、ただひたすら虚《むな》しい行為を続けているように見えた。

だが、何故だろう。無機質な独り言に、哀れなはずの姿に、静かな感動を覚えるのは。

「これからもずっと、ああして動いてられるのか」

安堵《あんど》の表情を、ガボが浮かべた。彼も、感じているようだ。

「……行こう。きっと、ここはこのままにしておくのが、いいんだよ」

アルスの提案《ていあん》に、仲間たちがうなずく。彼らは結局、居間に入ることもなく、研究所を後にしようとした。

だが。

家を出た彼らの前に、勇《いさ》んでやって来ていたフォロッド王の一行がいた。自ら先陣《せんじん》を切って歩いて来た王は、見覚えのある旅人が目的の場所から現れたことに、目を丸くする。

「そなたたち、一体どうしてここにいるのだ!? ここは禁断の……いや、ここで旅の者にそれを説《と》いても、仕方ないか」

ふむ、と腕組みをしてフォロッド王は、彼らを困ったように見つめた。

王のすぐ後ろに油断なく控《ひか》えているのは、城の入口で会い、禁断の地について警告した兵士である。どうやら現在の兵士長、つまりはアルマンの息子であるらしい。

「おそらくアルマンに、なにか吹き込まれて来たのであろうが……まあ、それはそれで良い。理由はどうあれ、私の邪魔立てはしないでくれよ?」

「どうしてですか?」

彼がなにをしようとしているのか、それすら確認せずにアルスは問い返す。キーファが、ずい、と進み出た。

「ちょっと。喧嘩《けんか》でも仕掛ける気じゃないでしょうね?」

マリベルが小声で、二人の背中に問いかける。隣のガボが不思議そうに聞いた。

「まずいのか?」

「まずいわよ。キーファ、あんた自分が国の看板《かんばん》背負ってるってこと、わかってるの?」

王位を継ぐか継がないかは別にせよ、一国の王子が他国の王に喧嘩《けんか》を仕掛《しか》けるのは、確かに問題がある。しかし、少し考え込んだキーファは、やがて楽天的《らくてんてき》に断言した。

「いいんだよ、ばれなきゃ」

あんたねえ、とマリベルが頭を抱える。

四人がそうやって態度を決めかねていると、焦《じ》れたフォロッド王は連れて来た兵士たちに、研究所へ入るよう指示を出した。

「お」

「もし邪魔をしたなら、私はアルマンを捕《とら》えねばならなくなる」

なにか口にしかけたアルスの先手を打って、フォロッド王は冷《つめ》たく断言する。背後の兵士長は、かすかな動揺を見せるが、すぐに平静な表情に戻った。

「わかるな？」

アルスは彼が王城で見せた、キーファに似た目の輝きを思い出す。それ自体は好ましいものであるはずの、一つのことに夢中となって邁進《まいしん》する時の目つき。だがそれに胸騒ぎを覚えた理由を、アルスはようやく気づいた。

フォロッド王には、彼がいなかった。キーファに対するアルスのように、傍《かたわ》らで当人を助ける存在が居ないのだ。だから、その行為が暴走《ぼうそう》であったり独善《どくぜん》であったとしても、誰も気づけない。

「さあ、それではそこを、通してもらおうか」

傲然《ごうぜん》と言い放つ王には、自分の描く理想の未来像《みらいぞう》しか見えていないようだった。

そんな彼に押されるようにして、研究所内にまで後退させられる。警戒《けいかい》して自分たちを取り囲む兵士たちにどう対処したものか、アルスたちは悩む。

魔物ならともかく、人間相手に武器を向けるわけにはいかなかった。それに彼らは、フォロッド国の人間だ。ひょっとすれば過去に肩を並べ戦った者たちの、子孫であるのかも知れない。

そうやって考えあぐねている内に、彼らが手を触れずにいた居間に、兵士と技術者たちを引き連れフォロッド王が踏み込む。

「おおっ、これか！　これが、古《いにしえ》の絡繰兵《からくりへい》か！」

静寂《せいじゃく》をかき乱し、歓喜《かんき》を抑《おさ》えきれない様子で王は、エリーに駆《か》け寄った。

「信じられぬ。未だしっかりと動いているではないか……すばらしい！」

何百年かぶりの客を、エリーは不思議そうに見下ろす。だが決まり切った手順の中に、来客に対する応対というものは存在していないのだろうか。

「ぜぼっと　ウゴカナイ……。アタタカイ　すーぷ　ノマス。ぜぼっと　ゲンキニナル……」

それだけ繰り返し、フォロッド王や技術者たちを無視して、居間の隅の調理場《ちょうりば》へ戻ろうとした。

それを、王に促《うなが》された兵士たちが留《とど》める。

「そうか、そうか。スープだったら城に帰って、たっぷり作らせてやるぞ」

「さあ、ついてこい！」

まさか彼女が元は殺戮《さつりく》のための兵器だとは思っていないのだろう、兵士たちはエリーの巨体を押さえつけ、方向転換させようとした。

しかし、その怪力で強引に己《おのれ》の作業《さぎょう》を続けようとする彼女を従わせるのは、容易《ようい》ではない。苛立った兵士たちが大人数で、無理矢理に事を進めようとするのを見て、フォロッド王が苦笑した。

「大事に扱《あつか》ってくれよ。こいつは国の宝なのだからな」

「いっそ、この場で解体して運びますか？」

不意に、技術者の一人が提案《ていあん》する。王はしばし考え込み、うなずいた。

「そうだな。どのみち解析《かいせき》のためには、こいつを分解《ぶんかい》せねばならぬか」

「待てよ」

怒《いか》りを抑《おさ》えた静かな声が、兵士たちの間から、フォロッド王にかけられる。キーファが、険《けわ》しい顔で彼を睨《にら》んでいた。

「……いいな？　マリベル」

「ばれなきゃ、いいんじゃない？」

素《そ》っ気《け》なく答えるマリベルの声が冷たいのは、キーファに対して怒っているからではない。

「それ以上、エリーに触《ふ》れないでください」

やや乱暴に、アルスが傍らの兵を押しのけた。相手が小柄な少年と思って油断していたのか、兵士はあっさり場を譲らされてしまう。

「エリーだと？　この絡繰兵は、エリーと言うのか」

「ああ、そうだぞ」

自分の知らない単語に興味を抱いたフォロッド王であるが、ガボの返答に合わせてうなずく少年たちの非難《ひなん》の眼差《まなざ》しに、口元を歪《ゆが》めた。どうにも、やりづらい。

元々フォロッド王は、性急な性格ではあるものの、傲慢《ごうまん》なわけでも頑迷《がんめい》なわけでもなかった。

まだ年若いアルスらが、兵士に取り囲まれながらも懸命に邪魔をしようとしているのは、何故なのか。世紀の発見を前に浮き足だっていたものの、それが気になってきた。

「おまえたちはいったい何故、この絡繰を守ろうとするのだ？」

彼らの話を聞くべきだと、心のどこかで囁《ささや》くものがある。それは彼の深い所、自分に連なる血《けつ》脈《みゃく》に由来するもののようにさえ、フォロッドの名を持つ青年には思えた。

4

兵士長のみを残し人払《ひとばら》いを済《す》ませた研究所の居間で、フォロッド王は長い沈黙に身を任せていた。すっかり退屈してしまったガボは、なんやかやとエリーに話しかけたりしているが、残りの三人は神妙《しんみょう》に王の言葉を待つ。

やがて、ゆるゆると息を吐き出して、フォロッド王はうなずいた。

「なんというか……俄《にわか》には信じ難いが、そなたたちが嘘《うそ》をつく理由も見あたらぬな」

結局、悩みながらもアルスたちは、フォロッド王に全てを語った。謎の神殿と石版のこと、過去にフォロッド国であったこと、そしてゼボットとエリーのこと。

最初は疑《うたが》い怪《あや》しんだ王であったが、アルスたちが語った過去の戦の話は、ただ王家のみに伝えられていた秘事《ひじ》だった。忌《いま》まわしい出来事であると、全ての記録を破棄《はき》したものなのである。

それを、記録が破棄されていることさえ知らないアルスたちが、まるで見てきたことのように

——実際に見てきたのだが——語ったのだ。信じざるを得なかった。

フォロッド国が絡繰の研究を奨励《しょうれい》しているのも元々は、絡繰兵の再度の襲撃《しゅうげき》を警戒《けいかい》して始められたことである。だからこそ、この国では絡繰の戦への利用を禁止していた。

フォロッド王の熱意はすなわち、この国の過去があってこそのものだ。

「だがアルスよ。そうであるなら余計に、エリーはこのままにしておくべきでは、ないのではないか？」

王の視線が、二度と動くことのない絡繰技師へ向く。

「絡繰人形が、主の死を理解できるわけもない。ああやって永遠に働き続けることに、意味はあるのか？　それは、ただの感傷《かんしょう》ではないのか？」

「……そうかも知れません」

アルスは、迷いながら言葉を紡《つむ》いだ。

「だけどエリーが死を理解できないことには、意味があると思うんです。ゼボットさんは、そうやってエリーから、悲しい言葉を取り除《のぞ》いていったんだと思います」

キーファも、うなずく。

「虚《むな》しくなんかない。意味のあることだと思いたいんです」

やはり感傷《かんしょう》ではないか、とフォロッド王は笑い、それから兵士長を振り返った。

「この絡繰……いや、エリーはもう、絡繰などとは呼べぬ存在なのであろう。この、エリーの主人に対する一途《いちず》な想《おも》い。我々の方が学ばねばならぬな」

「はっ」

「アルスたち。すまなかったな。我が夢のため、そなたたちには、なにかと迷惑《めいわく》をかけたようだ」

そう言って申し訳なさそうな顔をしたのも一瞬だけのことで、王はすぐに破顔一笑《はがんいっしょう》した。

「と言って、私の方針は間違ってはいない。エリーのことは諦《あきら》めるとしても、絡繰人間を諦めたわけではないのだ。先人の知恵を借りずとも、必ずや成《な》し遂《と》げて見せよう！」

居間の片隅の調理場で、なにやら怪しげな汁《しる》を煮込《にこ》んでいるエリー。フォロッド王は彼女に歩み寄り、その広い背を叩く。

「その日が来たら、エリー。お前の友達を作ってやるぞ。楽しみに待っているがよい！」

そして、わっはっは！　と笑って居間を出て行った。

やっぱり好きになれそうにないわ、と、王の背中を見送ったマリベルがぼやく。たしなめるように、兵士長が咳払《せきばら》いをした。まさか聞かれていたとは思わず、マリベルが慌てる。

「……おまえたちには旅の途中、手間をかけさせたな」

「まあ、縁《えん》があったということで」

そう言うキーファにうなずき、兵士長もまた主君の跡を追うべく、部屋を出て行こうとする。

「そうそう。時間があるようなら、旅立つ前に是非《ぜひ》、我が家に寄っていってくれ。この度の顚末《てんまつ》を知れば、父も喜ぶであろう」

そこで彼は、おそらく初めて、エリーの方を向いた。

「エリーよ、良かったな。これから先も、誰にも邪魔《じゃま》されず静かに暮らせるだろう」

聞いているのかいないのか、エリーは調理場から目を離さない。構わず、兵士長は続けた。

「それもこれもみな、この旅の者たちのおかげだ。お前も、感謝するんだぞ」

トラッドの面影を残す男は、そう言い置いて部屋を出て行く。

研究所の外からは、多数の人員や満載の道具を撤収《てっしゅう》させる、慌ただしい音が聞こえてきていた。行動が早い分、勇《いさ》み足も多い王だけに、兵士たちもそうした作業《さぎょう》は慣れっこになっているのだろう。ほどなくして、あたりは静かになった。

「……さあ、あたしたちも行くわよ。新しいフォーリッシュ、見に行こう？」

「おうっ！　じゃあな、エリー」

後ろ髪を手で梳《す》いて、マリベルは仲間たちを促《うなが》す。ガボが親しげに、絡繰の冷えた体に触れた。

相変わらず彼女は、自分の作業に従事《じゅうじ》するのみで、聞く者を意識しない独り言を続けている。

それはこの先も、ずっと続いていくのだろう。

「アタタカイ　すーぷ　ノメバ　ぜぼっと　ゲンニキニナル。オイシイ　すーぷ　ツクル」

優しい目でその様を見つめ、四人は彼女に背を向ける。

「ア…リ…ガト……ウ。えりー　ウレ……シイ……」

そんな言葉が、聞こえた。

四人は驚いた顔を見合わせ、慌てて振り返る。だが絡繰の巨人は食事を作り終え、代《か》わり映《ば》えしない言葉を繰り返しながら、ゼボットの元へとそれを運ぶのみだ。

「き、聞いたか、アルス！　今、エリーが!!」

狼狽気味《うろたえぎみ》なキーファに、自分もびっくりしながらアルスがうなずく。うひゃあっ！　と快哉《かいさい》を叫び、ガボが跳《と》びはねた。

「今たしかにエリーが、ありがとうって言ったぞ！　エリーも人間みたいに、うれしいとか、かなしいとか、感じるようになったんだな！」

「信じられないわ……。もしこれが、神様の悪戯《いたずら》なら」

「悪戯なら？」

アルスが聞くと、マリベルは、穏《おだ》やかに微笑む。

「とっても素敵《すてき》な、悪戯ね」


当たり前の話ではあるが、フォーリッシュの町を絡繰兵団が襲ったことによる痕跡《こんせき》など一切、残っていなかった。それどころか王城で開発された絡繰の掃除機が町を掃《は》き清めているせいか、今まで見たどの町よりも清潔《せいけつ》で過《す》ごし易《やす》い空気に包まれている。

記憶の中にあるよりだいぶ広くなった町には、あの防壁の姿も見受けられた。忌《い》まわしい過去の記録は王家によって消去されてしまっているため、誰もその防壁の由来《ゆらい》を知らない。

それでいいのだと、アルスたちは思った。あの時の王か、あるいはマリー姫か、とにかくあの戦を経験した者が決めたことなのだろう。

「おおっ、おおっ！　皆さん、来てくださったか。ささっ、ゆっくりしてくだされ」

兵士長の勧めに従って訪れたアルマン宅において、エリーの話を聞かされた彼は大いに喜び、アルスらを夕食に誘ってくれた。結局なし崩《くず》し的にその晩は彼の家に泊まることとなり、城から帰宅した兵士長やその妻子も交え、賑《にぎ》やかな時間を過ごしたのである。

そんな中でアルマンは、己とエリーとの関わりを語った。

「実は、あの絡繰兵は遥か昔に我が一族の、ゼボットという者が造《つく》ったものなのですじゃ」

家に伝わる古い書物で、彼は自分の家系の中にかつて存在した天才技師のことを知り、意を決して禁断の地を訪れたのだという。そこでアルマンは、未だゼボットが死んだことがわからず主人の亡骸《なきがら》に尽《つ》くす、エリーを発見した。

彼も、アルスたちと同じことを思ったのだ。そっとしておいてやろう、と。

「エリーはこれからもゼボットと二人、父上の望みどおり、静かに暮らせることでしょう。陛下がわかってくださったのは、アルスたちのおかげですよ」

一人娘を膝《ひざ》の上に乗せ、気分良く杯《さかずき》を傾けながら、兵士長が言う。

さすがに説得の決め手となったアルスたちの旅のことまでは兵士長も語らなかったが、そのあたりをアルマンはさして気にせず、ひたすらアルスたちに感謝した。

「本当にありがとう。このアルマン、皆さんのことは一生、忘れませんぞ！」

「今回は、あたしたちも、いい経験しちゃったよね」

食卓の隣に座ったアルスに言い、少女は老人に笑いかける。

「アルマンさんも、長生きしてね」

「オレたちもアルマンさんのこと、忘れやしないよな！」

キーファの問いに、必死になって料理を胃袋《いぶくろ》に詰《つ》め込んでいたガボが、うなずいた。

あれほどの悲劇に見舞われたフォーリッシュの町も、今はその全てを忘れ、健《すこ》やかに人の輪を広げている。トラッドの血筋は受け継がれ、こうやって共に夕餉《ゆうげ》を囲むことさえできた。

命は、そうやって連なっていくものなのだ。今までにアルスたちが訪れ、救って来た世界も、時の隔《へだ》たりの向こうへ命を繋《つな》げていった。

小さな島から始まったアルスとキーファの冒険はいつしか、そんな命の連なりを数多く増やしてきたのである。まるで、家族が増えていくように。

『人間はどうせ、いつか死ぬ。いま死んでも、いつ死んでも同じさ』

かつてゼボットは、そう言った。確かに人は死ぬ。だが、それで終わりではない。人は死ぬが、新たな命を世界に遺《のこ》していく。家族や友人を。

いつかは死ぬかも知れないが、いつ死んでも同じということはないのだ。

『彼女は死なない。永遠にだ』

ゼボットは、こうも言った。だが、そんなことはない。エリーだって、いつかは壊《こわ》れて動かなくなるだろう。永遠とは、そんなものではない。

子を産《う》み育てること、他人を助《たす》け導《みちび》くこと、働《はたら》いて配《くば》って使《つか》うこと。そんな人の営み全てこそが、命を形作っていくのだ。永久不滅《えいきゅうふめつ》の存在などないが、命はそうやって受け継がれていく。

ゼボットも、エリーを遺《のこ》した。人ではないが、人と同じような愛情を持つ存在を。

それこそが、永遠なのだ。

第10章　彼が求めたもの

1

けけぇあっ！

奇声《きせい》を上げて迫《せま》って来るのは、斧《おの》を振りかざし盾を構えた、金色の髪を持つ人影。といっても
キーファではなく、闇の中に目と口だけが浮かんだような不気味《ぶきみ》な顔を持つ、緑の肌の魔物だ。

ぼろぼろになった旅人の服を着ているが、いきなり襲《おそ》いかかってくるあたり、真っ当な交流《こうりゅう》は期待《きたい》できそうになかった。

首狩族《くびかりぞく》、と呼ばれる連中であることは、後に聞くこととなる。そんな魔物が数体の群《む》れを成し、山間の隘路《あいろ》を埋《う》め尽《つ》くす森の中で、襲撃《しゅうげき》を仕掛けてきた。新たな石版世界にやって来て二日目、珍《めずら》しく野営《やえい》などした次の日のことである。

「くっ、外したか！　なかなか手強いヤツだな」

素早い動きに翻弄《ほんろう》される内に手痛い一撃を食らってしまい、キーファが呻《うめ》く。敵の速さに互角についていて行けているのは、四人の中ではガボだけだった。

そのガボは鉄製《てっせい》の爪《つめ》と腕を守る手甲《てっこう》が一体化した武器を手にはめ、首狩族と木々の間を飛び回

りながら戦っている。鉄の爪は、現代のフォロッド国において、かつて絡繰兵団の拠点があった場所で見つけたものだ。

ふっ、ふっ、ふっ……と、幾《いく》つもの白い影が金色の輝きに続き、少年の周囲に浮かぶ。

「ほえろっ！」

ウォオオォン！

ガボの命令《めいれい》に従って、半透明《はんとうめい》の白狼《はくろう》たちが一斉に咆哮《ほうこう》を上げた。威厳《いげん》ある叫び声が首狩族たちを震《ふる》わせ、何体かの動きを硬直《こうちょく》させる。アルスとキーファは動きを止めた首狩族に攻撃を集中させ、次々打ち倒していった。しかし健在な一体が二人の壁を抜け、後方のマリベルに迫《せま》る。

「もう、しつこい魔物ね！　いくらあたしが素敵《すてき》でも、そんなにつけ回さないでよ！」

焦《あせ》って妙なことを言いながら、少女は鞭《むち》を振るった。今まで使っていた茨製《いばらせい》のものではなく、より攻撃力の高い革製《かわせい》のものだ。グランエスタード城を訪れていた旅商から買い求めたものだが、きっとアミットは陰《かげ》で泣いていることだろう。

帯には毒蛾《どくが》のナイフも差しているが、相手の速さを考えると命中は期待できそうにない。それよりは、上手くすれば一度に何体もの相手を打ち据《す》えられる鞭の方が、まだ成果が期待できた。

実際、今も目前まで迫った敵を上手く打ちのめし、なんとか距離を取る。

そこへ、アルスが飛び込んで行った。首狩族が打ち下ろす斧《おの》を鉄《てつ》の盾《たて》で受け止め、お返しとばかりに至近距離から『く』の字型をした刃物を叩きつける。

全体を刃状《やいばじょう》に薄く研《と》いだ金属製《きんぞくせい》のブーメランで、上手く扱うには技術が要《い》るが、高い威力で遠くの敵を狙えるのは有り難かった。これもマリベルの鞭と同様、旅商から買ったものである。

けきゃぁっ！

腹部《ふくぶ》に刃をまともに受け、その首狩族はうつぶせに倒れた。少し乱暴《らんぼう》だな、と思いながらアルスはその死体を蹴り飛ばして仰向けにさせ、ブーメランを回収《かいしゅう》する。そうやって冷静に戦いに臨めるようになったのは、やはりフォロッド城での激戦の経験が大きかった。

「っとと」

最後の一体がガボの鉄の爪を受けて斃《たお》れ、標的を見失ったキーファがたたらを踏む。少し前まてならもっとずっと苦戦していただろう魔物を、割合あっさり全滅させられた。

（こいつらも、強くなったもんだ）

鉄の斧を担《かつ》ぎ直し、キーファは胸の内で感心する。正式な剣術《けんじゅつ》を習っている彼だからこそ、そのことが確信を持って感じられた。


フォロッド国での探索を終え、一行は新たな石版世界へ飛んだ。

そこはこれまでになく広い大陸で、旅の扉から南へ広がっていた草原を進んでみたものの、初日はなにも見つけることはできないでいる。そこで長く連なった山脈伝いにいったん北へ戻り、山脈の切れ間から再び南下することにしたのだ。

そんな中でキーファは一人、森を彷徨《さまよ》っている。人里を発見できぬまま石版世界で二日目の夜を迎《むか》えようとし、野営《やえい》に備え食べられる木の実や茸《きのこ》などを探していた。

野営となると、遅くとも夕方までには準備を始める必要がある。川を探して水を汲《く》むにせよ、乾いた枝を集めて薪《まき》にするにしても、暗くなってからでは話にならないのだ。そうやって準備を整え、乾麵麭《かんパン》と干し肉の保存食《ほぞんしょく》だけでは心許《こころもと》ない、と他の食べ物も探すことにしたのだが。

「オレってこういう時、役立たずだよなあ」

当《あ》て所《ど》もなく森を彷徨《さまよ》いながら、キーファはぼやいた。小帆船《ヨット》で洋上を行く時や川がそばにある時は、アルスの釣《つ》りの腕が物を言う。森や山では、ガボの鼻《はな》の冴《さ》えや狼時代の経験に勝てるわけもない。

野外行動で役に立たないのはマリベルも同じだが、彼女の場合は元からそんなことを考えたりはしていないだろう。今も護衛役《ごえいやく》のアルスと共に、基点《きてん》と定めた場所で本でも読んでいるはずだ。

適材適所《てきざいてきしょ》と言えば聞こえはいいが、戦いにしか『適所』がないのは、少し寂しくもあった。

「料理でも覚えるかなあ」

仲間に得意な者がいない分野を口にしてみるが、柄《がら》じゃない、とすぐ否定する。そうやって森を歩く内に突然《とつぜん》、木立が途切れた。広場状になった場所で、丈の低い草が、丸く広がっている。

そこに、妖精《ようせい》がいた。

一瞬、本気でキーファはそう思う。兎《うさぎ》や栗鼠《りす》などの小動物に囲まれ、長い栗髪《くりかみ》の少女が一人、緩《ゆる》やかに舞っていた。

強い斜陽《しゃよう》が彼女の纏《まと》った簡素な衣《ころも》を透《す》かし、ほっそりした体の線を浮き上がらせている。

裸足の足が草を摺《す》り、持ち上げた左肘《ひだりひじ》と流した右手、二種の動きに合わせるように体全体が回転した。すると衣の裾《すそ》がふわり、と浮き、少し太腿《ふともも》が覗《のぞ》く。そうやって回転を続けながら左右の腕はそれぞれに複雑な動きを見せ、足取りも前後左右に絶えず変化した。

舞踊《ぶよう》のことなどキーファはまるで知らないが、少女のそれが非常に難しいものであろうことは、すぐにわかる。そうでありながら少女の舞う姿にはなんの遅滞《ちたい》もなく、優雅《ゆうが》そのものだ。

少女は堅《かた》く目を閉じ真剣な顔つきで、キーファと小動物たちを観客に、しばし舞い続けた。緩《かん》急《きゅう》がありながらも無限に続くかと思われた回転が、やがて止み、少女は両手を下ろす。髪と衣の裾《すそ》とが、名残惜しげに体にまとわりついた。

額を薄く汗ばませながら長く息を吐き、そして少女はようやく、目を開ける。闇を切り取ったような、漆黒《しっこく》の瞳だ。

「……すげぇっ！」

思わず盾も斧も放り出して拍手をしてから、キーファはこの場の静寂《せいじゃく》を、ぶち壊《こわ》してしまったことに気づいた。案《あん》の定《じょう》、動物たちは逃げてしまい、少女は目を丸くする。

同い年か、少し下くらいに見えた。『少女』を脱し『女性』になろうとしている、そんな頃だ。口と、黒目勝ちな目が大きくて、頬《ほお》がふっくらしている。そのせいかどこか小動物めいた、保《ほ》護《ご》欲《よく》を誘う雰囲気を有していた。それでいて闇色の瞳が夜空の星のように光彩《こうさい》を抱いている様は、猫のような気まぐれさを思わせる。

不思議な少女だった。

「あ……ご、ごめん！　驚《おどろ》かすつもりはなかったんだ！」

敵意《てきい》のないことを示すために、彼は慌てて両手を上げ、後退《あとずさ》った。ところがその踵《かかと》が木の根にぶつかり、平衡《へいこう》を取る間もなく、後ろ向きに転んでしまう。折悪《おりあ》しく後頭部が落ちたあたりにも根が張り出しており、鈍《にぶ》い衝撃《しょうげき》がキーファの頭を揺さぶった。

「――っ！」

(やっぱり、兜《かぶと》もいるな。今度、買おう)

声なき悲鳴を上げて頭を抱え転がりながら、キーファは今は意味のないことを考える。そうやって地面にうつ伏せて悶《もだ》えている所に、心配げな声がかかった。

「あの、大丈夫？」

澄《す》んだ、優しい声である。冗談抜きで妖精かも、と彼は思った。

「ああ、いや……まあ、なんとか」

そう答えつつ、頭を上げることができない。近づいてくる気配がして、髪に指が触れる。

「首狩族かと思ったけど、違うみたいね。こんな、金色の髪の人間なんて、見たことなかったから」

そして、くしゃくしゃ、とキーファの強《こわ》い髪が掻き乱された。ぶつけた部分を抑《おさ》える彼の手、それを包む革手袋の表皮に、柔らかな手が触れる。と思ったら、キーファの指の隙間《すきま》に、彼女の指がねじこまれた。ぶつけて膨《は》れた部分を、遠慮《えんりょ》なしに押してくる。

「こぶになっちゃったね」

「あの、痛いんだけど？」

そのままだとずっと押され続けるような気がして、キーファは顔を上げた。びっくりするほど近くに、彼女の膝小僧《ひざこぞう》がある。

「水色の瞳も、初めて見たな」

微笑む少女の美しく愛らしい顔に、キーファは、しばし茫然《ぼうぜん》とした。

「……ところで、『首狩族』って、なに？」

「道中、襲われなかった？　このあたりで出没する、金色の髪の斧を持った魔物なんだけど」

オレはあんなのと勘違《かんちが》いされたのか、とキーファは再び顔を伏《ふ》せる。だが、屈《かが》み込んでいた少女が立ち上がる気配に、目を上げた。夕闇の織《お》りなす影の中、彼女の足が腿《ふともも》まで見える。

「私たちが野営してる場所が、このそばにあるの。来る？」

眩《まぶ》しい足の向こうから、少女はキーファに微笑みかけた。

2

「魔物に化かされたわけじゃ、なかったようね」

宵闇《よいやみ》の中、丘に設営《せつえい》された幾つもの天幕《てんまく》を眺《なが》めて、マリベルが言う。

名も聞けぬままに少女が立ち去ってしまった後、仲間たちの元に戻ったキーファは彼らを促《うなが》し、少女の教えてくれた野営地へ向かった。果たしてそこに大規模な野営地があり、中央へ据《す》えられた巨大な焚火《たきび》を中心に、俄《にわか》づくりの村を形成している。

「ややっ。あなたがたは我らユバールの者ではありませんな」

村に入ってすぐ、一際大きな天幕の前に立っていた中年の男が、そう言って近寄《ちかよ》って来た。濃《こ》い髭《ひげ》を生やし、簡素《かんそ》な服から突き出した手足が太く逞《たくま》しく、背には見事な造りの大剣を負っている。

「このような所に、まだ生き残りの旅人がおいでだったとは！　本来ならば丁重《ていちょう》にお迎《むか》えするのが我ら一族の習わしだが……」

「あ、いえ。僕らは、そのあたりで一緒に野宿させてもらえれば」

「なに言ってんのよ、歓迎《かんげい》してくれるってんなら、そうしてもらうべきでしょ」

遠慮《えんりょ》しようとしたアルスの背を、後ろからマリベルが小突《こづ》いた。

髭の男は微笑ましげに、背後にしていた大天幕を見る。分厚い布で遮《さえぎ》られて中の様子は窺い知れないが、かすかに、アルスたちには耳馴《みみな》れない旋律《せんりつ》が聞こえてきていた。

「ご遠慮なさるな。しかし、今は神聖なる儀式の最中。済《す》まぬが旅のお方、しばし待たれよ」

「ああ、それで……」

アルスは、村を見渡す。幾つもの天幕が入口を開放しているにもかかわらず、外に出歩いている者は一人もいない。それでいて人気がないわけでもなく、皆が閉じ籠《こも》っているようなのだ。

「そう。皆、儀式の終了を待ち、控《ひか》えておる。我ら一族を導く、踊《おど》り娘《こ》が決まるのを」

踊り娘、という言葉に、落ち着かなげにあたりを見回していたキーファが反応する。

「あの、それって」

「まあ詳しい話は儀式《ぎしき》が終わってからでも……うん？」

大天幕の方を男が振り返ると、ほとんど同時に中から聞こえていた旋律が止まった。

「おお！　ちょうど儀式が終わるようだ」

髭の男は手でアルスたちに場を譲《ゆず》るように指示し、自分も大天幕の入口から、その脇へと移動する。彼に従って位置を移すと、ほどなくして入口に下げられた布が開かれた。

最初に老齢《ろうれい》の男女が姿を現す。老爺《ろうや》の方は真っ白な髪を撫《な》でつけ白髭《しらひげ》を長く伸ばしており、腰は曲がっているが、強く落ち着いた目つきがまだまだ達者な様子を窺《うかが》わせた。老婆の方は白髪混じりではあるものの体つきは肉感的《にくかんてき》で、化粧次第《けしょうしだい》で二十歳は若く見えそうな派手な顔立ちをしている。

そんな二人に従《したが》って現れたのは、まだ年若い男女だ。男の方がいくらか年かさであろうか、繊《せん》細《さい》な雰囲気を持った青年で、頭にターバンを巻き革《かわ》の鎧《よろい》を身に着けていた。

そして、女の方は。

「あの娘だ……」

キーファが呟く。正に彼が森で見た、妖精のような少女であった。今は出会った時よりほんの少しばかり華美《かび》な格好をしており、薄化粧《うすげしょう》を施《ほどこ》している。彼女はその闇色の瞳にキーファたちの姿を認めると、ふんわりと頬笑《ほおえ》んだ。

「皆の者！　集まっておくれ！」

「我らユバールの民の、新たな踊り手の誕生じゃ！」

老爺が、次いで老婆が、老人とは思えぬ張りのある大声を上げる。途端《とたん》に村を形成する天幕から、わっと人が飛び出して来た。髭の男が、安堵《あんど》とも寂しさともつかぬ表情で、胸を撫《な》で下ろす。

「ライラや。前へ出なさい」

少女が、老婆の前に進み出た。彼女の肩に手を置き、集まって来た者たちの方を向かせる。

「皆の者！　このライラが、我らの明日を引き継ぐ新たな踊り手じゃ！」

村人たちが、どよめきに続いて歓声《かんせい》を上げた。だが、人々から労《いたわ》り褒《ほ》め讃《たた》える声や視線を受けても、ライラと呼ばれた少女は言葉を発しない。その表情は思い悩んでいるようにも見えたが、大仕事を果たした感動から胸が一杯になったんだろう、と村人たちは解釈した。

老婆は続いて、青年を少女の隣に並び立たせる。

「ジャンも良い音を奏《かな》でるようになった。これからはライラと共に、一族を率いてゆくがええ」

「はい！　ベレッタ様！」

感極《かんきわ》まって満面《まんめん》に笑みを浮かべ、ジャンと呼ばれた青年は頭を下げた。先ほどからライラが押し黙っているのと、対照的である。

「さあ、みんな！　明日への祝いじゃ！　ゆっくり飲んで歌って、楽しむがよい！」

老婆、ベレッタが高らかに言うと、人々は一斉《いっせい》に喜びの声を上げた。酒壺《さかつぼ》が引きずり出され、娘たちが踊り始める。そんな歓呼の波に背を向け、老人二人は大天幕に戻って行った。

その大天幕の見張り役だった髭の男が、ようやくアルスたちに話しかけてくる。

「旅のお方、大変お待たせ申した。ベレッタ殿と族長様に紹介します故、どうぞこちらへ」

村の男たちに取り囲まれたジャンが焚き火のそばへ連れて行かれ、アルスらが見たことのない形をした、木製の弦楽器《げんがっき》を手渡される。彼は胸をそびやかし、明るい表情でそれを弾《ひ》き始めた。馴染みのない、しかし美しい旋律が流れ出す。

そんな中でライラは宴の輪に背を向け、自分の天幕へ歩み去った。彼女を目で追っていたキーファは、唐突に斧と盾をその場に放り出すと、大天幕に入ろうとする仲間たちから離れる。

「キーファ?」

広い肩が、びくっ、と震えた。顔だけ振り返って見せたキーファは、ほんの一時だけ逡巡《しゅんじゅん》した後、手を上げ歩き出す。

「みんなで話を聞くこともないだろ? アルス、オレの代わりに挨拶《あいさつ》しといてくれ」

「ずるいぞキーファ! ひとりでメシ食う気だな?」

ガボまで駆け出して行ってしまい、アルスはマリベルと顔を見合わせた。

「あの踊り娘さんの所かな?」

「いやらしい目で見ちゃって……これから人の奥さんになろう、って相手なのにねえ」

(いやらしい?)

アルスは先ほどのキーファの様子を思い返すが、あれは、当人も自分の感情がなんだかよくわかっていない……といった様子に思える。そう伝えても、少女は不満顔をするばかりだった。

先に大天幕の中に入っていた髭の男が、不審げに顔を出す。仕方なくアルスとマリベルは、二人だけで……少年の頭上のギガを含めれば二人と一匹で、挨拶をすることにした。

お互いなんとなく、常にないキーファの様子に戸惑いながら。

儀式のため着けていた飾りを次々放り捨て、ライラは天幕の中で勢い良く転がって靴を飛ばし、足を投げ出した。ほっ、と息を吐いて火照《ほて》った額《ひたい》に手の甲《こう》を当て、天幕を支える支柱《しちゅう》を見上げる。

「……おいおい。嫁入り前の娘が、なんて格好だよ」

開きっ放しの入口に影が差し、焚《た》き火に照らし上げられた夜の村が、少年の体で遮《さえぎ》られた。

「やっぱり来たのね」

自分を見もしないで言う少女に、左右の手それぞれで杯二つと瓶《びん》とを持ったまま、キーファはそれ以上の言葉を見失う。突っ立っている大男に、ライラは上半身を起こし、微笑みかけた。

「ビバ＝グレイプでしょ、それ。どうしたの？」

「いや、なんか押しつけられちゃって。なんていうか……その、みんなが集まって祝ってくれてるのに、君は、思い詰めたような顔で一人でいるからさ」

投げ出された足の、裸足の爪先あたりを見下ろしながらキーファは、しどろもどろに言う。

ちょうだい、と言うように、ライラは手を差し出した。うなずいて一方の杯を渡すと、少女は天幕の一角に置かれている、表面を拭《ふ》いただけの木の切り株を指さす。

瓶と自分の杯を置いた切り株を、彼女との間に挟《はさ》むようにして、キーファは粗末《そまつ》な敷物《しきもの》の上に腰を下ろした。どうやら他の村人に——と言うよりジャンに——気を使っているらしい様子で、居心地《いごこち》が悪そうにしている彼に、ライラは吹《ふ》き出す。

「改めて、自己紹介。私はライラ、ユバールの民の踊り娘よ」

「オレは、キーファ・グラン……いや、ただのキーファだ。今は、旅人、かな？」

キーファが敢《あ》えて名乗った姓を取り消したことに、深い意味はなかった。ただ、この娘の前では、姓に意味など感じられなかっただけである。

「いきなり儀式の時に来て、驚いたでしょ。私たちって、少し変わってるのよ」

「うーん。訪ねた先がいきなり祭り、ってのは初めてじゃないしな」

エンゴウの時は、到着したと思ったら厄介事《やっかいごと》に巻き込まれ、散々な目にあったものだ。現代のオルフィーでは町の人全員が動物に扮装《ふんそう》していて、道化の魔人が復活したのか、と驚かされた。

そうなんだ、と切り株の上の瓶を手に取り、その中身を杯に注ぎながらライラは言う。赤紫色の液体は、キーファの杯にも注がれた。

「ああ、ありがとう。……へえ、いい匂いだな」

彼は杯を手に取ったものの、冒険生活の悲しい習慣《しゅうかん》でつい念入りに匂いを嗅いで確認してしまい、ライラに笑われてしまう。焦《あせ》って彼は、甘い匂いのするその液体を一気に飲み干した。

馥郁《ふくいく》たる香りが鼻腔《びこう》の奥を通り抜け、微《かす》かな渋みに彩られた芳醇《ほうじゅん》な甘みが口いっぱいに広がる。

「……うん、うまい」

「そう。良かった。でも、お酒はお酒なんだから、無茶な飲み方しちゃ駄目よ？」

そう言いながらライラも一気に杯を空にしたものだから、キーファは目を丸くした。

ビバ＝グレイプはグレイプという果物から作られた果実酒で、ユバールではこれを『命の水』と称して伝えて来ており、子供の頃から親しんでいるという。

「そうやって放浪《ほうろう》を続けて、もうずっと昔から、神様を復活させるための宿命を背負ってね」

「神様？」

うん、と少女はうなずいた。その表情は、嘘や冗談を言っているものでは……ないとは言い切れないが、多分そうだろう、と思える。キーファが目を落とすと、いつ注《そそ》がれたものか、気づかぬ間に再び杯が満たされていた。訝《いぶか》しんで少女を見やると、自分の杯に瓶の中身を注いでいる。

「……いや、うまいな。このビバ＝グレイプは」

何度も修羅場《しゅらば》をくぐり、鋭くなったはずの勘《かん》が通じなかったことに面喰《めんく》らいつつ、杯を傾けた。

「グランエスタード城じゃ、こんなに美味しい飲み物はなかったよ」

「あら。そこって私はまだ行ったことないけど、どのあたりにある、お城なの？」

「どこって、ええと……まあ、辺境《へんきょう》にある、小さな城さ」

まさか遥か未来の別な島とも言えず、そう誤魔化《ごまか》す。

「王になるのが嫌で遊び歩いてばかりの王子がいる、小さな国でね」

「それじゃ、きっと私、その王子様と気が合うわ」

彼の言い方に、なにかを察したのだろうか。少女は、にまっ、と笑った。

「私も、自分の運命が嫌で、逃げ出したことがあるもの。毎日、厳《きび》しい踊りの練習に明け暮れて
……歌を歌うのも嫌になったことがあるの」

酔いが回っているのだろうか。切り株の上に頬杖《ほおづえ》をついて、ライラは幼い口調でそう言う。まだ残っている薄化粧《うすげしょう》と、ビバ＝グレイプで紅潮《こうちょう》した頬《ほお》とが、彼女の愛らしさを増していた。

キーファの胸が、ひどく高鳴《たかな》る。しかし少女は、ぐっと身を乗り出した彼をいなすように、また大きめの口を笑みの形にして見せた。

「でも、その時、私を励《はげ》ましてくれたのがジャンだったわ」

「そ、そうなんだ。彼って、いい人だなあ」

見透《みす》かすような闇色の瞳に、キーファは乾いた笑いを返す。そんな彼を少女は、おかしげに見つめた。聞いて良いものかどうかわからず、キーファは、おずおずと問いかける。

「だけど……君の運命って？　神様を復活させるっていう？」

「そう。それが、ユバールの民の宿命。私もきっと、その宿命と共に生きるんだわ」

そう言って彼女は、いきなり衣《ころも》の襟《えり》を大胆に引っ張った。本格的に酔っ払ったか、と視線を逸《そ》らしかけたキーファだったが、少女の晒《さら》した胸元《むなもと》を見て、表情を固《かた》まらせる。

「この胸の痣《あざ》はそうすべきと言っているから……」

胸の膨《ふく》らみが始まるその箇所、少し小麦色《こむぎいろ》がかった肌に、複雑な紋様《もんよう》を描《えが》く黒い痣があった。

3

アルスたちが族長に聞いた話も、キーファがライラに聞いたものとほぼ同様であった。

ユバールの一族の使命とは、この世のどこかに封印《ふういん》された、と伝えられる神を復活させること。そのため封印の祭壇《さいだん》を探し続け、放浪《ほうろう》を宿命づけられた民であった。

そして彼らの中にはごく稀《まれ》にだが、大地の精霊《せいれい》の力を強く受け継ぐ娘が生まれる。その娘が、神を復活させる踊りの、踊り手になるのだという。

『大地の精霊は遥《はる》か昔、神が封印《ふういん》される前に解き放った四大精霊《よんだいせいれい》の一つ、と言われています』

ベレッタはそう語った。そして、ライラの胸にある痣は、大地の精霊の力を受け継ぐ者の徴《しるし》だという。それは重い宿命であるが、ユバールの民としては光栄なことらしい。

「気の遠くなりそうな話だなあ」

族長の天幕の片隅、右目の周りを青黒く腫《は》らしたキーファが、嘆息《たんそく》した。そこへ回復呪文《ホイミ》の金色の光をかざしながら、アルスは首をひねる。

「だとすると、この世界の封印を解くには、やっぱりその……」

「神様を復活させる、って?」

ビバ＝グレイプに酔って赤ら顔のマリベルが、言葉を継いだ。ガボは最初の一杯で泥酔し、天幕の片隅で丸まって眠っている。

「ま、もし本当なら見物よね」

ユバールの民が聞いたら激怒《げきど》しそうな台詞《せりふ》だが、幸い族長もベレッタも早々に寝入っていた。浮かれるのは、無理もない。彼らはついに、封印の祭壇を探り当て、今まさにその地に向かっているのだ。そこへ折良く、神を復活させる舞踏《ぶとう》の踊り手まで新たに生まれている。

「でも、音楽と踊りで復活するなんて、神様もお祭り好きなのかな……はい、いいよ」

かざしていた手をアルスがどけると、キーファの顔の腫れはすっかりひいていた。

「悪ぃな、アルス……そうかもなぁ。だとすると親しみが湧《わ》くけど」

目の周りを押して具合を確認する彼に、マリベルは呆れ顔だ。

「婚約者《こんやくしゃ》のいる女の人の所にお酒を持ってくなんて、非常識もいい所よね。それでしなくて済んだ怪我《けが》してんだから、世話ないわよ」

「躱《かわ》せたでしょ？　キーファなら」

「そりゃ、そうだけどなあ」

回復呪文で治してもらった腫れは、ライラと酒を酌《く》み交わしていた所を、訪ねて来たジャンに、殴られて出来たものである。当たり前のことだが彼の剣幕《けんまく》はひどく、大天幕の警護《けいご》をしていた髭の男、ライラの父であるダーツの取りなしがなければ、大問題になっていたかも知れない。

「なんて言うか……オレが同じ立場だったら、やっぱりブン殴ってたと思うし」

「それで、避《よ》けなかったの？　馬鹿みたい」

しかめ面《つら》のマリベルの頭が、ぐらぐら揺れていた。明日以降もユバールの民と行動を共にするかどうかは別にして、そろそろ眠るべきかな、とアルスは思う。

天幕の外でも、さっきまで続いていた騒ぎは、もう聞こえなくなっていた。だが。

「！」

かすかに、悲鳴が聞こえた。

「アルスっ」

キーファが鉄の斧を拾い上げ、立ち上がる。アルスもうなずき、駆け出す彼に続きかけ……ふと見るとマリベルは座ったまま、船を漕《こ》いでいた。苦笑し、声をかけずに天幕を飛び出す。

「マリベルは？」

「夢の中」

「そっか。あっちだ！」

短い会話で全て了承《りょうしょう》し、キーファは悲鳴の聞こえた方向へ走った。野営地のすぐ外あたりだ。

駆けつけてみると、そこにはダーツが倒れ、父をかばうライラに魔物が迫《せま》っていた。不気味に血走った目玉が特徴的《とくちょうてき》で、巨大な口から無数《むすう》の牙が生えている。ほぼそれだけの、ぐずぐずに崩れた肉塊《にくかい》のような姿だった。その魔物が、体の下部を動かして少女とその父に這《は》い寄《よ》る。

「化け物がっ！　ライラに触《さわ》るんじゃやねぇっ！」

走りより様、キーファは頭上で旋回《せんかい》させた斧を大上段《だいじょうだん》から振り下ろした。夜気を切り裂く鉄《くろがね》が紅蓮《ぐれん》を帯び、炎《ほのお》と刃《やいば》が肉塊《にくかい》の魔物を一刀両断《いっとうりょうだん》する。

「無事かっ？」

炎の残滓《ざんし》を撒《ま》き散《ち》らしながら振り返ると、茫然《ぼうぜん》と彼を見上げていたライラが、顎《あご》を引くようにうなずく。そして、にぱっ、と笑った。

「……びっくりしたあ。二人とも、強いんだね」

「二人？」

見ると、アルスは戻って来た刃のブーメランを器用に受け止めている所である。投げ放った先では、同じ肉塊《にくかい》の魔物が中心部を半ば断ち割られ、体を震わせながら逃げていた。

「なんだよ。援護《えんご》してくれるかと思ってたのによ」

森の陰に隠れていたそいつの存在はキーファも承知していたのだが、ライラに危害を加えようとしていた方を優先したのだ。

「今のキーファには必要ないと思うけど？」

口をひん曲げたキーファは心なしか頬《ほお》を赤くし、どういう意味だよ、と口の中で呟く。そこへ、ダーツの呻《うめ》きが響いた。

「あ、お父さん。大丈夫？」

「お前さっき、私のこと忘れてたろ？　いや……すまない、ライラ。私としたことが、油断した。なぁに、大した怪我では……うっ！」

「無理しちゃ駄目よ。今、ベレッタ様をお呼びして……なに？」

少女の肩を軽く叩いてから、キーファはアルスを促《うなが》す。少年はうなずいてダーツの傍《かたわ》らに跪《ひざまず》き、派手に血を吹《ふ》いている、彼の左のふくらはぎに手をかざした。

ほとんどなんの集中もなく、その手に金色の光が灯《とも》る。傷は瞬く間に塞《ふさ》がった。

「……うぅぅむ……」

だが、どうやらあの肉塊の魔物は、その牙に毒《どく》でも持っていたようだ。ダーツは青い顔のまま、苦しい呼吸を繰り返している。

「これは……ちょっと、安静にしてないと、まずいかも」

アルスが魔法を使ったことに再びポカン、としていたライラであったが、少年の台詞《せりふ》に顔を曇《くも》らせた。夜が明ければ村は引き払われ、神の祭壇《さいだん》へ向かって出立《しゅったつ》しなければならない。しかし、父が動かせる状況でないのは一目瞭然《いちもくりょうぜん》で、アルスの言うように休ませる必要がありそうだ。

「それにしてもライラ、一体全体、なんでこんな所に？」

「うん……眠れなくてね。それでつい、ふらふら、って」

糸の切れた凧《たこ》じゃあるまいに、『ふらふら、って』はないだろう。横で聞いていたアルスは、そう思い呆《あき》れ返った。

ともあれ魔物を見つけてライラが上げた悲鳴に、その日は寝ずの番をする予定だったダーツがアルスらより一足早く駆《か》けつけ、数匹は屠《ほふ》ったものの不意を討たれ足をやられたらしい。

「まあこうなったら、大人しくしているしかないよね」

「ライラ……人事みたいに言わないでくれ」

父娘の会話に、少年二人は顔を見合わせた。


馬車は、山道を行く。アルスは、これまで通って来た山道を振り返り見上げた。

「そろそろキーファたちも、出発してるかな」

ダーツが旅に耐《た》えられる体調になり次第、彼とライラ、そしてキーファも野営地を発つはずだ。

トゥーラ、と呼ばれるあの見慣《みな》れぬ弦楽器《げんがっき》を演奏《えんそう》しながら、ジャンは不機嫌《ふきげん》さを隠そうとしていなかった。一時的なことにせよ、ライラと引き離されているからだろう。

ジャンには魔物を追い払う魔除《まよ》けのトゥーラを奏《かな》で、ユバールの一団の道程を助ける役目があった。少しでも早く神の祭壇へ向かうためには、一族の守り手たるダーツが倒れた今、彼を欠かすわけにはいかないのである。

急な山道を行く馬車は振動《しんどう》も激しく、毒に侵《おか》されたダーツの体にけして良い影響を与えないはずだ。どうあってもダーツは残るしかなく、娘であるライラだけを引き離すわけにもいかない。

そこまではジャンもわかっていた。彼が不機嫌なのは、二人の護衛《ごえい》としてキーファまで残ったことにある。そのくせアルスたちは、一団の方の護衛として同道していた。弾《ひ》き手としても、男としても、侮《あなど》られているように感じているだろう。

「なあ、アルス。なんでジャンは、オイラたちをにらむのかな？」

馬車の横を歩きながら、ガボは薄気味悪《うすきみわる》そうに言う。自分の視界内に入るな、と言わんばかりの彼の態度に、ガボはすっかり戸惑《とまど》っていた。マリベルが、肩をすくめて見せる。

「気持ちはわかるけど、男の嫉妬《しっと》は醜《みにく》いわよねぇ」

「ジャンさんは、本当にライラさんが好きなんだね」

ずれたことを言うアルスに、マリベルは嘆息《たんそく》した。

「麗《うるわ》しい愛情《あいじょう》だけどね。巻き込まれる方は、たまったもんじゃないわ」

道中で話しかけてきた年輩《ねんぱい》の女性に教えてもらったことだが、しきたりにより、痣《あざ》のある者同士は結婚できないらしい。そのためジャンは自分の体に精霊《せいれい》の痣がないことを、弾き手としては不名誉なことであるのに、喜んでいたという。痣のあるライラと結婚できる、という理由で。

「本当に相手と好き合ってる自信があるなら、その人のことを信頼してドーンと構《かま》えてるものでしょ？　それが、なによ。子供のことみたいに一々カリカリしちゃってさ」

遠慮のない物言いに、アルスは困惑《こんわく》する。相手があの危《あぶ》なっかしいライラでは、子供のことのように心配するのも仕方ないのでは、とも思った。

「あれは、よっぽど自分に自信がないのね」

「マリベルはいつも、ムダに自信たっぷりだもんな」

からかうわけでもなく素直に言ったガボは、力いっぱい後頭部を叩かれる。どうも彼の背丈は、頭がちょうどマリベルの叩き易い位置に来るらしかった。


その頃、アルスの推測《すいそく》どおりキーファたちも出発していた。今は二日前にユバールの一団が登った山道を、三人で登っている。ダーツも切った張ったをこなすのは無理にしても、なんとか山道を行けるくらいには、回復していた。

ところが世の中ままならぬもので、その切った張ったが必要な局面《きょくめん》に陥《おちい》ったのである。

「しまった、外しちまったか！」

以前にも出会った首狩族《くびかりぞく》が数体、彼らの周囲を跳《と》び回っている。大きな木を背にライラを庇《かば》いながら、キーファは必死に斧を振るうが、相手の素早さに翻弄《ほんろう》されていた。

「敵もやるな……。まさかあの一撃を躱《かわ》されるとは思わなかったぜ」

そう嘯《うそぶ》いて見せるが、戦況の不利は否めない。ダーツも大剣を抜き、構えているものの、身を守るくらいしかできずにいた。だが体は本調子でなくとも、熟達《じゅくたつ》の戦士としての目は健在である。

必死になって自分と娘を守ってくれているキーファが、少しやり難そうにしていることに気づいた。その太刀筋《たちすじ》や身ごなしに、微妙な違和感を覚える。

「キーファ殿、こんな時になんですが……その斧は、どのように手に入れなすった?」

左右同時に襲いかかって来た攻撃を、一方は盾で受け、もう一方は受け流して隣の敵にぶつけさせた。そうしておいてキーファは、場違いな質問にも律儀《りちぎ》に答える。

「前に、魔物から奪《うば》った物です。使ってた剣が、折れちまったもんで」

ごっ！　と音を立てて炎を上げた斧は、しかし先ほどキーファ自身がそうしたように、首狩族に受け止められてしまった。舌打ちし、彼は斧を引く。

やはりな、とダーツは苦々しく思った。それが天性《てんせい》なのか訓練の賜物《たまもの》なのか彼には判別できなかったが、明らかにキーファの技術は、剣を使うように出来ている。構《かま》え狙《ねら》い放《はな》つ、その一連の動作が剣と斧では違うのだが、少年はそこまで頭が回っていない様子だった。

キーファがなまじ正式な修練《しゅうれん》を積んでいることが、仇《あだ》となっている。アルスのように最初は武器の扱《あつか》いに慣れていなかった者と違い、キーファには特定の型が染《し》みついているのだ。

結果として鉄の斧を振るう時にはその威力《いりょく》に任せ、ただ力任せの攻撃を繰り返すだけとなっている。鈍重《どんじゅう》な相手にはそれで充分なのだが、邪悪な生に目覚めた時から斧と盾の扱いに習熟している首狩族相手では、なかなか通用するものでもなかった。

「キーファ殿」

いっそ自分の剣を渡そうか、との考えも過《よ》ぎったが、すぐ首を振って否定する。広い両刃《りょうば》の先に大地の紋章が刻まれた大剣は、ユバールにおいて神の守り手と認められた戦士だけが持つことを許された、一族伝来の剣なのだ。いくら窮地《きゅうち》とは言え、余所者《よそもの》に貸し与えて良い物ではない。

そうやってダーツが逡巡《しゅんじゅん》している間もキーファは奮戦《ふんせん》したが、一人で相手どるには、襲って来た首狩族の数が多過ぎる。じわじわと疲労《ひろう》がたまり、攻撃にも鋭《するど》さがなくなっていた。これもまた、得手《えて》とする武器の違いによる結果だ。

「キーファっ」

たまりかね、ライラは腰帯から短刀を抜く。下がっていろと言われていたが、踊り手として身に着けた体捌《たいさば》きを応用すれば、並みの人間よりは戦いの役に立つはずだ。

「馬鹿、すっこんでろ!」

キーファが怒鳴《どな》る。ライラの考えは間違ってはいなかったが、彼女は失念《しつねん》していた。型どおりの剣舞《けんぶ》と違い、相手は殺気《さっき》を放つ魔物なのだ。いくら素早くても戦い慣《な》れしていない者が、そうそう立ち向かえるものではない。

脳天目指《のうてんめざ》して真っ直ぐ迫ってくる血錆《ちさび》た斧《おの》の恐怖に、ライラの踊るような足捌《あしさば》きがもつれた。

普段の舞踏では絶対にあり得ない無様さで、足を挫《くじ》き転んでしまう。

けけけぇぁっ!

そこへ、更なる奇声を上げて首狩族が跳びかかった。ダーツの頭から使命や伝統などが全て吹き飛び、娘と敵との間に、大剣を投げつける。

剣は狙《ねら》い過《あやま》たず地面に突《つ》き刺《さ》さり、首狩族の動きを一瞬、止めた。

「それをっ！」

「応《おう》っ」

両手を開いて斧と盾をその場に落とし、キーファは大剣《たいけん》に取りつく。その背後に、ダーツを弾《はじ》き飛ばした別な首狩族が、奇声を上げて迫った。前後を挟まれた彼に、ライラが悲鳴を上げる。

耳障《みみざわ》りな奇声と澄んだ悲鳴、その二つをかき消し、キーファが吠《ほ》えた。

「つぁあああぁっっ!!」

地面から剣を引き抜く、その動作に伴って一直線に断ち割られた大気が真空《しんくう》を生み出し、ライラに迫った首狩族を股間《こかん》から頭頂《とうちょう》まで斬《き》り上げる。反転したキーファに合わせて剣先《けんさき》はそのまま円軌道《えんきどう》を描き、彼の背を狙った敵を頭頂から股間まで斬り下げた。

あまりの速度に、ダーツでさえ円形《えんけい》の光《ひかり》が迸《ほとばし》った、としか見えない。斧を振り上げたままで硬《こう》直《ちょく》した二体の首狩族は、キーファが息を吐《は》きライラを助け起こすまで、微動だにしなかった。

それからゆっくり、その体が左右に分かれていく。おそらく、毛ほどの痛《いた》みも感じなかったのだろう。青い血液《けつえき》を大量に撒《ま》き散らして斃《たお》れても、二体の表情は全く変わっていなかった。

油断なくあたりを見回したキーファの目に、敵の姿は映らない。どうやら恐れをなして、逃げ出したようだった。ほっ、と息を吐き死体から離れながら、ダーツがうなずく。

「凄《すさ》まじいな。真空斬《しんくうぎ》り、確かに見せてもらいましたぞ」

「真空斬り……あれが」

放ったキーファ自身、信じられない、という表情で己の手と剣とを見下ろした。そんな彼に肩を貸してもらっているライラは、新たな力に震える若者を、頼もしげに眺める。

そこでキーファは、はたと気づいて剣をダーツに差し出した。

「あ、そうだ。ありがとうございました。この剣のお陰で、助かりましたよ」

「いや……それは、キーファ殿が持っていてくだされ」

尋《たず》ねるような顔をするキーファに、ダーツはうなずく。彼の娘は最初、驚愕《きょうがく》に目を丸くした。ライラとてその剣の意味は知っている。自分の胸に浮かんだ痣《あざ》と同じ紋章《もんしょう》を持つ、剣の意味は。

戸惑いながらキーファは、ダーツから手渡された鞘《さや》に大剣《たいけん》を収め、背に負った。考えて見れば武器を鉄の斧に持ち替えて以来、そうするのは久しぶりだ。

「……似合うわ」

そう言うライラに、キーファは白い歯を見せた。太陽がその場に現れたかのような明るい笑顔に、少女は胸《むね》を熱くする。

まるで、紋章が熱を帯びたかのように。

4

ユバール族と共に辿り着いたのは、湖に沈む祭壇《さいだん》であった。一族に伝わる古文書を頼りに、アルスたちはジャンと協力して湖畔《こはん》の洞窟《どうくつ》の謎を解き、湖の水を抜くことに成功する。

そうして彼らは夜空の下、ユバールの民たちと共に、祭壇を見上げていた。基部は一辺が数十歩分はあろうかという正方形で、階段を上っていった先は四隅を柱に囲まれた広場となっている。広場の奥には台が置かれ、四体の女性像に守られて、巨大な水晶《すいしょう》が青い闇に煌《きら》めいていた。

「……納得いきません」

そんな祭壇の麓《ふもと》で、ジャンは静かに言う。彼の手にある神秘的な意匠《いしょう》が施されたトゥーラは、この祭壇の奥で見出《みいだ》したものだった。彼の隣《となり》には、やはり祭壇に安置されていた薄絹《うすぎぬ》の美しい衣を纏《まと》っているライラがおり、傍《かたわ》らの青年を切なげな表情で見つめている。

アルスたちが祭壇を復活させた後で、ようやくキーファたちは合流を果たした。ライラが足を挫《くじ》いていたことでジャンはキーファを激しくなじったが、実際にはキーファがいたから捻挫程度《ねんざていど》で済んだのである。そうライラ自身が弁護したことで、ジャンも矛《ほこ》を収めないわけにはいかなかった。

捻挫そのものはアルスの回復呪文《ホイミ》で回復させられたのだが、それより彼らとしては、出立前よりずっと親しげな雰囲気を漂《ただよ》わすキーファとライラの関係の方が気になっている。

一方で不満を隠そうとしないジャンには、族長が静かに語りかけていた。

「祭壇の石碑《せきひ》には、その大地のトゥーラが金色《こんじき》に輝く時……と記されていた。だが今、トゥーラはなんの輝きも放っておらん。まだその時では……神が、復活される時ではないのだ」

「封印を解くべきでない時に解いてしまい、時が満ちる前に神が復活してもし、魔王に滅ぼされたりしたら……その時こそ、我らの未来は閉ざされる。焦《あせ》りは、禁物じゃ」

族長の、そしてベレッタの説得にも、ジャンはうなずこうとしない。

「現に、神はオレたちをここまで導《みちび》かれた！　今が復活の時でないなんて、そんなはずはない！」

そしてジャンは大地のトゥーラを抱え、祭壇の階段を駆け上がった。中腹の踊り場で彼は振り返ると、その繊細《せんさい》な表情に似合わぬ大声で、婚約者を呼ばわる。

「さあ、ライラ。オレはこの、大地のトゥーラを弾《ひ》くよ。その、清《きよ》き衣で踊《おど》ってくれ！」

ライラは少しの間、沈黙し……やがて、ゆっくりと、喜色《きしょく》を浮かべるジャンの下へと歩いて行く。戸惑い迷う同族の者たちに、ジャンは晴れやかな声を投げかけた。

「さあ、みんなも心を込めて、神の復活を祈ってくれ！」

そして最上層を目指す彼の後ろで、少女は、静かに振り返る。

闇色《やみいろ》の瞳は、まっすぐにアルスたちを見下ろした。その中心にいるキーファが、彼女を見つめ返す。朧《おぼろ》な月明かりに透けた薄衣《うすぎぬ》が、ほっそりした体を浮かび上がらせていた。

上弦《じょうげん》にかかる弓張月《ゆみはりづき》は、ライラがかすかに首を傾《かたむ》け流した髪を、淡い金色に輝かせる。まるで月《つき》の精《せい》だ。その静かな微笑みは、見上げる全ての者の胸を打ち、魅了《みりょう》した。ただ一人、太陽のような王子を除いて。

目を細めたキーファの顔は、明かりの加減で泣いているようにも笑っているようにも見えた。

一瞬の逢瀬《おうせ》が終わり、少女は身を翻《ひるがえ》す。祭壇に駆け登る後ろ姿を、キーファはそれ以上、見ていられなかった。


祭壇に背を向けるようにして木に背を預《あず》け、キーファは命《ビバ》の水《グレイプ》の杯《さかずき》を傾けていた。

朧《おぼろ》な闇に、不意に陰《かげ》が差す。振り返るとそこに、ジャンが立っていた。ただでさえ乏《とぼ》しい明かりを背にしているため、彼の表情は見えない。

「儀式……終わったのかい？」

「ああ。失敗にな」

乾《かわ》き、底冷《そこび》えした声が響く。

「オレの演奏《えんそう》は完璧《かんぺき》だった。ライラの踊りもな。だけど、なにも起こらなかった」

そして彼は、キーファの傍《かたわ》らに目をやる。革鞘《かわさや》に収まった大剣が、立てかけられていた。

「オレは……そりゃ、平和を望んではいるけど、それより自分のことばかり考えていた。神さえ復活すればユバールの使命も終わり、掟《おきて》に関係なくライラと結婚できると」

掟に従って彼女と婚約したはずの男の言葉に、キーファは立ち上がり、眉《まゆ》をひそめて彼を見る。

自らそうしたのだろうか、ジャンの革鎧《かわよろい》の胸元が引き裂かれていた。

そこに、痣《あざ》がある。ライラのものよりずっと小さいが、確かな紋章《もんしょう》の痣が。

「オレはこの目を疑った。ほんの数年前、自分の胸にこの痣が浮かぶのを見た時にはね」

「ジャン……」

「その時オレは既《すで》に、心からライラを愛していた。明るい笑顔も、優しい声も、気まぐれな心も、全て手に入れたかった」

ジャンの体が、震える。唇を噛《か》んで俯《うつむ》くその表情は、ついさっきまでキーファが抱いていたものと同じ感情を、顕《あらわ》しているように見えた。

「……だからこそ、焦《あせ》った。神が復活して一族の使命が終わらなければ、自由になれないのだと」

ふっ、と、ジャンは息を吐いた。自嘲《じちょう》と、自責《じせき》と、自虐《じぎゃく》の溜息を。

「しかしそれも、全てオレだけの勝手な想いだった。ライラの気持ちも、考えず……」

「あんた、これから、どうするんだ？」

ジャンは、キーファの傍《かたわ》らを通り過ぎた。彼の視線の先には、一頭の馬がいる。事前にある程度、覚悟していたのだろうか。馬の背には、鞍《くら》と荷物がくくりつけてあった。

「知れたこと。理由がどうあれ、一族の皆を欺《あざむ》いた罪は重い」

そう言い置いて、彼は馬に乗る。

「おまえ……キーファ、だったな。あいつは、手が焼けるぞ」

「知ってる」

真剣な顔のキーファに、ジャンはほろ苦い微笑を返した。馬首を巡らし、背を向ける。

「さらばだ。オレのことは忘れろと、ライラに伝えてくれ。自由に生きろと……そしてキーファ。

新たなユバールの守り手よ。オレが捨てた民を、頼む」

はぁっ！　と声を上げ、ジャンは馬を走らせた。瞬く間に、その背が遠ざかって行く。月夜の平原の向こうにその姿が消えるまで、キーファは見送った。

「……良かったのか？　行かせちまって」

「だって……なにも、言えないもん」

涙声と葉擦《はず》れの音に振り返ると、平服姿に着替えたライラがいる。いつから聞いていたのだろうか、その目の端は潤《うる》み、鼻先《はなさき》が赤かった。

「子供の時からずっと毎日、踊り続けて、それが当たり前だと思ってきたのよ？　ジャンとの結婚にしても、それが運命なら……って。好きとか嫌いとか、考えたこと、なかった」

すん、とライラは鼻を詰《つ》まらせる。

「好きになろうとも、してなかった。私こそ、ジャンの気持ち、考えてなかった……」

俯く彼女の髪を、キーファは優しく梳《す》いた。その手を伸ばして彼女の肩を掴《つか》み、抱き寄せることもできただろうが……今は、そうしない。

キーファは、異邦人《いほうじん》だから。彼女と出会ったばかりの、旅人だから。今は、まだ。


アルスたちは、再び湖畔《こはん》の洞窟《どうくつ》へ潜《もぐ》った。ユバール族長の依頼を受け、祭壇を元に戻すためだ。湖には再び水が満ち、神の祭壇は湖底へと沈んでいった。

儀式で使われた大地《だいち》のトゥーラと清き衣《きよきころも》は族長の手に預《あず》けられ、ユバールの民とアルスの一行はまた旅を共にして、初めの野営地へと戻る。儀式は失敗だったがアルスたちは礼を言われ、その夜はささやかな宴《うたげ》が開かれた。

そして、その夜更け。

「おい、アルス……。もう、寝ちゃったのか？」

アルスたち四人に割り当てられた天幕で、並んで眠っていたキーファが、不意に声を出す。

「起きてるのか？　……まあ、寝てるんでもいいや。これはオレの、独り言だ」

返事はない。キーファは天幕の中の闇を見上げながら、続けた。

「こんなことあまり話さなかったけど、お前の腕にある、その痣。実は、気になってた」

今は上着を脱ぎ、横たわっているアルス。その肌着の袖は、普段から捲《ま》くられることはないけれど、キーファは知っていた。そこにあるものを。

「ライラとは違うけど、多分お前も、なにか運命を背負ったヤツなんだろう」

そこで彼は、静かに笑った。

「それに引き替えオレは、ただ王子って身分に生まれついただけの男だ。オレ、ほんとは、お前が羨《うらや》ましかったんだぜ。こんなこと言っても、お前は笑うかも知れないけどな」

アルスの向こうから、マリベルの穏《おだ》やかな寝息が聞こえてくる。キーファの隣では、なにやら口をもごもご動かしながら、ガボが丸まっていた。

「けどオレは、ずっと探してたんだ。オレにしか出来ない、なにかがあるはずだって」

だから、遺跡を調べた。だから、謎の神殿を探った。だから、石片を集めた。だから、石版世界を訪れた。だから、戦った。そして……運命に、出逢《であ》った。

「こんな風に思ったのも、お前のおかげかも知れないな。ありがとよ、アルス」

キーファは、目を閉じる。

「独り言はこれで終わりだ。おやすみ……」

おやすみ、とかすかな声が答えた。

天幕に差し込むかすかな光を受け、アルスは目を覚ました。ゆっくり身を起こすと、ほとんど同時にマリベルも、敷布《しきぬの》の上に座り直している。

「あ…ふ……よく寝た！」

伸びをし、関節をほぐす。そうして彼女は、寝癖《ねぐせ》の残る髪をかき上げた。

「おはよう」

「おはよう、アルス」

マリベルが、最近の毎朝の習慣《しゅうかん》となった仕草《しぐさ》をする。それは犬を追い払うように手を振る動作で、要するに後ろを向け、ということだ。互いに背を向け合った状態で、少女は寝間着《ねまき》を脱《ぬ》ぐ。

「夕べ、キーファとなにか話してたみたいだけど、あいつどうかしたの？」

「うん……」

背後から聞こえてくる衣擦《きぬず》れの音を聞きながら、少年は曖昧《あいまい》な声で答える。そんなアルスを振り返り、下着姿《したぎすがた》のマリベルは小首をかしげた。

「ま、どっちでもいいわ。どうせライラさんに惚《ほ》れちゃったとか、そういう話でしょ」

そう言ってケラケラ笑うと、彼女は手早く着替えを済ませ、靴《くつ》を履《は》いた。

いいわよ、と声をかけられ、アルスは体の向きを戻す。彼女と違ってアルスは、わざわざ寝間着など旅に持って来てはいないので、支度《したく》も上着を着るだけだ。

「さて、朝御飯《あさごはん》、朝御飯。広場に行きましょ」

「メシっ⁉」

いきなり、ガボが跳《は》ね起き、と同時に彼の腹は盛大《せいだい》な音で鳴る。数秒前には寝ぼけ眼《まなこ》であったものが、待ちきれない様子で天幕の入口を引き開けた。呆れ顔で、二人もガボの後を追う。

おそらく、キーファが先に行っているはずだ。彼は寝つきが良い分だけ寝起きも異常に良く、旅に出てからはマリベルに『鶏王子《にわとりおうじ》』『三ゴールドの男』『低血圧《ていけつあつ》な料理番の天敵《てんてき》』など様々なあだ名をつけられている。

案の定、外へ出るとキーファは既《すで》に支度を済《す》ませ、消えかけた焚《た》き火を他の村人たちと囲んでいた。ただ、ここ数日と違って、彼を取り囲む人々が異様に多い。普段、朝は姿を見せない族長やベレッタまでいた。

「よう」

仲間たちに気づいたキーファが、気軽な調子で手を挙《あ》げる。不審がりながら近づくと、彼と村人たちが、一斉に立ち上がった。

何事かと目を丸くする三人に、キーファは、少しためらいながら言う。

「アルス、マリベル、ガボ。悪く思うなよ。オレがお前らと旅をするのは、ここまでだ」

彼の背には先日来、ダーツから譲《ゆず》り受けた大剣が背負われていた。

5

「なっ……！」

絶句《ぜっく》した三人の中で真っ先に口火を切ったのは、案の定マリベルだった。

「なに言ってんのよ、あんた⁉　旅はここまでって、それじゃ、この後どうする気よ！」

「オレは、この一族と共に、この時代に残る。ユバールの皆と共に、神の祭壇《さいだん》を守ってゆくよ」

静かに語る声も表情も、冗談を言うものではない。彼を茫然《ぼうぜん》と見上げたまま、マリベルはそれ以上の言葉を紡《つむ》げなかった。思考が空回《からまわ》りして、普段の毒舌《どくぜつ》がまるで発揮できない。

「キーファ。せっかくトモダチになれたのに、お別れなのか？」

ガボが、彼の服の裾《すそ》を引いた。さっきまでの空腹も、驚きでどこかへ飛んでしまったらしい。

「そんなのオイラ、さびしいぞ」

「オレもだよ、ガボ。だけどな、お前も男なら、覚えときな」

キーファは少年の前に屈《かが》み込んで目線を合わせ、その頭を撫《な》でた。

「男にはな、いつか、自分の道を選ばなきゃいけない時が来る。そんな時、たとえどんなに大切なものであっても、その道と違うものには別れを告げなきゃいけないんだ」

「……わかんねえよ。オイラ、わかんねえよ、キーファ」

涙ぐむ少年の髪《かみ》を掻《か》き混《ま》ぜ、キーファは微笑む。

「いつか、わかる時がくるさ。オレだって、ついこの間まで、わからなかったんだ」

そして立ち上がった彼は、背中に手を回して、大剣の鞘《さや》を外した。露《あらわ》になった刀身は眩しい朝の光を浴びて美しく輝き、刃先《はさき》に刻まれた大地の紋章《もんしょう》を、くっきりと浮き上がらせる。

「これは、神の守り手だけが持つことを許された、伝説の剣だ。これをオレに、って……」

キーファが振り返った視線の先には、その剣の元の持ち主だったダーツが、腕を組んで立っている。長い重責から解放された彼は、力強くうなずき返した。

そしてキーファは、自分を静かな眼差しで見つめるアルスの方を向く。今までのどんな窮地《きゅうち》よりも、緊張した面持ちで。今までのどんな敵に対するより、厳《きび》しい顔つきで。

「このオレも、いっぱしの伝説を背負う男になるわけだ。わかってくれるよな？　アルス」

挑《いど》みかかるような、眼差《まなざ》し。

それを目にした瞬間、何十何百と浮かんでいた説得の言葉を、アルスは全て放棄《ほうき》した。バーンズ王のこと、リーサ姫のこと、魔王のこと、石版のこと、マリベルやガボのこと、自分のこと。

そうしたことを並べ立てたところで、彼を苦しめはしても、彼の決断《けつだん》を変えることはできないだろう。ガボに言ったとおり、彼はもう、自分の道を選んだのだ。他の全てに、別れを告げて。

（だったら）

アルスは、うなずいた。

（だったら、僕にできることは、一つしかない）

ずっと、続けてきたこと。二人の関係をなにより物語っていること。

「わかったよ、キーファ」

肯定《こうてい》すること。キーファを理解し、信じ、認めること。それこそがエスタードの全住人の中で唯一、アルスだけができることだ。

そして少年は、手を差し出す。キーファが、それを握《にぎ》った。堅《かた》く。

「……話はついたようじゃな」

じっと少年たちを見守っていた族長が、静かに問う。

「はい、族長様」

もはや王子でも旅人でもない、一人のユバールの民として、キーファはうなずいた。族長はベレッタとライラを左右に控《ひか》えさせ、アルスたち三人とキーファを自分の前に並べさせる。

「皆の者！　ここに逞《たくま》しく頼《たの》もしい、若き守り手が誕生した！」

ささやかと言えど宴《うたげ》が催《もよお》された翌朝だというのに、全ての村人が広場に集っていた。人々は一斉に、歓呼《かんこ》の声をもってキーファを迎える。

「我ら一族の新たな仲間となる、キーファ！　そして我らを神の祭壇へと導いてくださった、アルスどの、マリベルどの、ガボどの！　その勇気に、感謝の歌を捧《ささ》げる！」

歓呼は、族長の合図を機《き》に、歌声《うたごえ》へと変わっていった。最初は静かに、ゆっくりと高らかに。娘たちの美しい声、男たちの逞しい声、老人たちの深みのある声、子供たちの愛らしい声。それら全ての歌声が、溶《と》け合って空へと昇っていき、感謝の歌を形作る。

ベレッタはとても老婆とは思えない透き通った声で。ダーツは大きく勇壮《ゆうそう》な声で。

ライラは、その瞳を潤《うる》ませながら。

「アルスどのと出会って、我らは希望を手に入れた。大切なお仲間、確かにお預かりしましたぞ」

族長がアルスを見つめ、静かに言った。キーファが、感謝の歌の渦《うず》の中で、友人たちを促《うなが》す。

「そろそろ、戻るだろ。旅《たび》の扉《とびら》まで送って行くよ」

手を振り、歌い続ける人々に背を向け、アルスたちはユバールを後にした。


帰りの道中、誰もが無言だった。

せめてこの時が長く続けばいい、魔物でも出ればいい……そう思いながら歩く道も、しかし平《へい》穏《おん》なままに過ぎていく。そんな中でマリベルもガボも、ゆっくりと理解していった。

今やキーファと自分たちの道は、はっきりと別れてしまったのだということを。

「さあ、ついたぜ！　ここからオレとお前たちは、別の道だ」

とうとう到着《とうちゃく》してしまった、懐《なつ》かしいエスタード島へ続く渦《うず》。その前で、キーファは明るく笑って見せた。

「今まで一緒に旅ができて、本当に楽しかったよ」

「僕もだよ」

「オイラもだぞ！」

少年たちが声を交《か》わし合う中、マリベルだけは無言で外方《そっぽ》を向く。髪を掻《か》いて苦笑し、それからキーファは、その笑みを寂《さび》しげなものに変えた。

「元の世界に戻ってオレの親父に会ったら、伝えておいてくれないか。あんたの息子はやっと自分の進む道を見つけた、って」

そう言ってから、彼は少し気まずそうにする。

「あ、でもよ。オレがライラに惚《ほ》れたってことは、内緒《ないしょ》にしてくれな」

「なんだ、結局はそういうことなの？」

「それもある、ってだけだよ！」

からかい合い、笑い合う。いつもと変わらない会話も、これが最後。

不思議と、誰の目にも涙は浮かばなかった。

ユバールは放浪《ほうろう》の民だ。たとえ石版を通じて行き来が出来たとしても、再び会える保証はなく、むしろ二度と会えない可能性の方が高いだろう。

「……さあ、行けよ。元気でな」

それでもアルスは、一番の親友とは、笑って別れることにした。

間違って地上に落ちてきた太陽《たいよう》のような少年に、涙は似合わない。最後まで笑っていたと、会えなくてもきっと笑っていると、思っていたかった。

だから。手を振り、彼らは互いに背を向け合った。悲しみに歪《ゆが》んだ顔を、見せ合わないように。

アルスが、ガボが、次々渦《うず》に飛び込む。マリベルも後に続こうとし……振り返った。少年たちがそうしなかったというのに、彼女は振り返った。そして、叫んだ。

「馬鹿王子！」

歩み去ろうとしていたキーファが、ぴくり、と震える。

「あたし……あたしは、あんたなんか、大っっっ嫌いだったんだからねっ!!」

叫んで、マリベルもまた渦へと飛び込んだ。最後にキーファが、自分の声にどう反応したかなど、確かめようともしないで。


謎の神殿に帰ってくると、外はもう夜の闇に覆われていた。

自身の感覚は昼過ぎぐらいであったから、少し戸惑う。この世界のユバールの地へ向かうにも、グランエスタード城へ赴くにも、少し遅過ぎた。

そのためフィッシュベルに帰り、そこで解散《かいさん》することにする。

「アルス」

遺跡からの帰りの森で、ずっと無言だったガボが、唐突《とうとつ》に口を開いた。振り返ると、少年は言いづらそうに足下の草を蹴《け》っていたが、やがて真剣な顔で二人を見上げる。

「オイラさ。今日はなんだか、一人でいたい気分なんだ。だから、この森にいるな」

「……そっか。じゃ、また明日」

「おうっ」

暗い森に、遠吠えを上げながらガボは飛び込んで行った。小さな姿は、すぐに木立の闇《やみ》に紛《まぎ》れて見えなくなる。

「まあ、ここなら魔物もいないしね」

「……」

アルスがマリベルに話しかけるが、返ってきたのは沈黙だけだった。気まずい空気に包まれながらも、夜中を待たずにフィッシュベルへ辿《たど》り着き、少女を家の前まで送る。

扉に手をかけ、そこでマリベルは初めて、アルスを見た。

「あんた、よく平気ね？」

冷たい声で、吐《は》き捨《す》てるように非難される。

「多分もう、二度と会えないのよ？　親友に」

「平気じゃないよ」

深夜の漁村に、人気は感じられない。朝の早い海辺の村だ、もう起きている者はいないだろう。

「平気じゃないけど……僕は、キーファを否定《ひてい》したくない。親友、だからね」

満月が、冴《さ》え冴《ざ》えとした明かりを投げている。

抜けるように白い肌を更に青白く浮かび上がらせた少女は、背にした扉《とびら》に両手をつけて、藍色《あいいろ》の瞳を少年に向けた。長い睫毛《まつげ》の落とす影で、彼女の瞳は海の底のような紺碧《こんぺき》に見える。

その美しい深淵《しんえん》を覗《のぞ》き込み、アルスは柔らかく微笑んだ。

「マリベル。キーファのこと、好きだった？」

少女が、息を呑《の》む。

「ライラさんにとられて、悔《くや》しかった？」

唇を噛《か》み、マリベルは俯《うつむ》いた。

アルスは彼女に身を寄せ、その頬に、そっと囁《ささや》きかける。

「……僕もだよ」

そしてマリベルに背を向け、少年は歩き出す。背後で、凄い音を立てて扉が閉まる音がした。

いつも玄関先でうろうろしている彼女の飼い猫は、さぞ驚いただろう。

苦笑しながら、月夜に浮かび上がる海辺を歩く。寄せては返す波の音が、静かに彼の体に染み入った。ふと、波止場《はとば》に目をやれば、彼らの小帆船《ヨット》が見える。

『この船にも名前つけなきゃな！　エスタード号、ってのはどうだ？』

アルスは小帆船に歩み寄り、身軽に乗り込んだ。月の明かりを頼りに舫《もや》い綱《づな》を解き、静かな海に向って出航する。以前アミットに頼んで、もしもの時のために一人でも操船《そうせん》できるよう改良を施してもらっていたのだ。

フィッシュベルが遠く薄闇《うすやみ》に消えるまで離れてから、アルスは腰帯《こしおび》に挟んでいた聖なるナイフを左手で抜いた。銀色の刃《は》が、月明かりに煌《きら》めく。それから、今度は服の右袖《みぎそで》を捲《まく》る。

そこに、複雑な紋様《もんよう》を描《えが》く痣《あざ》があった。

ライラや、ユバールの剣のものとは違う。しかし、けして偶然には生まれ得ない、意味ありげな形の痣である。アルスはその痣をしばらく見つめ、やがて短刀《たんとう》を振《ふ》りかざした。

「っ！」

迷うことなく右腕に振り下ろされた刃先《はさき》は、しかし、澄《す》んだ音《おと》と共に弾《はじ》かれる。痣にも腕にも傷一つ、ついていなかった。

それどころか衝撃《しょうげき》の影響なのか、痣は月光を照り返して仄《ほの》かに青く、光を放っている。

甲板を気ままに這《は》い回っていたギガが、まるで思案するかのように目を細め、じっと主人を見つめた。

「……！」

アルスは顔を歪《ゆが》め、もう一度、聖なるナイフを痣に振り下ろす。魔《ま》を祓《はら》うはずの聖なる銀が、今度は半ばから折《お》れ飛んだ。

「う……っ！」

アルスは短刀を海へ放り捨《す》てると、痣のあるあたりを摑《つか》んで爪《つめ》を突き立てようとするが、それすら叶わず……叫んだ。

「うわぁぁぁぁぁあああああっっっ‼」

虚空《こくう》に向けて、喉も嗄《か》れよ、とばかりに叫び続ける。心臓が止まるかと思うほど長く叫び続け、それが途絶え、噎《む》せた。蹲《うずくま》って何度も咳《せき》を繰り返していると、涙がにじんでくる。

キーファと別れて初めて、彼は、涙をこぼした。

「……ばかやろう……」

そして、生まれて初めて、キーファを否定《ひてい》した。

二度と会えない、親友を。

小説ドラゴンクエストVII エデンの戦士たち
1 少年、世界を開き

◆

2001年4月23日　初版第1刷発行

原作◆ドラゴンクエストVII エデンの戦士たち

※本作品は上記原作をもとにつくられたオリジナルストーリーです。

著者◆土門弘幸

装画◆いのまたむつみ
装丁◆松木美紀

発行人◆保坂嘉弘
発行所◆株式会社エニックス
〒160-8307 東京都新宿区西新宿4丁目15番7号 後楽園新宿ビル3階
出版営業 03-5352-6441　書籍編集部 03-5352-6433

印刷所◆加藤製版印刷

乱丁・落丁本はお取替えいたします。
定価はカバーに表示してあります。

ISBN4-7575-0407-1 C0293